[redacted]

Wörlen Grundzüge des Privatrechts
Band IV

[redacted] [redacted]

Grundzüge des Privatrechts

Eine Einführung für Studierende der Wirtschaftswissenschaften, insbesondere an Fachhochschulen

Band IV

Grundbegriffe aus dem Handelsrecht und Überblick über das Gesellschaftsrecht

2., verbesserte und erheblich erweiterte Auflage

Von Dr. iur. Rainer Wörlen
Professor an der Fachhochschule Harz (Wernigerode)

unter Mitarbeit von
Dr. iur. Karin Metzler-Müller
Professorin an der VFH in Wiesbaden (Abt. Frankfurt a.M.)

Carl Heymanns Verlag KG · Köln · Berlin · Bonn · München

Die Deutsche Bibliothek – CIP-Einheitsaufnahme

Wörlen, Rainer:
Grundzüge des Privatrechts: Eine Einführung für Studierende der Wirtschaftswissenschaften, insbesondere an Fachhochschulen / von Rainer Wörlen. – Köln; Berlin; Bonn; München: Heymanns.

Bd. IV: Grundbegriffe aus dem Handelsrecht und Überblick über das Gesellschaftsrecht. – 2., verb. u. erheblich erw. Aufl. 1996
ISBN 3-452-23488-6

ISBN 3-452-23488-6

Satz: John + John, Köln

Druck: Grafik + Druck, München

»Am Handel
lernt man den Wandel«*

* *Simrock*, Nr. 4319

Vorwort

Das Buch wendet sich in erster Linie an Studierende von »Nachbarwissenschaften«, die Handelsrecht auf dem Studienplan vorsehen. Es kann aber auch juristischen Studienanfängern als »erster Einstieg« sehr hilfreich sein.

Die Zielsetzung dieses Buches ist im nachfolgenden Vorwort zur Vorauflage eingehend beschrieben. Das didaktische Konzept hat sich bewährt und wurde beibehalten.

Den Studierenden, die mit diesem Buch arbeiten, sei die Lektüre des »Vorworts zur ersten Auflage – zugleich eine Arbeitsanleitung« wärmstens empfohlen!

Die Kritiken und Rezensionen zur ersten Auflage waren erfreulich positiv – mit einer einzigen Einschränkung: Das Buch sei zu »dünn«! Dem konnte abgeholfen werden! Wenngleich der Umfang eines überschaubaren Grundrisses für Studienanfänger nicht gesprengt werden sollte, habe ich eine Vielzahl von Anregungen aus dem Studenten- und Kollegenkreis gerne aufgenommen: So werden neben dem Handelsvertreter und dem Handelsmakler auch Sonderformen der selbständigen Hilfspersonen des Kaufmanns dargestellt. Das Kapitel »Gesellschaftsrecht« wurde wesentlich erweitert, wobei der Charakter eines *Handelsrechts*grundrisses erhalten blieb. Die Kapitel über die Handelsbücher und die Handelsgeschäfte wurden völlig neu gefaßt.

Die Literatur wurde auf den Stand von Februar 1996 gebracht. Was hier nicht dargestellt oder näher ausgeführt wird, ist in der »Literatur zur Vertiefung«, auf die am Ende der Kapitel verwiesen wird, bei Bedarf nachzulesen.

Weiterhin nehme ich Hinweise und Anregungen zur Verbesserung stets gerne und dankbar entgegen

Meine Privatanschrift lautet: Dorfstr. 89a, 06420 Nelben

Ebenda, im Februar 1996 *Rainer Wörlen*

Vorwort zur 1. Auflage – zugleich eine Arbeitsanleitung –

Der vorliegende Band IV der »Grundzüge des Privatrechts« basiert auf meinen Vorlesungen zum »Wirtschaftsrecht« im Fachbereich Versicherungswesen der Fachhochschule Köln. Zum »Wirtschaftsrecht« im Sinne des dort gültigen Studienplans zählen insbesondere die »Grundbegriffe« des gesamten Bürgerlichen Rechts, wobei der Schwerpunkt selbstverständlich auf den wirtschaftlich relevanteren ersten drei Büchern des BGB liegt, während das Familien- und das Erbrecht nur kurz angesprochen werden. Darüber hinaus erhalten die künftigen Diplom-Betriebswirte im Rahmen ihres Grundstudiums kurze Einführungen in das Handelsrecht (inklusive ein wenig Gesellschaftsrecht) sowie in das Arbeitsrecht.

Im Wintersemester 1990/91 habe ich einen Lehrauftrag »Recht für Wirtschaftswissenschaftler« an der wirtschaftswissenschaftlichen Fakultät der Heinrich-Heine-Universität Düsseldorf durchgeführt. Die Arbeit mit den Studierenden des dortigen Studienganges »Betriebswirtschaftslehre« sowie die ermunternden Rezensionen zu den ersten drei Bänden haben gezeigt, daß das *inhaltliche* Konzept dieser Grundzüge für Studierende der Wirtschaftswissenschaften an Fachhochschulen und Universitäten gleichermaßen geeignet ist.

Der in Band I-III behandelte Stoff wird als bekannt vorausgesetzt. Im übrigen gilt für das *didaktische* Konzept und das Lernen mit Band IV dasselbe, was bereits im Vorwort zu Band I geschrieben wurde und im folgenden wiederholt wird:

»Einführungen«, »Grundzüge« und dergleichen haben gemeinsam, daß sie niemals vollständig sein können. So ist es nicht Ziel dieses Buches, die Vielzahl der auf dem Markt befindlichen, zum Teil vorzüglichen und viel umfassenderen Einführungswerke nur um eine andersartige Stoffauswahl zu ergänzen. (Auf einige dieser Werke wird bisweilen unter der Überschrift »Literatur zur Vertiefung« ebenso verwiesen wie auf spezielle Lehrbücher.)

Der *»Zweck dieser Grundzüge«* ist vielmehr ein »didaktisch-pädagogischer«: *Den Studierenden soll der Stoff nicht in einem vortragsähnlichen Monolog nahegebracht werden, sondern – wie es in der praxis- und anwendungsbezogenen Lehre an Fachhochschulen üblich ist – in Form* *eines »Lehrgesprächs«.* Ihnen soll anhand von zur Thematik hinführenden Fragen oft Gelegenheit gegeben werden, sich *zunächst eigene Gedanken* zu machen, bevor sie die Antworten lesen, die den Stoff lehrbuchartig darbieten.

Bei der Darstellung des Stoffes wird weitgehend die sogenannte »Fall-Methode« angewandt: »Das Recht« wird in der Praxis des täglichen Lebens von Rechtsfällen (Rechtsstreitigkeiten) beherrscht; so liegt es nahe, eine praxis- und anwendungsbezogene Lehre am »Fall« zu orientieren. Ein solcher Fall endet regelmäßig mit einer Frage, und zu dieser Frage sollten die Studierenden bei der Durcharbeitung dieses Buches wiederum – *auch ohne besondere Aufforderung – zunächst eigene Überlegungen* anstellen, bevor sie weiterlesen.

Erfolgreiches Lernen bedeutet schließlich nicht nur **Lesen** und **Nachdenken,** sondern immer und immer wieder: **Wiederholen!** Um den Studierenden Gelegenheit zu geben zu überprüfen, was von dem zuvor im Lehrgespräch Erarbeiteten (bzw. hier Gelesenen) im Gedächtnis haften geblieben ist, werden ihnen am Ende von Teilabschnitten Stoffgliederungsübersichten, Merksätze und Prüfungsschemata dargeboten. Sollte man bei der Lektüre dieser Übersichten feststellen, daß man der Zusammenfassung nicht ohne Schwierigkeiten folgen kann, so sollte man tunlichst zurückblättern, um den Stoff nachzuarbeiten! Gegebenenfalls mache man sich Notizen, um einem »Problem« anhand von vertiefender Literatur nachzugehen.

Juristische »Probleme« werden ohnehin in diesem Buch bewußt nicht ausführlich erörtert – dies bleibe den Juristen »unter sich« überlassen! Wer sich an der Fachhochschule (aber auch an der Universität) als Wirtschaftswissenschaftler mit »Recht« (gemeint ist dann überwiegend »Privat-« bzw. »Wirtschaftsrecht«) befassen muß, soll nur einen Blick über die Grenze seiner (Wirtschafts-) Wissenschaft werfen, nicht mehr und nicht weniger! In einem juristischen Einführungswerk, das sich in erster Linie an Wirtschaftswissenschaftler wendet, haben Zitate wie »BGHZ« oder »BGH NJW« ebensowenig zu suchen wie solche von umfangreichen »Klassiker«-Lehrbüchern oder dickleibigen Kommentaren!

Um Mißverständnisse dieser »Kritik« zu vermeiden: Solche Zitate haben dann in Einführungswerken wie dem vorliegenden »nichts zu suchen«, wenn sie dazu dienen sollen, die Studierenden zu animieren, einen angesprochenen »Meinungsstreit« zu einem juristischen »Problem« durch die Lektüre dieser Zitate (z.B.: »vgl. dazu *Baumbach/Duden/Hopt,* a.a.O., Einl. v. § 1, Anm. I 3, m.w.N. zum Meinungsstreit«) *nachzuarbeiten!* Das trägt meist eher zur Verwirrung als zur Klärung bei. Zur Nacharbeitung des dargebotenen Stoffes dienen die konkreten Literaturhinweise »Zur Vertiefung« am Ende von Abschnitten innerhalb des Textes.

Wenn z.B. *»Baumbach/Duden/Hopt«*, ein sog. »Lehrbuchklassiker«, ein BGH-Urteil, ein ganz spezieller Zeitschriftenaufsatz u.ä. in meinen Fußnoten manchmal dennoch erschienen, dann nur, um – der Zitierwahrheit entsprechend – zu *belegen,* daß die eine oder andere Passage den Formulierungen dieser zitierten Werke nachempfunden wurde (weil man es selbst treffender nicht mehr ausdrücken kann)...

Damit die Studierenden durch die Fußnoten in diesem Buch nicht unnütz vom Lernen abgelenkt werden, empfehle ich, wie folgt zu verfahren:

Betrachten Sie nur **halbfett gedruckte Fußnotentexte** als Pflichtlektüre!

Den *kursiv gedruckten Fußnoten* sollten Sie nur nachgehen, wenn Sie Zeit und Interesse haben, etwas *mehr* zu erfahren als in den Prüfungen von Ihnen verlangt wird.

Die mager gedruckten Fußnotentexte brauchen Sie überhaupt nicht zu lesen (= »Belege/Zitierwahrheit«).

Schließlich sollen diese »Grundzüge« bei der Stoffvermittlung auch ein wenig an die zivilrechtliche, gutachtliche Denkweise heranführen, deren Beherrschung für die Anfertigung von Prüfungsklausuren geboten ist. Bisweilen wird der Stoff, den ein Fall vermitteln soll, daher in gutachtenähnlicher Form »klausurmäßig« aufbereitet.

Zur Perfektionierung Ihrer Klausurtechnik sollten die Studierenden meine (in demselben Verlag erschienene) »Anleitung zur Lösung von Zivilrechtsfällen« durcharbeiten, die sich materiellrechtlich schwerpunktmäßig auf den Allgemeinen Teil des BGB und das Allgemeine Schuldrecht erstreckt.

Es ist kein Zufall, daß in diesem Vorwort so häufig vom *»Arbeiten«* (*Durch*arbeiten, *Nach*arbeiten, – auch *Vor*arbeiten kann nicht schaden!) die Rede ist. Es soll ja zugleich eine *Arbeits*anleitung sein.

»Ohne Arbeit kein Erfolg!« oder »Ohne Fleiß kein Preis!« sind nicht etwa Allgemeinplätze, sondern reine Wahrheit, »nichts als die Wahrheit!« Das Arbeiten (Synonym: Studieren!) kann dieses Buch, wie auch andere, nicht ersetzen. Es kann und soll die Arbeit aber erleichtern und auflockern!

Bevor Sie mit der Lektüre beginnen, noch ein letzter Ratschlag, der, obwohl eigentlich selbstverständlich, nicht oft genug wiederholt werden kann: **Lesen Sie jede zitierte Vorschrift (=§!) sorgfältig durch;** wenn Sie diesen Band der »Grundzüge« durcharbeiten, ist die ständige Benutzung (Lektüre) von Texten des HGB und BGB unerläßlich. Ausreichend und empfehlenswert ist die Anschaffung der neuesten Auflagen der »Beck-Texte im dtv« Nr. 5002 (HGB) sowie für das BGB die Textsammlung »BGB – Bürgerliches Recht mit wichtigen Nebengesetzen« der Reihe »Ratgeber Recht« bei Fischer-Heymanns, Nr. 12875. Den Hinweis *»Lesen!«* werden Sie im Text dieses Buches immer wieder finden. Wenn ich die Wichtigkeit der Gesetzeslektüre in meiner *»Anleitung zur Lösung von Zivilrechtsfällen«* noch mit dem Satz »Die halbe Juristenwahrheit steht im Gesetz« unterstrichen habe, so möchte/muß ich dem noch hinzufügen: *»Die Hälfte aller Fehler in juristischen Anfängerklausuren könnte vermieden werden, wenn die Bearbeiter die zitierten Vorschriften (genauer) lesen würden.«* –

Mein besonderer Dank gilt erneut Frau Kollegin Regierungsoberrätin Karin Metzler-Müller von der Verwaltungsfachhochschule in Wiesbaden, die mir bei der Druckfassung des Manuskripts wertvolle Hilfe leistete.

Für Hinweise und Anregungen aus dem Leserkreis bin ich stets dankbar.

Köln, im Februar 1992 — Rainer Wörlen

Inhalt

Verzeichnis der Übersichten

Verzeichnis der Abbildungen

Abkürzungen

a.a.O.	am angegebenen Ort
Abb.	Abbildung
Abs.	Absatz
Abschn.	Abschnitt
AGB	Allg. Geschäftsbedingungen
AG	Aktiengesellschaft
AktG	G. ü. Aktiengesellschaften u. Kommanditgesellschaften auf Aktien (Aktiengesetz)*
allg.	allgemein/e(r)/(s)
Anm.	Anmerkung
arg.	Argument (lat.: argumentum)
Art.	Artikel
Aufl.	Auflage
AV	Allg. Verwaltungsvorschrift; Ausführungsverordnung; Verordnung zur Ausführung
Bd.	Band
Bek.	Bekanntmachung
Bekl.	Beklagte(r)
betr.	betreffend; betrifft
BGB	Bürgerliches Gesetzbuch
BGBl.	Bundesgesetzblatt
BGH	Bundesgerichtshof
BGHZ	Entscheidungen des Bundesgerichtshofs in Zivilsachen
BiRiLiG	Bilanzrichtliniengesetz – Gesetz zur Durchführung der 4., 7. u. 8. Richtlinie des Rates der EG zur Koordinierung d. Gesellschaftsrechts
BR	Bürgerliches Recht
BRAO	Bundesrechtsanwaltsordnung
BS	Besonderes Schuldrecht
Buchst.	Buchstabe
bzw.	beziehungsweise
Co.	Compagnon (= Gesellschafter)

* Die Fundstellen von Gesetzen finden Sie im »Abkürzungsverzeichnis der Rechtssprache« von *Kirchner* (vgl. Lit.verz.).

d.	das/der/des/die
DB	Der Betrieb (Zeitschr.)
d.h.	das heißt
ders.	derselbe
dgl.	dergleichen
Dr.	Doktor
dt., dtsch.	deutsch/e/er/s
dtv	Deutscher Taschenbuch Verlag
e.G.	eingetragene Genossenschaft
EG	Europäische Gemeinschaften
EGHGB	Einführungsgesetz zum Handelsgesetzbuche
Einf.	Einführung
Einl.	Einleitung
erw.	erweitert(e)
EStG	Einkommensteuergesetz 1987
etc.	et cetera
evtl.	eventuell
EWIV	Europäische wirtschaftliche Interessenvereinigung
f.	für/folgende (Seite)
Fa.	Firma
ff.	folgende (Seiten)
fG	freiwillige Gerichtsbarkeit
FGG	G. ü. d. Angelegenheiten d. freiwilligen Gerichtsbarkeit
Fn.	Fußnote
frz.	französisch
G.	Gesetz
GbR	Ges. d. bürgerlichen Rechts
Ges.	Gesellschaft
gem.	gemäß
GenG	G. betr. d. Erwerbs- u. Wirtschaftsgenossenschaften (Genossenschaftsgesetz)
Ger.	Gericht
GewO	Gewerbeordnung
ggf.	gegebenenfalls
GmbH	Ges. m. beschränkter Haftung
GmbHG	G. betr. d. Gesellschaften m. beschränkter Haftung
GR	Gesellschaftsrecht
GWB	G. gegen Wettbewerbsbeschränkungen (Kartellgesetz)

h.M.	herrschende Meinung
HGB	Handelsgesetzbuch
HR	Handelsrecht
HReg.	Handelsregister
Hrsg.	Herausgeber
hrsg.	herausgegeben
HRV	AV ü.d. Einrichtung u. Führung d. Handelsregisters (Handelsregisterverfügung)
HV	Handlungsvollmacht
i.d.F.	in der Fassung
i.d.R.	in der Regel
i.S.d.	im Sinne der/s
i.S.v.	im Sinne von
i.V.m.	in Verbindung mit
insbes.	insbesondere
it.	italienisch
iur.	iuris (lat. – »des Rechts«)
j.P.	juristische Person
Jan.	Januar
Kap.	Kapitel
Kfm.	Kaufmann
KG	Kommanditgesellschaft
KGaA	Kommanditgesellschaft auf Aktien
Kl.	Kläger(in)
Komm.	Kommentar
KStG	Körperschaftsteuergesetz
landw.	landwirtschaftlich
lat.	lateinisch
Lit.verz.	Literaturverzeichnis
m.	mit
m.w.N.	mit weiteren Nachweisen
mind.	mindestens
Mio.	Millionen
mündl.	mündlich
NJW	Neue Juristische Wochenschrift
NL-BZAR	Neue Landwirtschaft – Briefe zum Agrarrecht

od.	oder
öff., öffentl.	öffentlich
oHG	offene Handelsgesellschaft
p.V.V.	positive Vertragsverletzung
PatG	PatentG
R	Recht
Rdnr.	Randnummer
rechtl.	rechtlich
Rev.	Revision
RG	Reichsgericht
RGBl.	Reichsgesetzblatt
RGZ	Entscheidungen des Reichsgerichts in Zivilsachen
RMBl.	Reichsministerialblatt (51.1923–73; vorher: Zentralblatt f. d. Dt. Reich)
S.	Satz; Seite
s.	siehe
s.o.	siehe oben
s.u.	siehe unten
ScheckG	Scheckgesetz
schriftl.	schriftlich
sog.	sogenannt/e/r
StG	Stille Gesellschaft
StGB	Strafgesetzbuch
Teilbd.	Teilband
u.	und; unten; unter
u.ä.	und ähnlich/e/r
u.a.	unter anderem
ü.	über
überarb.	überarbeitet
u.U.	unter Umständen
& Co.	und (&) Compagnie (= Gesellschaft)
UrhG	G. ü. Urheberrecht u. verwandte Schutzrechte (Urheberrechtsgesetz)
usw.	und so weiter
UWG	G. gegen den unlauteren Wettbewerb

v.	von
VAG	G. ü.d. Beaufsichtigung d. privaten Versicherungsunternehmungen u. Bausparkassen (Versicherungsaufsichtsgesetz)
Var.	Variante
verb.	verbessert(e)
VerlG	G. ü.d. Verlagsrecht
vgl.	vergleiche
VN	Versicherungsnehmer
VO	Verordnung
Vorb.	Vorbereitung; Vorbemerkung
VStG	Vermögensteuergesetz
VU	Versicherungsunternehmer/n
VVaG	Versicherungsverein auf Gegenseitigkeit
WE	Willenserklärung
WG	Wechselgesetz
WR	Wirtschaftsrecht (Zeitschr.)
WZG	Warenzeichengesetz
z.	zum; zur
z.B.	zum Beispiel
Zeitschr.	Zeitschrift
Ziff.	Ziffer
zit.	zitiert
ZPO	Zivilprozeßordnung
ZPR	Zeitschrift für Rechtspolitik
zus.	zusammen
Zwgst.	Zweigstelle

Literatur

Alpmann und Schmidt	(Juristische Lehrgänge) Handelsrecht – Handelsstand und Handelsgeschäfte, 5. Aufl., 1993 (zit. HR) von *J. Alpmann* und *H. Wüstenbecker*; Gesellschaftsrecht, 7. Aufl., 1994 (zit. GR) von *J.* und *J.A. Alpmann* und *F. Mohr*; Wertpapierrecht, 5. Aufl., 1993 (zit. WPR) von *G. Raddatz*
Baumbach/Hopt	Handelsgesetzbuch, Komm., 29. Aufl., 1994
Brehm	Freiwillige Gerichtsbarkeit, 2. Aufl., 1993
*Brox**	Besonderes Schuldrecht, 20. Aufl., 1995
*ders.**	Handelsrecht und Wertpapierrecht, 12. Aufl., 1996
Bülow	Handelsrecht, 1989
Canaris	Handelsrecht, 22. Aufl., 1995
*Creifelds**	Rechtswörterbuch, 12. Aufl., 1994
Duden u.a. Hrsg.	Duden – Etymologie, Herkunftswörterbuch der deutschen Sprache, 1963
Glanegger/Niedner/Renkl/Ruß	HGB – Handelsrecht, Bilanzrecht – Steuerrecht, Komm., 3. Aufl., 1993
Habscheid	Freiwillige Gerichtsbarkeit, 7. Aufl., 1983
Hager	Das Handelsregister, in: Jura 1992, 57 ff.
Hakenberg	Grundzüge des Europäischen Wirtschaftsrechts, 1994
Hofmann	Handelsrecht, 8. Aufl., 1993
Hübner	Handelsrecht, 3. Aufl., 1992
Hueck	Gesellschaftsrecht, 19. Aufl., 1991
Hüffer	Rechtsfragen des Handelskaufs (2. Teil), in: JA 1981, 143 ff.
Jauernig/Schlechtriem/Stürner/Teichmann/Vollkommer	Bürgerliches Gesetzbuch, Komm., 7. Aufl., 1994

*Jänsch/Zerres**	Handelsrecht, 1994
Kirchner	Abkürzungsverzeichnis der Rechtssprache, 4. Aufl., 1993
Kollhosser/Bork	Freiwillige Gerichtsbarkeit, 1992
Kraft/Kreutz	Gesellschaftsrecht, 9. Aufl., 1992
Kübler	Gesellschaftsrecht, 4. Aufl., 1994
*Leuschel**	Handelsrecht – schnell erfaßt, 1995
Liebs	Lateinische Rechtsregeln und Rechtssprichwörter, 5. Aufl., 1991
Liesecke	Die typischen Klauseln des internationalen Handelsverkehrs in der neueren Praxis, in: WM-Beilage 3/1978, 1 ff.
Luttmer/Winkler	Lieferungsbedingungen und Transportversicherung, 5. Aufl., 1990
Martinek	Handelsrecht, Gesellschafts- und Wertpapierrecht, 1988
Medicus	Schuldrecht II, Besonderer Teil, 6. Aufl., 1992
Palandt u.a. (Hrsg.)	Bürgerliches Gesetzbuch, Komm., 55. Aufl., 1996
Raisch	Die Abgrenzung des Handelsrechts vom Bürgerlichen Recht als Kodifikationsproblem im 19. Jahrhundert, 1962 (zit. Abgrenzung)
ders.	Geschichtliche Voraussetzungen, dogmatische Grundlagen und Sinnwandlung des Handelsrechts, 1965 (zit. Voraussetzungen)
Romain	Wörterbuch der Rechts- und Wirtschaftssprache, Teil I: Englisch-Deutsch, 4. Aufl., 1989
Roth	Handels- Gesellschaftsrecht, 4. Aufl., 1994
Schmidt	Handelsrecht, 4. Aufl., 1994 (zit. HR)
ders.	Gesellschaftsrecht, 2. Aufl., 1991 (zit GR)
ders.	Vom Handelsrecht zum Unternehmensprivatrecht, in: JuS 1985, 249
ders.	Bemerkungen und Vorschläge zur Überarbeitung des Handelsgesetzbuches – Vom Recht des Handelsstandes (Erstes Buch) zum Recht der Unternehmen –, in: DB 1994, 515

Schüssler	Die Incoterms – Internationale Regeln für die Auslegung der handelsrechtlichen Vertragsformen, in: DB 1986, 1161 ff.
*Schwind/Hasenpflug/Nawratil**	BGB leicht gemacht, 4. Aufl., 1994
*Sieg**	Handelsrecht für das Versicherungswesen, 1992
Simrock	Die deutschen Sprichwörter (1846), Nachdruck 1995
Steding	Agrargenossenschaften – »vollwertige« e.G. im Sinne des GenG?, in: NL-BZAR 7/1993,7
ders.	Für eine Wiederbelebung des Genossenschaftsgedankens, in: ZRP 1995, 403 ff.
ders.	Handelsrecht – Sonderprivatrecht des Kaufmanns, in: WR 1993, 247 ff.
Ulmer	Der Vertragshändler, 1969
Wiedemann	Gesellschaftsrecht. Ein Lehrbuch des Unternehmens- und Verbandsrechts, Band I, 1980
*Wörlen**	Anleitung zur Lösung von Zivilrechtsfällen, Methodische Hinweise und Bearbeitungsmuster, 4. Aufl., 1993
*ders.**	Grundzüge des Privatrechts, Band I: Einführung in das Recht und Allgemeiner Teil des BGB, 3. Aufl., 1993 (zit. Bd. I)
*ders.**	Grundzüge des Privatrechts, Band II: Grundbegriffe des Schuldrechts, Teilband 1: Allgemeines Schuldrecht, Teilband 2: Besonderes Schuldrecht, 2. Aufl., 1994 (zit. Bd. II, Tb. 1 bzw. Tb. 2)
*ders.**	Grundzüge des Privatrechts, Band III: Grundbegriffe des Sachenrechts sowie Überblick über das Familienrecht und das Erbrecht, 2. Aufl., 1995 (zit Bd. III)
*ders.**	Grundzüge des Privatrechts, Band V: Grundbegriffe des Arbeitsrechts, 2. Aufl., 1996 (zit. Bd. V)
Wolter	Was ist heute Handelsrecht? – Eine Einführung in einige grundsätzliche Probleme eines prekären Rechtsgebietes, in: Jura 1988, 169

* Diese Werke erscheinen besonders gut für *Anfänger* geeignet.

1. Kapitel: Begriff, Entstehung und Regelungsbereich des Handelsrechts

Das Handelsrecht wird gemeinhin als *Sonderprivatrecht der Kaufleute* bezeichnet![1]

Wenn Sie Ihr Studium als Wirtschaftswissenschaftler erfolgreich beendet haben werden, werden Sie als Diplom-Volkswirt, -Betriebswirt oder -»Kaufmann«[2](!) in einer sog. Führungsposition aktiv am Wirtschaftsleben teilnehmen, das zu einem großen Teil von Kaufleuten beherrscht wird! Bevor Sie soweit sind, ist es unerläßlich, daß Sie gewisse Grundkenntnisse des Handelsrechts erworben haben!

Warum man das Handelsrecht als *Sonderprivatrecht der Kaufleute* definiert, erklärt sich zum einen aus der Stellung des Handelsrechts innerhalb unseres Rechtssystems. Wie Sie wissen[3], ist unser Rechtssystem in zwei große Bereiche eingeteilt, das öffentliche Recht und das Privatrecht. Während das öffentliche Recht, vereinfacht ausgedrückt, neben den Beziehungen von staatlichen Hoheitsträgern untereinander die Beziehungen von Hoheitsträgern zu den Bürgern auf der Ebene der Über- und Unterordnung regelt, betrifft das Privatrecht die Beziehungen der Beteiligten auf der Ebene der Gleichordnung.

Das Handelsrecht, wenngleich es bisweilen auch öffentlich-rechtliche Normen[4] enthält, bildet einen Teil des Privatrechts[5], insbesondere des Wirtschaftsprivatrechts[6].

Als *Sonder*privatrecht wird das Handelsrecht bezeichnet, um es von dem *allgemeinen,* vornehmlich im Bürgerlichen Gesetzbuch niedergelegten, Privatrecht abzugrenzen. Als Sonderprivatrecht gilt Handelsrecht nur für eine bestimmte Gruppe von Rechtssubjekten[7]: es gilt nur

1 vgl. *Schmidt,* HR, § 1 I, 1; *Brox,* Rdnr. 1

2 *Die Leser**innen** mögen mir verzeihen, wenn ich der Einfachheit halber nur die maskulinen Titelbezeichnungen verwende!*

3 *vgl. Bd. I, S. 10–13*

4 **z.B. die §§ 8 ff. HGB**

5 *vgl. Bd. I, Übersicht 3, S. 14*

6 *zum Begriff, Bd. I, S. 13 u. 15*

7 *vgl. Bd. I, S. 51*

für Kaufleute im Rechtssinn. Der Geltungsbereich des Handelsrechts ist somit nach dem *subjektiven System* ausgerichtet[8].

Für das subjektive System ist also charakteristisch, daß es die Geltung handelsrechtlicher Vorschriften von einer *persönlichen Eigenschaft* eines der beteiligten Rechtssubjekte – eben der Kaufmannseigenschaft – abhängig macht. Im Gegensatz dazu steht das *objektive System*, das für die Geltung von handelsrechtlichen Vorschriften auf die Eigenart des jeweiligen *Rechtsgeschäfts* abstellt. Dieses System wird z.B. im französischen Handelsrecht bevorzugt, das in Art. 1, 633 des »Code de Commerce« das Vorliegen eines »acte de commerce« (Handelsgeschäft) als Voraussetzung für die Anwendbarkeit des Handelsrechts verlangt.[9]

Grundsätzlich gelten *auch* die Vorschriften des BGB für Kaufleute, allerdings nur subsidiär.

■[10]Was das »Subsidiaritätsprinzip« in diesem Zusammenhang bedeutet, sollte Ihnen (noch) bekannt sein[11].

▷ Wenn die Vorschriften des BGB für Kaufleute nur subsidiär gelten, so bedeutet das, daß sie nur insoweit Anwendung finden, als es für den jeweiligen Sachverhalt keine Sondervorschriften gibt[12].

Sondervorschriften für Kaufleute enthält vor allem das Handelsgesetzbuch vom 10. Mai 1897, das an demselben Tag in Kraft getreten ist wie das BGB.

■ Welcher Tag war das? Denken Sie nach, bevor Sie Fußnote[13] lesen!

Das deutsche Handelsrecht ist aus alten deutschen Stadtrechten des Mittelalters hervorgegangen und stark beeinflußt vom italienischen und vor allem vom französischen Handelsrecht, für das es bereits seit 1807 eine gesetzliche Kodifikation, den *»Code de Commerce«*, gab. Im Gegensatz zum BGB, das, wie Sie wissen, als einheitliches Gesetzeswerk damals völlig neu konzipiert wurde, hatte das HGB von 1897 bereits einen Vorläufer, nämlich das *»Allgemeine Deutsche Handelsgesetzbuch«* von

8 *Schmidt,* HR, a.a.O.

9 vgl. *Canaris,* § 1, 1 b – mit kritischer Würdigung beider Systeme

10 **» ■ « bedeutet** *(vgl. Bd. I, S. 4, Fn. 4)* **immer, auch wenn das nicht jedesmal ausdrücklich erwähnt wird: Achtung! Erst selbst nachdenken, bevor Sie weiterlesen! Der Pfeil (» ▷ «) weist auf die Antwort hin ...**

11 vgl. Bd. I, S. 23

12 vgl. dazu Art. 2 Abs. 1 EGHGB (dtv-Gesetzessammlung HGB, Gesetz Nr. 2)

13 1.1.1900

1861[14]. Darüber hinaus war für die Entwicklung des Handelsrechts das Gewohnheitsrecht[15] (»Handelsbräuche« – vgl. § 346 HGB) von besonderer Bedeutung.

Unter *Handelsrecht im engeren Sinne* versteht man das im HGB und seinen Nebengesetzen, wie z.B. dem Scheckgesetz und Wechselgesetz[16], geregelte Recht. Zum *Handelsrecht im weiteren Sinne* gehören neben den genannten Gesetzen das in verschiedenen Gesetzen[17] geregelte Gesellschaftsrecht, das Recht des gewerblichen Rechtsschutzes sowie das Wertpapierrecht und das Bank- und Börsenrecht.

Das Handelsrecht im weiteren Sinn wird bisweilen auch mit dem seit etwa 50 Jahren verwendeten Begriff »Wirtschaftsrecht« bezeichnet, was allerdings irreführend ist; denn zum Wirtschaftsrecht gehören, wie Sie bereits wissen[18], viel mehr Rechtsgebiete als die eben genannten, so vor allem ein großer Teil des Bürgerlichen Rechts, Bereiche des Arbeitsrechts und auch öffentlich-rechtliche Vorschriften.

Wenn wir eben festgestellt haben, daß das Bürgerliche Recht gegenüber dem Handelsrecht nur subsidiär gilt, so bedeutet das nicht, daß das HGB das BGB aus dem Gebiet des Handels völlig verdrängt. Dies gilt vor allem für den *Handelskauf*, für den das HGB dem BGB nur einige ergänzende Vorschriften hinzufügt.

Das BGB gilt also selbstverständlich *auch* für den *Handelskauf* und für *Kaufleute* im Sinne des HGB. Die Besonderheit der Vorschriften des HGB liegt einerseits darin, daß an den Kaufmann in mehreren Beziehungen strengere Anforderungen gestellt werden, als an einen anderen Teilnehmer am Rechtsverkehr. Andererseits kennt das Bürgerliche Recht eine Reihe von Formvorschriften, die die Beteiligten vor übereilten Entschlüssen schützen sollen, und diese Vorschriften gelten dann aufgrund von Sonderregelungen des HGB für Kaufleute nicht: Während beispielsweise § 766 BGB für die Bürgschaft die Schriftform vorsieht, ist die Bürgschaftserklärung eines Kaufmanns gem. § 350 HGB als Handelsgeschäft formfrei.

14 vgl. Bd. I, S. 24
15 vgl. dazu Bd. I, S. 5 u.8
16 Nr. 7 und Nr. 4 der dtv-Gesetzessammlung HGB
17 z.B. AktG, GmbHG, GenG
18 vgl. Bd. I, S. 13 f.

Wie das BGB ist auch das HGB in fünf Bücher unterteilt. Verschaffen Sie sich einen ersten Überblick im Inhaltsverzeichnis Ihres Gesetzestextes und lesen Sie zur Wiederholung nun Übersicht 1!

Übersicht 1:

Begriffe aus dem Handelsrecht (HR)		
HR =	Sonderprivatrecht der Kaufleute	
–	*Einordnung in unser Rechtssystem:*	HR ist (überwiegend) Privatrecht wie Bürgerliches Recht.
–	*Gesetzliche Grundlage:*	Handelsgesetzbuch -HGB- vom 10. Mai 1897, das zus. mit BGB am 1. Jan. 1900 in Kraft trat (vgl. § 1 EGHGB)
–	*Vorläufer:* Allg. Dtsch. Handelsgesetzbuch von 1861; Beeinflussung durch it. und vor allem frz. HR (»Code de Commerce« v. 1807); Gewohnheitsrecht, Handelsbräuche (vgl. § 346 HGB)	
–	*HR im engeren Sinne:*	HGB + Nebengesetze (z.B. ScheckG, WechselG)
–	*HR im weiteren Sinne:*	Gesellschaftsrecht (z.B. AktG, GmbHG, GenG); Gewerberecht (öff.-rechtl. = GewO); UWG, GWB, PatentG; BGB; WertpapierR, Bank- und BörsenR, WarenzeichenG
–	Das BGB gilt für Kaufleute neben dem HGB nur subsidiär (vgl. § 2 EGHGB).	
–	*Besonderheiten des HGB für Kaufleute gegenüber dem BGB*[19]*:* 1. Raschere Abwicklung der Handelsgeschäfte = z.B. kürzere Frist bei Pfandverwertung (§ 368 HGB); unverzügliche Mängelrüge (§§ 377 ff. HGB); Formfreiheit von Bürgschaft (§ 350 HGB) 2. Erhöhter Vertrauensschutz = Publizität des Handelsregisters (§ 15 HGB); Schweigen auf Antrag = Annahme (§ 362 HGB)	

Literatur zur Vertiefung (1. Kapitel):

Brox	HR, § 1, Rdnr. 1–19
Hofmann	A, I–IV
Roth	§ 1

19 vgl. dazu unten S. 165 und Übersicht 16

2. Kapitel: Die Kaufleute

Wenn davon die Rede war, daß das Handelsrecht das Sonderprivatrecht der Kaufleute ist, so ist zu klären, wer als Kaufmann im handelsrechtlichen Sinne anzusehen ist.

Der Begriff »Kaufmann« ist uns aus der Sprache des täglichen Lebens bekannt.

Beispiel:
Zwei ehemalige Mitschüler A und B berichten einander von ihrem beruflichen Werdegang. A erzählt: »Ich habe meine Lehre beendet und bin jetzt als Bankkaufmann bei der Deutsche Bank AG angestellt.« B sagt: »Ich bin selbständiger Versicherungskaufmann und habe ein Maklergeschäft.«

Nach *allgemeinem* Sprachgebrauch ist »Kaufmann« jeder, der in irgendeiner Weise kaufmännisch, d.h. in einem Handelsbetrieb tätig ist. Als Synonym wird auch der Begriff Händler verwendet. Kaufmann im Sinne des Handelsrechts ist aber nur derjenige, welcher nach den ausdrücklichen Bestimmungen des HGB als Kaufmann bezeichnet wird. *Das HGB betrifft also nicht den Kaufmann im wirtschaftlichen Sinne, sondern den Kaufmann im Rechtssinne.*

Der Kaufmannsbegriff ist allerdings nicht mehr zeitgemäß: Berücksichtigt man, daß z.B. die Inhaberin des sog. »Tante-Emma-Ladens« Kaufmann (*Kauffrau* natürlich, vgl. oben Fußn. 2) nach dem HGB[20] ist, während ein großer Bauunternehmer, der kein Handelsgewerbe i.S.v. § 1 HGB (dazu sogleich) betreibt, die Kaufmannseigenschaft nur haben kann, wenn er die Voraussetzungen von § 2 HGB erfüllt[21], so ist das etwas befremdlich. Es ist durchaus erwägenswert, den Kaufmannsbegriff insoweit entsprechend zu erweitern oder ihn durch einen Unternehmensbegriff zu ersetzen.[22]

20 *Genaueres dazu in diesem Kapitel unten unter IV!*
21 *vgl. dazu in diesem Kapitel unten II, 1!*
22 vgl. hierzu *bei Interesse* die in der »Literatur zur Vertiefung« am Ende dieses Kapitels angegebenen Beiträge von *Raisch, Schmidt, Steding* und *Wolter*

I. Der Kaufmann kraft Handelsgewerbebetriebes (Mußkaufmann)

1. Der Begriff des Gewerbes

Lesen Sie § 1 HGB aufmerksam ganz durch!

■ Die Frage dazu lautet: Sind die ehemaligen Mitschüler A und B in dem eben genannten Beispiel Kaufleute im handelsrechtlichen Sinn oder nicht? Überlegen Sie; lesen Sie § 1 HGB ggf. nochmals!

▷ Kaufmann im Sinne des § 1 Abs. 1 HGB ist, wer ein *Handelsgewerbe betreibt.* Als Handelsgewerbe gelten gem. § 1 Abs. 2 Nr. 7 (i.V.m. § 93 Abs. 1) HGB auch die Geschäfte von Versicherungsmaklern. Somit ist der selbständige B Kaufmann im Sinne des HGB. Auch das Bankgewerbe ist gem. § 1 Abs. 2 Nr. 4 HGB zwar ein Handelsgewerbe, da A aber bei einer Bank *angestellt* ist, *betreibt* er dieses Gewerbe nicht und ist nicht Kaufmann im Rechtssinn.

Welche Voraussetzungen für die Kaufmannseigenschaft im Sinne von § 1 Abs. 1 HGB im einzelnen erfüllt sein müssen, verdeutlichen wir uns anhand des ersten Übungsfalles:

Übungsfall 1[23]

Der Kunstmalerin Elke A ist die Durchführung einer eigenen Ausstellung in einer bedeutenden Galerie gelungen. Schon bald zeigt sich, daß A's Vogelfederbilder sich ungeheuer gut verkaufen. Rasch hat A 25 Bilder abgesetzt und dafür 100.000,– DM eingenommen. Der Rechtspfleger des örtlichen Amtsgerichts fordert sie auf, sich innerhalb von 4 Wochen im Handelsregister eintragen zu lassen; andernfalls müsse A ein Zwangsgeld in Höhe von 1000,– DM zahlen. A hält das für rechtswidrig. Wer hat recht?

Um die Frage beantworten zu können, müssen wir schon ungefähr wissen, was das Handelsregister ist und wer verpflichtet ist, sich dort eintragen zu lassen.

Das Handelsregister ist ein öffentliches, vom Gericht geführtes Verzeichnis, in dem Kaufleute eines Amtsgerichtsbezirks sowie bestimmte auf sie bezogene Tatsachen und Rechtsverhältnisse eingetragen werden. Im einzelnen kommen wir auf das Handelsregister unten ausführlicher zu sprechen.

23 nach *Alpmann und Schmidt,* HR, Fall 1

Nach § 14 HGB kann das Registergericht denjenigen, der zur Eintragung in das Handelsregister verpflichtet ist, gegebenenfalls durch Zwangsgeld zu dieser Eintragung anhalten (§ 14 HGB lesen!).

Eine Verpflichtung der A, sich ins Handelsregister eintragen zu lassen, könnte sich z.B. aus § 29 HGB ergeben *(lesen!)*.

■ Was versteht man unter der *Firma* eines Kaufmanns? (Überlegen Sie selbst, bevor Sie weiterlesen!)

▷ Die Antwort gibt § 17 Abs. 1 HGB (lesen!):
Die Firma ist der Name, unter dem ein Kaufmann im Handel seine Geschäfte betreibt und die Unterschrift abgibt.

■ Welche wichtige Voraussetzung muß A demnach erfüllen, damit sie eintragungspflichtig ist?

▷ A müßte »Kaufmann« im Sinne des HGB sein, und zwar, wie wir noch sehen werden, Vollkaufmann.

■ Was ist dazu Voraussetzung? (Lesen Sie nochmals § 1 Abs. 1 HGB!)

▷ A müßte gem. § 1 Abs. 1 HGB ein Handelsgewerbe betreiben.

Bevor wir feststellen können, ob es sich bei der Tätigkeit der A um ein Handelsgewerbe handelt, müssen wir prüfen, ob A überhaupt ein Gewerbe betreibt. Der Begriff des Gewerbes ist in keiner Rechtsvorschrift, auch nicht in der Gewerbeordnung, definiert, sondern von Rechtslehre und Rechtsprechung entwickelt worden.

Nach h.M.[24] versteht man unter Gewerbe jede nach außen gerichtete, erlaubte, selbständige (nicht »freiberufliche«), planmäßig auf Dauer ausgerichtete und mit Gewinnerzielungsabsicht ausgeübte Tätigkeit, die nicht der Urproduktion dient.

a) Nach außen gerichtete Tätigkeit

Nach außen gerichtet ist die Tätigkeit, wenn sie offen nach außen in Erscheinung tritt. Allein die – für Dritte nicht erkennbare – Absicht, ein Gewerbe zu betreiben, reicht nicht aus. Wer z.B. jahrelang an der Börse spekuliert hat, ohne dies öffentlich kund zu geben, betreibt kein Gewerbe im Sinne des Handelsrechts[25]. Auch wer sich als »stiller Gesellschafter« an einer Handelsgesellschaft[26] beteiligt, betreibt kein Gewerbe und ist daher kein Kaufmann.

24 vgl. *Baumbach/Hopt*, § 1, Rdnr. 1–5
25 vgl. *Brox*, HR, Rdnr. 20; *Alpmann und Schmidt*, S. 3
26 *dazu unten S. 94 ff.*

b) Erlaubte Tätigkeit

»Erlaubt« ist eine gewerbliche Tätigkeit, wenn sie nicht gegen ein gesetzliches Verbot (§ 134 BGB) verstößt oder nicht sittenwidrig (§ 138 BGB) ist. Sittenwidrigkeit liegt z.B. vor bei Wucher[27], Rauschgifthandel, gewerbsmäßiger Hehlerei oder Prostitution. Auch wenn man bei letzterer vom »horizontalen *Gewerbe*« spricht, handelt es sich dabei nicht um ein Gewerbe im Sinne des Handelsrechts! Entscheidend für das Erlaubtsein ist, daß Ansprüche aus der Tätigkeit zivilrechtlich gültig und einklagbar sind[28].

c) Selbständige (nicht freiberufliche) Tätigkeit

»Selbständig« ist ein Gewerbetreibender, wenn er rechtlich – nicht unbedingt von wirtschaftlichen Zwängen – frei ist[29]. Selbständig ist in diesem Sinne, wer, etwa wie der Handelsvertreter gem. § 84 Abs. 1 S. 2 HGB, im wesentlichen frei seine Tätigkeit gestalten und seine Arbeitszeit bestimmen kann (§ 84 Abs. 1 S. 2 HGB lesen!). In unserem Mitschüler-Beispiel[30] erfüllt der Angestellte »Bankkaufmann A« daher den Kaufmannsbegriff auch nicht, weil es daran fehlt, daß er selbständig ist.

Schließlich bleibt festzuhalten, daß kein Gewerbe vorliegt, wenn es sich bei der ausgeübten Tätigkeit um einen sogenannten *»freien Beruf«* handelt.

■ Was versteht man unter einem »freien Beruf«?

Der Begriff »freier Beruf« ist ein historisch-soziologischer Begriff aus der Zeit des frühen Liberalismus[31].

Beispiele für freie Berufe sind:

Ärzte, Architekten, beratende Psychologen, Wirtschaftsprüfer, Steuerberater, Schriftsteller, Künstler, Rechtsanwälte usw.

»Freier Beruf« bedeutet allerdings nicht, daß der Staat sich jeden Eingriffs in den Beruf enthält; doch unterliegen die freien Berufe nicht der relativ strengen Aufsicht des Gewerbeamtes nach der Gewerbeordnung.

27 zum Begriff vgl. *Creifelds,* S. 1440

28 vgl. *Alpmann und Schmidt,* HR, S. 3

29 *Hofmann,* B,I.1.d)

30 *vgl. oben S. 5*

31 *Denkrichtung und Lebensform, die die Freiheit, Autonomie und freie Entfaltung der Persönlichkeit befürwortete. Bedeutende Vertreter waren Adam Smith (1723–1798) und John Stuart Mill (1806–1873).*

Allgemein kann man sagen, daß freie Berufe, wie die genannten Beispiele zeigen, in der Regel eine höhere Bildung erfordern und vor allem durch die persönliche Mitarbeit des Betriebsinhabers geprägt sind. Da auch hier die Grenzen zum Gewerbe manchmal fließend sein können, wird der freie Beruf in einer Vielzahl von Spezialgesetzen ausdrücklich geregelt. So heißt es z.B. in § 2 BRAO: »Der Rechtsanwalt übt einen freien Beruf aus. Seine Tätigkeit ist kein Gewerbe.«

Ähnliche Vorschriften enthalten die BundesärzteO, das ZahnheilkundeG sowie das SteuerberatungsG...

d) Planmäßig auf Dauer angelegt

Wenn die gewerbliche Tätigkeit *»planmäßig auf gewisse Dauer«* angelegt sein muß, so bedeutet das, daß sie nicht nur gelegentlich betrieben werden darf (wie z.B. eine Würstchenbude auf dem Oktoberfest), sondern »für immer und ewig« geplant sein müßte[32].

e) Gewinnerzielungsabsicht

»Zum Zweck der Gewinnerzielung« bedeutet, daß die Absicht bestehen muß, Einnahmen zu erzielen, die über die Kostendeckung hinausgehen. Entscheidend ist also nicht, ob tatsächlich ein Gewinn erzielt wird. Die Gewinnerzielungsabsicht fehlt z.B. bei karitativen oder nur konsumdeckenden Tätigkeiten[33].

f) Keine Urproduktion

Weiterhin darf die Tätigkeit, um unter den Begriff des Gewerbes zu fallen, nicht der *Urproduktion dienen.*

■ Was versteht man unter Urproduktion?

▷ Vereinfacht: Die Gewinnung von Naturerzeugnissen!

Beispiele:

Kein Gewerbe sind demnach Bergbau, Erdölgewinnung, Land- und Forstwirtschaft, Garten- und Weinbau, Tierzucht, Jagd und Fischerei.

Zur Urproduktion wird auch die Zubereitung, Verarbeitung und Verwertung der selbstgewonnen Erzeugnisse gerechnet. Einen Grenz-

32 vgl. *Hofmann,* B,I.1.c)

33 vgl. *Alpmann und Schmidt,* HR, S. 3

fall bilden häufig Gärtnereien und bisweilen landwirtschaftliche Betriebe.

■ Können Sie sich vorstellen, wann man z.B. einen Gärtnereibetrieb nicht mehr als Betrieb der Urproduktion, sondern als Gewerbetrieb qualifizieren wird?

▷ Wenn die Gärtnerei sich hauptsächlich auf die Verarbeitung und die Veräußerung von nicht selbstgewonnenen Erzeugnissen des Gartenbaus beschränkt.

Landwirtschaftliche Betriebe betreiben z.B. keine Urproduktion, wenn sie in größerem Umfang nur Vieh mästen oder Eier produzieren und die Tiere dabei zum größten Teil mit zugekauften, statt mit selbstproduzierten Futtermitteln ernähren.

■ Wie würden Sie, nachdem Sie diese Abgrenzungskriterien des Gewerbes kennengelernt haben, die Tätigkeit der Malerin A einstufen? Betreibt die A ein Gewerbe? (Überlegen Sie!)

▷ Als Kunstmalerin übt sie einen freien Beruf aus. Sie betreibt also kein Gewerbe und erst recht kein Handelsgewerbe, so daß der Rechtspfleger nicht verlangen kann, daß sich A in das Handelsregister eintragen läßt.

2. Das Handelsgewerbe

Um die Kaufmannseigenschaft einer gewerbetreibenden Person nach § 1 Abs. 1 HGB zu begründen, muß das Gewerbe, das ausgeübt wird, ein Handelsgewerbe sein. Der Begriff des Handelsgewerbes ist enger als der des Gewerbes und im HGB zunächst durch den abschließenden Katalog der Grundhandelsgewerbe in § 1 Abs. 2 HGB fixiert.

Wer eines dieser Handelsgewerbe ausübt, ist zwangsläufig Kaufmann; ob er will oder nicht! Das Gesetz nennt ihn deshalb auch *Mußkaufmann.* Als solcher hat er gem. § 29 HGB die Pflicht, sich zur Eintragung ins Handelsregister anzumelden. Statt des Begriffes »Mußkaufmann« wird manchmal auch der Begriff *»Istkaufmann«* verwendet, da derjenige, der ein Handelsgewerbe betreibt, nach der Bestimmung des § 1 Abs. 1 HGB Kaufmann *ist.*

3. Der »Betrieb« des Handelsgewerbes

Unterstreichen Sie in § 1 Abs. 1 HGB die Worte *Kaufmann, Handelsgewerbe* und *betreibt.* Wie Sie am Beispiel des Bankkaufmanns A gelernt haben, reicht es für die Kaufmannseigenschaft im Sinne des HGB nicht aus, wenn jemand für einen anderen in dessen Handelsgewerbe tätig ist. Ein Handelsgewerbe »betreibt« als Kaufmann nur derjenige, auf dessen Namen und Rechnung das Geschäft geht.

Von dem Grundsatz, daß – um es differenzierter auszudrücken – derjenige ein Handelsgewerbe »betreibt«, in dessen Namen die dazugehörenden Rechtsgeschäfte abgeschlossen werden, macht das HGB in § 1 Abs. 2 Nr. 7 selbst eine Ausnahme: Der dort genannte Handelsvertreter »betreibt« ein Handelsgewerbe, obwohl es zu seinen Geschäften nach § 84 Abs. 1 S. 1 HGB[34] auch gehört, im Namen eines anderen Unternehmers Verträge zu schließen (Abschlußvertreter)[35].

Angestellte einer Bank, einer Versicherung oder anderer in § 1 Abs. 2 HGB angesprochener Unternehmen sind jedenfalls nicht Kaufleute i.S.d. Handelsrechts, auch wenn sie als Berufsabschlußbezeichnung den »Kaufmannstitel« (wie gesehen: Bankkaufmann, Versicherungskaufmann) führen dürfen.

Sie sind vielmehr Handlungsgehilfen im Sinne der §§ 59 ff. HGB, die wir später noch kurz behandeln werden[36]. Umgekehrt kommt die Kaufmannseigenschaft nach dem Gesetz manchen Personengruppen zu, denen im Wirtschaftsleben die Bezeichnung gar nicht oder nur zögernd gewährt wird. Dies gilt – wie eben am Beispiel des Handelsvertreters dargestellt – insbesondere für die selbständigen Vertreter und Makler.

Die wesentlichen Voraussetzungen für die Kaufmannseigenschaft sind auf der folgenden Übersicht (2) zusammengefaßt.

34 dazu mehr unten, S. 62 ff.

35 vgl. *Hofmann,* B,I.3.

36 unten, S. 44 f.

Übersicht 2:

Gesetzliche Voraussetzungen für die Kaufmannseigenschaft nach § 1 HGB:	
1. Handelsgewerbe	**2. Betreiben**

zu 1: Tätigkeit muß überhaupt *Gewerbe* sein. Unter *Gewerbe* versteht man nach h.M. jede nach außen erkennbare (a), erlaubte (b), selbständige (nicht freiberufliche) (c), planmäßig auf Dauer (d), mit Absicht der Gewinnerzielung ausgeübte (e) Tätigkeit, die nicht der Urproduktion dient (f).

a) nicht Gewerbe: heimliche Börsenspekulation oder »stiller Gesellschafter«
b) kein Verstoß gegen gesetzl. Verbot (§ 134 BGB) oder gute Sitten (§ 138 BGB)
c) *rechtlich;* wirtschaftliche Selbständigkeit nicht erforderlich; »freie Berufe«: »höhere« Tätigkeiten, z.B. Ärzte, Architekten, Rechtsanwälte, Steuerberater, Wirtschaftsprüfer, Schriftsteller, Künstler; Merkmal: *persönliche Mitarbeit* des Betriebsinhabers
d) nicht nur gelegentliche Tätigkeit
e) Gewinnerzielungsabsicht erforderlich; tatsächlicher Gewinn unerheblich
f) *Urproduktion:* Gewinnung von Naturerzeugnissen, z.B. Bergbau, Land- u. Forstwirtschaft (Grenzfälle: z.B. Gärtnereien, landw. Viehmästereien)

– Handelsgewerbe sind in § 1 Abs. 2 HGB abschließend aufgezählt.

zu 2: Betreiben setzt voraus, daß Handelsgewerbe auf den Namen und die Kosten des Kaufmanns abgewickelt wird = *Angestellter* »Versicherungskaufmann« oder »Bankkaufmann« ist daher kein Kaufmann im Rechtssinne (sondern Handlungsgehilfe nach §§ 59 ff. HGB).

II. Kaufleute kraft Eintragung

Der Mußkaufmann i.S.d. § 1 HGB ist Kaufmann, ohne daß es auf eine Eintragung ins Handelsregister ankommt. Folgende Kaufleute erlangen die Kaufmannseigenschaft durch die Eintragung ins Handelsregister:

1. Sollkaufmann

Lesen Sie § 2 HGB! Sollkaufleute sind also gewerbliche Unternehmer, deren Betriebe zwar kein Handelsgewerbe gem. § 1 HGB darstellen, die aber wegen des Umfanges bzw. der Größe *und* der Art des Unternehmens eine kaufmännische Organisation erfordern. In diesem Fall ist der Sollkaufmann gem. § 2 S. 2 HGB verpflichtet, sich ins Handelsregister eintragen zu lassen. Sofern diese Eintragung erfolgt ist, gilt das Gewerbe des Sollkaufmanns als Handelsgewerbe i.S.d. § 1 HGB, so daß durch die Eintragung ins Handelsregister seine Stellung als Vollkaufmann *begründet* wird.

■ Wissen Sie, wie man diese Wirkung der Eintragung in das Handelsregister bezeichnet? (Nachdenken!)

▷ Da die Eintragung ins Handelsregister, anders als beim Mußkaufmann, die Kaufmannseigenschaft *begründet* bzw. »konstituiert«, hat sie »konstitutive« (rechtsbegründende) Wirkung.

■ Welche Wirkung hat dagegen die Eintragung eines Mußkaufmanns? (Überlegen Sie!)

▷ Da der Mußkaufmann die Kaufmannseigenschaft per Gesetz durch § 1 HGB zugesprochen bekommt, wird durch seine Eintragung in das Handelsregister nur nach außen *erklärt,* daß dieser Kaufmann unter seiner Firma existiert und wo der Sitz seiner Niederlassung ist. Die Eintragung hat daher nur »deklaratorische« (rechtserklärende) Wirkung[37].

2. Kannkaufmann

Auf Betriebe der Land- und Forstwirtschaft finden die Vorschriften des § 1 HGB gem. § 3 Abs. 1 HGB keine Anwendung.

37 vgl. dazu Bd. I, S. 53

Der Land- und Forstwirt ist weder Mußkaufmann noch Sollkaufmann, sondern nur *Kannkaufmann,* d.h., er ist nach § 3 Abs. 1 HGB berechtigt, aber nicht verpflichtet, seine Kaufmannseigenschaft durch Eintragung ins Handelsregister herbeizuführen (§ 3 Abs. 1 und Abs. 2 S. 1 HGB lesen!).

Wenn Sie sich daran erinnern, was wir zum Begriff des Gewerbes im Zusammenhang mit der Urproduktion gesagt haben, könnte das Anlaß zu Zweifeln geben: Wir hatten festgestellt, daß Betriebe der Urproduktion, insbesondere landwirtschaftliche Betriebe, grundsätzlich kein Gewerbe betreiben; wir hatten aber auch festgestellt, daß ein Landwirt, der Vieh verkauft, und es mit gekauften Futtermitteln mästet, um es weiterzuverkaufen, ausnahmsweise doch als *Gewerbe*betrieb anzusehen ist.

■ Ist ein solcher Landwirt dann nicht automatisch Kaufmann im Sinne von § 1 Abs. 1 HGB? (Denken Sie nach!)

▷ Er betreibt zwar ein Gewerbe, aber kein Handelsgewerbe im Sinne von § 1 HGB; er ist also nicht Kaufmann!

Das wird in § 3 Abs. 1 HGB ausdrücklich klargestellt. Er ist nach dem ausdrücklichen Willen des Gesetzes gem. § 3 Abs. 2 HGB eben nur Kannkaufmann.

3. Scheinkaufmann

Wenngleich das HGB ein sehr logisch aufgebautes und formuliertes Gesetz ist, so scheinen manche Überschriften zu den einzelnen Paragraphen zumindest für den Laien etwas mißverständlich: Während wir im Hinblick auf die konstitutive Wirkung der Eintragung ins Handelsregister festgestellt hatten, daß die in §§ 2 und 3 HGB angesprochenen Soll- bzw. Kannkaufleute »Kaufleute kraft Eintragung« sind, scheint diese Eigenschaft nach der Gesetzesüberschrift nur dem unter § 5 HGB beschriebenen Kaufmann zuzukommen... Der Widerspruch ist indessen nur ein scheinbarer: Nicht *nur,* sondern *auch* der in § 5 HGB erwähnte Scheinkaufmann ist »Kaufmann kraft Eintragung«! Lesen Sie § 5 HGB! Schwer verständlich, was dort ausgedrückt ist? Es bedeutet sinngemäß: Unabhängig davon, ob eine Einzelperson unter ihrer Firma ein Handelsgewerbe betreibt oder nicht, ob sie zur Eintragung in das Handelsregister verpflichtet oder berechtigt war oder nicht, wird sie allein durch die Tatsache, daß sie im Handelsregister eingetragen ist, zum Kaufmann, für den die Vorschriften des HGB Anwendung finden. Das Handelsregister löst dadurch einen *Rechtsschein* aus, der besagt, daß derjenige, der darin eingetragen ist, auch wenn die Eintragung zu Unrecht erfolgt sein sollte, als Kaufmann gilt[38]. Man nennt diese Art des Kaufmanns daher auch *Fiktivkaufmann*[39] oder *Scheinkaufmann.* Der zügigen Geschäftsabwicklung im Handelsverkehr würde es widersprechen, wenn der jeweilige Geschäftspartner die Kaufmannseigenschaft besonders nachprüfen müßte.

Rechtssicherheit und Vertrauensschutz machen es erforderlich, daß u.U. auch solche Rechtssubjekte wie Vollkaufleute[39] behandelt werden, die es eigentlich (*ohne* die Eintragung ins Handelsregister) gar nicht sind[40]. Dies ist auch dann geboten, wenn jemand im privaten Rechtsverkehr als Kaufmann auftritt, ohne die handelsrechtlichen Voraussetzungen für die Kaufmannseigenschaft zu erfüllen. Er wird dann unter analoger Anwendung von § 5 HGB i.V.m. § 242 BGB als solcher angesehen und den strengeren Vorschriften des HGB unterstellt. Sinn dieser Lehre vom Scheinkaufmann, der *nicht* ins Handelsregister eingetragen ist, ist der Schutz des Geschäftspartners desjenigen, der sich als Kaufmann ausgibt, ohne es zu sein. Daher sollen diesen Scheinkaufmann nur die *Pflichten* des ordentlichen Kaufmannes treffen; nicht aber sollen ihm auch die Rechte und Vergünstigungen, die das HGB dem Kaufmann gewährt, zukommen, da dies mit dem Grundsatz von Treu und Glauben des § 242 BGB nicht vereinbar wäre[41].

III. Kaufleute kraft Rechtsform (»Formkaufleute«)

Kaufleute (Vollkaufleute) i.S.d. HGB, und zwar sogenannte *Formkaufleute,* sind gem. § 6 HGB (lesen!) auch die Handelsgesellschaften. Mit der rechtlichen Konstruktion der Handelsgesellschaften werden wir uns gegen Ende unserer Einführung in das Handelsrecht noch etwas ausführlicher beschäftigen[42]. Handelsgesellschaften nennt man deshalb Formkaufleute, weil sie – unabhängig davon, ob sie ein Handelsgewerbe betreiben – kraft Gesetzes aufgrund ihrer Rechtsform Kaufleute sind.

38 *vgl. »Fiktion«, Bd. I, S. 31*
39 *zu diesem Begriff sogleich unter IV !*
40 vgl. *Alpmann und Schmidt,* HR, S. 17
41 vgl. *Hofmann,* B,IV.3.c)
42 *vgl. unten, 6. Kapitel*

Diese Aussage gilt grundsätzlich für alle Handelsgesellschaften, unabhängig davon, ob es nun Kapitalgesellschaften, wie z.B. eine AG, GmbH, KGaA, VVaG, oder e.G.en (= juristische Personen) oder Personengesellschaften, wie z.B. die oHG, KG oder stille Gesellschaft, sind.

IV. Minderkaufleute

Für alle bisher beschriebenen Arten des Kaufmannes gelten, wenn seine Kaufmannseigenschaft feststeht – wie mehrfach erwähnt – die Vorschriften des HGB, und zwar in *vollem* Umfang! Man nennt diese Kaufleute daher, wie angedeutet, im allgemeinen juristischen Sprachgebrauch auch *»Vollkaufleute«*.

Im Gegensatz dazu kennt das HGB, das den Begriff des Vollkaufmanns nicht benutzt, sondern offenbar als bekannt voraussetzt, den sogenannten »Minderkaufmann«.

Diesen Begriff wollen wir uns anhand des nächsten Übungsfalles verdeutlichen:

Übungsfall 2	
Die verwitwete Tante Emma (E) betreibt in der Kölner Innenstadt in einer Nebenstraße einen kleinen Lebensmittelladen. Außer ihrer älteren Schwester Berta, die der E gelegentlich, insbesondere im Krankheitsfall, aushilft, beschäftigt E kein Personal. Der Gewinn aus Tante Emmas Laden beträgt angesichts einer Flut von Kaufhäusern und Selbstbedienungsläden in nächster Umgebung nur 5.000,– DM im Jahr. Prüfen Sie, ob Tante Emma »Kauffrau« im Rechtssinne gem. §§ 1-3 HGB ist. Begründen Sie Ihre Antwort!	

Vorsicht! Lassen Sie sich durch vermeintliches Wissen oder Ahnungen nicht täuschen, sondern *lesen* Sie vor Beantwortung der Frage das *Gesetz* (§§ 1-4 HGB!), und zwar – *wie immer – genau!*

■ Ist Tante Emma »Kaufmann« im Rechtssinne oder nicht?

▷ Die richtige Antwort ist »ja«!

■ Warum? (»Ja« reicht niemals! Wir/Sie müssen unsere/Ihre Ansicht juristisch begründen!)

▷ Weil Tante Emma ein Handelsgewerbe betreibt, und zwar gem. § 1 Abs. 2 Nr. 1 HGB: Sie schafft Waren an und veräußert sie (mit Gewinnerzielungsabsicht) weiter! Tante Emma ist aber kein *Voll*»kaufmann«, sondern sogenannter *Minder»kaufmann«* i.S.v. § 4 Abs. 1 HGB (nochmals lesen!).

Nach dieser Vorschrift gelten für Kaufleute mit einem so kleinen Gewerbebetrieb, wie Tante Emma ihn (bei 5.000,– DM Jahresgewinn) offensichtlich betreibt, die Vorschriften des HGB nicht uneingeschränkt. Denn durch die z.B. in § 238 HGB (zur Information kurz lesen!) vorgeschriebene Buchführungspflicht wären solche Kaufleute in der Regel überfordert. Um eine Überforderung zu vermeiden, bestimmt § 4 Abs. 1 HGB, daß auf diese Kaufleute das Handelsrecht nicht in vollem Umfang, sondern nur in *minderem* Umfang anzuwenden ist, weil ihr Betrieb nach Art *oder*[43] Umfang eine kaufmännische Einrichtung nicht erfordert. Dies erklärt die Bezeichnung solcher Kaufleute als *»Minderkaufmann«!*

In § 4 Abs. 1 HGB sollten Sie sich auch die Worte *Firmen, Handelsbücher* und *Prokura* unterstreichen und folgende Vorschriften darüber oder am Rand notieren: *Firmen = §§ 17 ff.; Handelsbücher = §§ 238 ff.; Prokura = §§ 38 ff!*

Die verschiedenen Arten der Kaufleute sind auf der folgenden Übersicht (3) zusammengefaßt!

Literatur zur Vertiefung (2. Kapitel):

Alpmann und Schmidt	HR, 1. Abschnitt
Canaris	§§ 2 u. 3
Hofmann	B, I–VII
Raisch	Abgrenzung, S. 13 ff.
ders.	Voraussetzungen, S. 47 ff. und S. 179
Schmidt	HR, § 9
ders.	JuS 1985, 249
ders.	DB 1994, 515
Steding	Handelsrecht, S. 217 ff.
Wolter	Jura 1988, S. 169 ff.

43 Unterstreichen Sie in § 4 das Wort »oder«!

Übersicht 3:

Arten des Kaufmanns nach dem HGB					
Mußkaufmann	**Sollkaufmann**	**Kannkaufmann**	**Formkaufmann**	**Kaufmann kraft Eintragung**	**Minderkaufmann**
§ 1*	§ 2	§ 3	§ 6	§ 5	§ 4
Voraussetzungen: 1.Handelsgewerbe (vgl. Katalog § 1 Abs. 2) 2.Betreiben = selbst; nicht: Angestellte	1. Kein Handelsgewerbe nach § 1 Abs. 2 2. Art *und* Umfang von Betrieb erfordern kfm. Organisation: Gewerbe *gilt* dann als Handelsgewerbe	Betriebe der Land- und Forstwirtschaft = keine Anwendung von § 1 Abs. 1! *Berechtigung,* keine Verpflichtung zur Eintragung ins HReg. = auch »fakultativer« Kfm.	*Handelsgesellschaften* = Kf.leute kraft Gesetzes aufgrund der Rechtsform	Kfm., der fälschlicherweise ins HReg. eingetragen ist, *gilt* als Kfm. i.S.d. HGB = »Fiktiv« -Kfm.	Muß- bzw. Istkaufmann i.S.v. § 1 Abs. 1, da Handelsgewerbe betrieben wird. Aber: Betrieb erfordert nach Art *oder* Umfang keine kfm. Organisation
auch: »Istkfm.«, da er kraft Gesetzes Kfm. ist. Verpflichtung zur Eintragung ins HReg. = § 29	Verpflichtung zur Eintragung ins HReg. gem. § 2 S. 2 = obligatorischer Kfm.	Eintragung ist konstitutiv	z.B.: AG, KGaA, GmbH, VVaG, e.G.; (oHG, KG)	Eintragung hat konstitutive Wirkung	Verminderte Anwendung der Vorschriften des HGB (= nicht: §§ 17 ff., 48 ff., 238 ff.), um Überforderung des »Kleinkfm.« zu vermeiden
Eintragung hat nur *deklaratorische* Wirkung (=rechtserklärend)	Eintragung hat *konstitutive* (= rechtsbegründende Wirkung)		Verpflichtung zur Eintragung	Sonderfall: Ohne Eintragung: Auftreten als Kfm., ohne Kfm. zu sein = »Scheinkaufmann« ↓	
			Eintragung hat konstitutive Wirkung bezüglich der Entstehung der Gesellschaft	Anwendung des HGB gem. § 5 analog i.V.m. § 242 BGB	
Kaufleute nach den §§ 1, 2, 3, 5, 6 sind *Vollkaufleute;* d.h. HGB-Vorschriften finden *volle* Anwendung					

* §§ ohne Bezeichnung auf dieser Übersicht sind solche des HGB!

3. Kapitel: Die Firma

I. Begriff

Während wir die verschiedenen Arten der Kaufleute kennengelernt haben, wurde mehrfach erwähnt, daß Vollkaufleute verpflichtet (oder – im Falle des Kannkaufmanns – berechtigt) sind, sich mit ihrer Firma ins Handelsregister eintragen zu lassen. Wir wollen uns deshalb zunächst mit dem Begriff und der Bedeutung der Handelsfirma beschäftigen. Im Unterschied zum alltäglichen Sprachgebrauch (Beispiel: »Ich muß nochmal in die Firma«) ist die Firma nach § 17 HGB nicht das Gebäude des Unternehmens, sondern der Name des Kaufmanns, unter dem er sein Handelsgeschäft betreibt und seine Unterschrift abgibt. Aus § 4 Abs. 1 HGB ergibt sich, wie Sie inzwischen wissen, daß nur ein Vollkaufmann eine Firma führen kann, da die §§ 17 ff. HGB für Minderkaufleute keine Anwendung finden. Die Firma ersetzt den Namen des Kaufmanns nur im Handelsverkehr. Dies ist für den Einzelkaufmann von besonderer Bedeutung; denn er kann – wie wir noch sehen werden – unter bestimmten Voraussetzungen zwei verschiedene Namen führen; die Firma als Handelsnamen und den bürgerlichen Namen, sofern er nicht am Handelsverkehr teilnimmt. Handelsgesellschaften haben dagegen nur einen Namen – die Firma[45].

II. Grundsätze der Firmenbildung und Firmenführung

1. Firmenwahrheit

Für die Firmenbildung steht das Prinzip der sogenannten *Firmenwahrheit* im Vordergrund. Es bedeutet für den Einzelkaufmann, daß dieser seinen Familiennamen und mindestens einen ausgeschriebenen Vornamen als Firma zu führen hat. Das ergibt sich aus § 18 Abs. 1 HGB (lesen!). § 18 Abs. 2 HGB (lesen!) legt darüber hinaus fest, daß der Firma des Einzelkaufmanns kein Zusatz beigefügt werden darf, der möglicher-

45 vgl. *Alpmann und Schmidt*, HR, S. 23

weise auf ein Gesellschaftsverhältnis schließen läßt und somit die Öffentlichkeit irreführen könnte.

Lesen Sie § 18 Abs. 1 HGB nochmals und dann das folgende *Beispiel:* Kaufmann Maier heißt mit vollem bürgerlichen Namen Karl Gottlieb Maier.

■ Welche fünf Möglichkeiten der Firmenbezeichnung hat er nach § 18 Abs. 1 HGB, und wie darf er seine Firma nicht nennen? (Notieren Sie sich Ihre Lösungen auf einem Blatt, bevor Sie weiterlesen!)

▷ Unzulässig wären die Bezeichnungen: Maier, K. Maier, G. Maier oder K.G. Maier. Möglich wären: Karl Maier, Gottlieb Maier, Karl Gottlieb Maier, K. Gottlieb Maier, Karl G. Maier.

Besondere Vorschriften enthält das Firmenrecht für die handelsrechtlichen Personengesellschaften, also für die oHG und die KG. Für die oHG gilt § 19 Abs. 1 HGB (lesen!): Bei der oHG gehört demnach der Name mindestens eines Gesellschafters mit einem Zusatz, der auf das Bestehen einer Gesellschaft hindeutet, zur Firma. Dieser Zusatz kann *z.B.* lauten »oHG« oder »& Co.« oder beides »& Co. oHG« oder »& Gesellschafter«.

■ Welche (zwölf) Möglichkeiten der Firmenbezeichnung haben z.B. die beiden Gesellschafter A und B, die eine oHG mit einem der eben genannten Zusätze gründen wollen? (Notieren Sie Ihr Ergebnis auf einem Blatt Papier, bevor Sie weiterlesen!)

▷ Gem. § 19 Abs. 1 HGB muß der Name (ohne Vorname = § 19 Abs. 3 HGB) *wenigstens* eines Gesellschafters in der Firma mit einem das Vorhandensein einer Gesellschaft andeutenden Zusatz erscheinen *oder* die Namen aller Gesellschafter. Daraus folgt, daß ein Zusatz überflüssig ist, wenn *alle* Gesellschafternamen erscheinen. Ein solcher Zusatz (außer »oHG« zur Bezeichnung des Gesellschaftstyps) würde im Außenverhältnis vielmehr darauf hindeuten, daß noch andere (persönlich haftende) Gesellschafter (vgl. § 105 Abs. 1 HGB – lesen!) vorhanden sind und grundsätzlich gegen den Grundsatz der Firmenwahrheit verstoßen. Somit haben A und B folgende zwölf Möglichkeiten der Firmenbezeichnung: »A oHG, A & Gesellschafter, A & Co., A & Co. oHG; B oHG, B & Gesellschafter, B & Co., B & Co. oHG, A B oHG, B A oHG; A & B und B & A«.

■ Nehmen Sie an, A und B wollen keine oHG, sondern eine KG (vgl. § 161 Abs. 1 HGB – lesen!) gründen, in der nur A persönlich haftender Gesellschafter sein soll! Wieviele Möglichkeiten der Firmenbezeichnung haben A und B gem. § 19 Abs. 2 und 4 HGB bei der Wahl zwischen den Zusätzen »& Co., & Co. KG, KG, & Gesellschafter« (Vorschriften lesen und dann Ihre Lösung notieren!)?

▷ Gem. § 19 Abs. 2 HGB muß die Firma den Namen wenigstens eines persönlich haftenden Gesellschafters (Komplementär) sowie einen Zusatz, der auf das Vorhandensein einer Gesellschaft hindeutet, enthalten. Außerdem dürfen Namen *nicht* persönlich haftender Gesellschafter (Kommanditisten) gem § 19 Abs. 4 HGB nicht erscheinen! Somit gibt es im Beispiel nur vier Möglichkeiten der Firmenbenennung: A & Co., A & Co. KG, A KG, A & Gesellschafter.

Bei den Kapitalgesellschaften, wie z.B. der AG, der KGaA und der GmbH, ist die Firma nach den Vorschriften des Aktiengesetzes (vgl. 4 Abs. 1 AktG) und des GmbH-Gesetzes (§ 4 Abs. 1 GmbHG) regelmäßig aus dem Gegenstand des Unternehmens zu bilden; es können aber auch Personalfirmen kombiniert mit einem Gegenstandshinweis vorkommen (z.B. Siemens Computer AG). Betrachtet man die Firmen der Aktiengesellschaften z.B. in der Versicherungswirtschaft, so kann man feststellen, daß es sich überwiegend um Gegenstandsfirmen handelt[46], d.h., die meisten Firmen enthalten neben einem Phantasienamen, der häufig mit dem *Gründungsort* übereinstimmt, den Zusatz »Versicherung« oder »Versicherungsgesellschaft«, etwa »Allianz-Versicherung-Aktiengesellschaft«, »*Gothaer* Allgemeine Versicherung AG«, »*Mannheimer* Lebensversicherung AG« usw. .

2. Firmenbeständigkeit

Der Grundsatz der Firmenwahrheit wird vom Gesetz bewußt nicht überspannt, sondern findet gewisse Einschränkungen durch den *Grundsatz der Firmenbeständigkeit.* Dieser besagt, daß die Firma in bestimmten Fällen unverändert bestehen bleiben darf, obwohl sie im Firmenkern unrichtig bzw. unwahr geworden ist[47].

Mit diesem Problem beschäftigt sich unser nächster Fall:

46 *Sieg,* S. 19

47 vgl. *Brox,* HR, Rdnr. 143; *Alpmann und Schmidt,* HR, S. 27

Übungsfall 3[48]	

Die oHG »Hans Hörnlein & Sohn« wurde zum 31.12.95 aufgelöst, was im Handelsregister vermerkt wurde. Seniorchef Hans Hörnlein will sich zur Ruhe setzen, und sein Sohn Hans soll das Geschäft ab 1.1.96 unter derselben Firma als *Einzelkaufmann* weiterführen. Das Registergericht hat gegen die Eintragung der Firma mit dem Zusatz »& Sohn« Bedenken, da dadurch auf ein in Wahrheit nicht bestehendes Gesellschaftsverhältnis zu schließen ist und die Öffentlichkeit somit getäuscht werden könnte.
Kann die Firma »Hans Hörnlein & Sohn« wieder ins Handelsregister eingetragen werden?

■ Welcher Grundsatz des Firmenrechts könnte die Bedenken des Registergerichts rechtfertigen?

▷ Da durch den Zusatz »& Sohn« auf ein Gesellschaftsverhältnis zu schließen ist, während Hans Hörnlein jun. als Einzelkaufmann tätig sein will, könnte gegen den Grundsatz der Firmenwahrheit verstoßen werden, was sich mit § 18 Abs. 1 HGB (lesen!) begründen läßt.

■ Wie müßte die Firma nach § 18 Abs. 1 HGB lauten? (Überlegen Sie!)

▷ Nach dem Wortlaut von § 18 Abs. 1 HGB müßte die Firma schlicht »Hans Hörnlein« heißen!

Dennoch könnte die Firma, obwohl der »Firmenkern« inzwischen unrichtig geworden ist, gem. § 22 Abs. 1 HGB (lesen!) mit oder ohne Beifügung eines das Nachfolgeverhältnis andeutenden Zusatzes fortgeführt werden, wenn der bisherige Geschäftsinhaber (oder dessen Erben) in die Fortführung der Firma ausdrücklich einwilligen. Gem. § 24 Abs. 1 HGB (lesen!) gilt ähnliches, wenn ein Gesellschafter in eine bestehende Gesellschaft neu eintritt oder einer der Gesellschafter austritt (§ 24 Abs. 1 lesen!). Das Prinzip der Firmenbeständigkeit kann, wie gesagt, den Grundsatz der Firmenwahrheit einschränken.

Die Einschränkung des Grundsatzes der Firmenwahrheit durch den der Firmenbeständigkeit ist nach h.M. jedoch nur möglich, wenn der Handelsverkehr durch den fortgeführten Namen der Firma nicht über ihre tatsächliche Rechtsnatur getäuscht wird. »Oberstes Gebot des Firmenrechts« bleibt nach h.M. die Firmenwahrheit[49].

■ Wie sieht das in unserem Fall aus?

48 ähnlich: *Alpmann und Schmidt,* HR, Fall 6
49 vgl. *Schmidt,* HR § 12, III, 1 a

▷ Die Bezeichnung »Hans Hörnlein & Sohn« läßt darauf schließen, daß mehrere Geschäftsinhaber, nämlich Vater *und* Sohn Hörnlein vorhanden sind, was, wie gesagt, für das Bestehen einer Gesellschaft spricht.

Für die Firma des Einzelkaufmanns bestimmt daher § 18 Abs. 2 HGB ausdrücklich, daß kein Zusatz hinzugefügt werden darf, der ein Gesellschaftsverhältnis andeutet (§ 18 Abs. 2 lesen!).

Zweck von § 18 Abs. 2 HGB ist der Schutz der Geschäftspartner und Mitbewerber des Unternehmens und des lauteren Wettbewerbs im Firmenrecht[50]. Daher sind nach Rechtsprechung und Lehre unbestimmte Zusätze wie »& Sohn« (= unser Fall), »& Co.« oder »& Partner« bei der Firma eines Einzelkaufmanns unzulässig, da damit auf ein »irgendwie geartetes Gesellschaftsverhältnis«[51] zu schließen ist.

■ Welche Konsequenzen hat das für unseren Fall?

▷ Da für die Öffentlichkeit (Geschäftspartner, Mitbewerber) die nicht unerhebliche Gefahr der Irreführung über die Existenz einer Gesellschaft besteht, verstößt die Bezeichnung der Firma »Hans Hörnlein & Sohn« des Einzelkaufmanns Hans H. jun. gegen den Grundsatz der Firmenwahrheit!

Will er die Firmenbeständigkeit wahren, ohne gegen den Grundsatz der Firmenwahrheit zu verstoßen, muß Hans Hörnlein jun. die Firma mit einem klarstellenden Nachfolgezusatz versehen. Ein solcher Nachfolgezusatz könnte z.B. lauten: »Hans Hörnlein & Sohn, *Nachfolger*« oder »H. H. & Sohn, *Inhaber Hans Hörnlein jun.*«.

3. Firmeneinheit

Ein weiterer Grundsatz für die Firmenbildung ist das *Prinzip der Firmeneinheit.* Danach darf ein Kaufmann zur Vermeidung von Täuschungen im Rechtsverkehr für ein- und dasselbe Unternehmen nur eine einzige Firma führen[52].

Beispiel:
Erwirbt der Kaufmann Hans Hörnlein ein weiteres Handelsgeschäft von Karl Klotz samt Firma, so kann er nur dann zwei verschiedene Firmen führen, wenn das erworbene Unternehmen von seinem bisherigen Handelsgeschäft organisa-

50 *Baumbach/Hopt,* § 18 Rdnr. 4
51 *Alpmann und Schmidt,* HR, S. 28
52 vgl. *Brox,* HR, Rdnr. 146

torisch streng getrennt und selbständig ist. In diesem Fall könnte er zwei Firmen: »Hans Hörnlein« und »Karl Klotz« führen. Andernfalls, wenn er also beide Unternehmen zu einem Geschäft vereint, ist nur eine Firma zulässig.

Zu dem Begriff des *Handelsgeschäfts* sollen Sie sich übrigens an dieser Stelle schon merken, daß das HGB ihn nicht immer einheitlich gebraucht, sondern sehr verschiedene Dinge damit bezeichnet.

■ Was ist damit gemeint, wenn das HGB im Firmenrecht von Erwerb und Fortführung des Handelsgeschäfts spricht?

▷ Das Unternehmen bzw. der Betrieb des Kaufmanns!

■ Was kann man unter einem Handelsgeschäft auch noch verstehen?

▷ Handelsgeschäfte sind alle Rechtsgeschäfte eines Kaufmanns, die zum Betrieb seines Handelsgewerbes gehören. In diesem Sinne wird der Begriff des Handelsgeschäfts im HGB in den §§ 343 ff. verwendet.

Hierauf werden wir noch zu einem späteren Zeitpunkt eingehen. Vorerst wollen wir beim Firmenrecht bleiben.

4. Firmenöffentlichkeit

Der *Grundsatz der Firmenöffentlichkeit* besagt, daß die Firma der Öffentlichkeit bekannt gegeben werden muß.

■ Wie das geschieht und aufgrund welcher Vorschrift der Kaufmann zu dieser Kundmachung seiner Firma verpflichtet ist, müßten Sie eigentlich beantworten können, wenn Sie sich an die Lösung unseres ersten Übungsfalles erinnern, der sich mit der Frage nach der Kaufmannseigenschaft der Kunstmalerin A befaßt hat!

▷ Die Kundmachung der Firma geschieht vor allem durch die Anmeldung der Firma zur Eintragung ins Handelsregister, zu der gem. § 29 HGB jeder Vollkaufmann verpflichtet ist! (§ 29 nochmals lesen!)

■ Welche Möglichkeiten der Publizierung der Firma können Sie sich außerdem noch vorstellen?
Denken Sie an die Praxis des täglichen Geschäftsverkehrs!

▷ Wahrscheinlich zu »einfach«: Anbringen eines Firmenschildes am Geschäftslokal oder allein der Gebrauch der Firma im Rechtsverkehr, z.B. durch entsprechend bedruckte Geschäftsbriefbögen...

5. Firmenunterscheidbarkeit

Im Zusammenhang mit § 29 HGB ist zugleich auf den *Grundsatz der Firmenunterscheidbarkeit* (auch: *Firmenausschließlichkeit)* hinzuweisen, der aus § 30 HGB folgt (lesen Sie § 30 Abs. 1 bis 3). Aus diesen Vorschriften folgt, daß das HGB die Firma unter einen besonderen Schutz gestellt sehen will. Zu § 30 Abs. 2 HGB, also zum Fall, daß zwei Kaufleute am gleichen Ort den gleichen Vor- und Familiennamen tragen, folgendes

Beispiel:
Karl Maier betreibt unter gleichnamiger Firma in der Gemeinde Trostlosdorf einen Lebensmittelladen. Der zugezogene Versicherungsmakler Karl Maier will sich in demselben Dorf ebenfalls unter der Firma »Karl Maier« niederlassen.

■ Welchen Unterscheidungssatz würden Sie ihm empfehlen, damit das Amtsgericht ihn beanstandungslos in das Handelsregister eintragen wird?

▷ Z.B. »Karl Maier, Versicherungsmakler«.

III. Schutz der Firma

Wird das Recht auf Firmenausschließlichkeit eines Kaufmanns durch einen anderen Kaufmann unzulässig beeinträchtigt, so gewährt das HGB demjenigen, dessen Recht beeinträchtigt wird, gem. § 37 HGB in zweifacher Weise Firmenschutz.

Lesen Sie § 37 Abs. 1 und 2 HGB ganz durch.

■ Worin sehen Sie den wesentlichen Unterschied dieser beiden Absätze? (Überlegen Sie!)

▷ Abs. 1 gewährt dem Firmeninhaber *öffentlich-rechtlichen* Schutz, während Abs. 2 ihm *privatrechtliche* Ansprüche (vgl. unten, Übersicht 4, unter 3.) gegen denjenigen gibt, der seine Firma unbefugterweise gebraucht.

Daß der Firmeninhaber seine Firma zusammen mit seinem Handelsgeschäft, also seinem Unternehmen, veräußern kann, indem er dem Erwerber die Fortführung der Firma, d.h., die Beibehaltung des alten Namens, gem. § 22 HGB gestattet, haben wir bereits erwähnt.

Da die Firma aber kein selbständiges Rechtsobjekt ist, kann sie niemals ohne das Handelsgeschäft, für welches sie geführt wird, veräußert werden. Eine solche Veräußerung würde gegen das ausdrückliche Verbot von § 23 HGB verstoßen und wäre deshalb nichtig (§ 23 lesen!).

■ Wissen Sie noch, aus welcher Vorschrift (des BGB) sich die Nichtigkeit der Veräußerung in diesem Fall ergeben würde? (Überlegen Sie!)

▷ Antwort siehe Fußnote[53].

IV. Fortführung der Firma

1. Inhaberwechsel durch rechtsgeschäftlichen Erwerb

a) Haftung für Verbindlichkeiten

Aus der engen Verbindung zwischen dem Handelsgeschäft und der Firma ergeben sich bei der Fortführung durch den Erwerber wichtige Konsequenzen hinsichtlich der Haftung für Verbindlichkeiten des bisherigen Unternehmers. Wir wollen diese Konsequenzen anhand des nächsten Übungsfalles etwas genauer betrachten.

Übungsfall 4

Gustav Gans (G) liefert von Juli bis Oktober 1995 Waren im Wert von 5.000,– DM an die »Buchhandlung Wilhelm W.«. Als Inhaber war zu dieser Zeit der Kuno Klotz (K) ins Handelsregister eingetragen, der die Buchhandlung vom Eigentümer W. gepachtet hatte. Nachdem K mit der Zahlung des Pachtzinses in Verzug kam, kündigte W ihm fristgerecht und verpachtete die Buchhandlung Anfang Dezember 1995 an den Kaufmann Reinhold Raffke (R). R führt den Betrieb ab 1. Jan. 1996 unter der Firma »Buchhandlung Wilhelm W., Inhaber Reinhold R.« weiter. G verlangt im Oktober 1996 von R Zahlung von 5.000,– DM. R wendet ein, daß zwischen ihm und dem Vorpächter K keinerlei Rechtsbeziehungen bestehen. Außerdem sei der Ausschluß seiner Haftung für Verbindlichkeiten des K im Juli 1996 ins Handelsregister eingetragen worden. G besteht dennoch auf Zahlung. Zu Recht?[54]

Ein direkter Anspruch des G gegen R aus Vertrag scheidet zweifellos aus, da G und R keinen Vertrag geschlossen haben. Vertragspartner des G war der K.

■ Welchen Vertrag hatten G und K damals geschlossen?

▷ Einen Kaufvertrag gem. § 433 BGB, so daß G gegen K einen Anspruch aus § 433 Abs. 2 BGB hatte.

Als Anspruchsgrundlage des G gegen R könnte deshalb § 433 Abs. 2 BGB i.V.m. § 25 Abs. 1 S. 1 HGB (lesen!) in Betracht kommen.

Nach dieser Vorschrift würde R für die im Betriebe der Buchhandlung entstandenen Verbindlichkeiten des früheren Inhabers K haften, wenn er das Handelsgeschäft unter Lebenden erworben und unter Beibehaltung der Firma fortgeführt hätte.

53 § 134 BGB!

54 ähnlich: *Alpmann und Schmidt*, HR, Fall 7

Da die Buchhandlung in § 1 Abs. 2 Nr. 8 HGB ausdrücklich als Handelsgewerbe bezeichnet wird, handelt es sich um eine Handelsgeschäft i.S.d. § 25 Abs. 1 S. 1 HGB. Da R das Handelsgeschäft von W gepachtet hat, hat er es auch unter Lebenden *erworben.* Der Erwerb i.S.d. § 25 HGB setzt also nicht voraus, daß dem Übernehmer die Firma und das Handelsgeschäft endgültig zu eigen werden. Der Erwerb zur vorübergehenden Nutzung, der bei der Pacht regelmäßig stattfindet, reicht aus. Das wird durch § 22 Abs. 2 HGB (lesen!) ausdrücklich klargestellt.

■ Hat der neue Pächter R das Unternehmen in unserem Fall auch unter Beibehaltung der Firma fortgeführt?

▷ Man könnte meinen, daß R unter Hinzufügung des Nachfolgezusatzes »Inhaber Reinhold R.« die Firma geändert hat. Für die Haftung des Erwerbers nach § 25 Abs. 1 S. 1 HGB ist das jedoch unerheblich, wie aus dem Wortlaut des Gesetzes eindeutig hervorgeht (§ 25 Abs. 1 S. 1 HGB nochmals lesen!).

(»Mit oder ohne« im Gesetzestext unterstreichen!) Somit sind alle Voraussetzungen für eine Haftung des Erwerbers R für die Verbindlichkeiten des früheren Inhabers gegeben.

■ Wer war in unserem Fall der frühere Inhaber der Buchhandlung?

▷ Nicht etwa der W! »Inhaber« ist nicht gleichbedeutend mit »Eigentümer«, sondern mit »Besitzer«[55]. W hat die Buchhandlung selbst niemals betrieben und genutzt, sondern der frühere Pächter K. Dieser war der frühere Inhaber der Buchhandlung, der gegenüber dem G Verbindlichkeiten begründet hat.

Für die Haftung nach § 25 Abs. 1 S. 1 HGB kommt es also nicht darauf an, ob R das Geschäft unmittelbar von K oder mittelbar über W erworben hat. Maßgeblich ist allein die nach außen in Erscheinung tretende tatsächliche Firmenfortführung, durch die der Schein der Kontinuität der Verhältnisse nach außen dokumentiert wird[56].

■ Wie würden Sie diese Art der Haftung nach § 25 Abs. 1 S. 1 HGB mit einem allgemeinen Begriff bezeichnen? (Denken Sie nach! Versuchen Sie ggf., sich z.B. an das zu erinnern, was Sie über »Anscheins- und Duldungsvollmacht« im Rahmen des Stellvertretungsrechts des Allgemeinen Teils des BGB gelernt haben!)*

55 *Zum Unterschied vgl. ggf. Bd. III, S. 3–5*
56 *Baumbach/Hopt,* § 25, Rdnr. 1
* *vgl. Bd. I, S. 187 ff.*

▷ Da durch die Fortführung der Rechtsschein des Fortbestandes der alten Firma unter derselben Leitung hervorgerufen wird, spricht man allgemein von einer »Rechtsscheinshaftung«.

Danach muß R gem. § 433 Abs. 2 BGB i.V.m. § 25 Abs. 1 S. 1 HGB dem G gegenüber für die Kaufpreisschuld des K haften, d.h. er muß zahlen!

■ Ist dieses Ergebnis richtig oder haben wir in unserem Fall noch etwas vergessen? (Lesen Sie den Sachverhalt ggf. nochmals!)

▷ R beruft sich darauf, daß er mit K einen Haftungsausschluß vereinbart habe, der auch ins Handelsregister eingetragen sei.

Ob dieser Haftungsausschluß gegenüber G wirksam ist, ergibt sich aus § 25 Abs. 2 HGB (lesen!).

■ Was meinen Sie? Sind die Voraussetzungen dieser Vorschrift in unserem Fall erfüllt, so daß dieser Haftungsausschlußgrund zugunsten des R eingreifen kann?

▷ Ein Haftungsausschlußgrund greift nach h.M. in Rechtsprechung und Lehre[57] nur ein, wenn er nach dem Erwerb des Unternehmens *unverzüglich* dem Handelsregister bzw. dem Dritten selbst mitgeteilt wurde. Aus Gründen der Rechtssicherheit soll sich der Erwerber nicht erst dann auf einen solchen Haftungsausschluß berufen, wenn ein Gläubiger des Veräußerers an ihn herantritt. Er muß dem Gläubiger vielmehr sofort nach Übernahme die Information zukommen lassen.

b) Übergang von Forderungen

Genauso wie es möglich ist, daß der Erwerber ein Unternehmen mit Verbindlichkeiten, also mit Schulden, übernimmt, ist es möglich, daß das Unternehmen seinerseits Schuldner und somit Forderungen gegen Dritte hat. Diesen Fall regelt § 25 Abs. 1 S. 2 HGB (lesen!).

Da bei einem Inhaberwechsel nicht nur die Gläubiger des Unternehmens Schutz bedürfen, sondern auch die Schuldner, sollen sie von ihrer Schuld befreit werden, wenn sie in gewohnter Weise an die alte Firma mit neuem Inhaber zahlen. Der alte Firmeninhaber hat gegenüber dem neuen aber gegebenenfalls einen Anspruch auf Herausgabe des Erlangten nach den Vorschriften über die ungerechtfertigte Bereicherung (§ 816 Abs. 2 BGB). Umgekehrt kann allerdings der neue Firmeninha-

57 vgl. *Schmidt,* HR, 8 II 3a

ber, der eine Schuld des alten Inhabers bezahlt, u.U. von diesem dafür einen Ausgleich verlangen (vgl. §§ 421, 426 BGB[58]).

2. Inhaberwechsel durch Erbschaft

So wie der *rechtsgeschäftliche* Erwerber eines Handelsgeschäftes bei Fortführung der Firma gem. § 25 Abs. 1 S. 1 HGB haftet, haftet auch derjenige, der ein Handelsgeschäft durch Erbschaft erworben hat. Das ergibt sich aus § 27 Abs. 1 HGB (lesen!).

Die Haftung des Erben für die Verbindlichkeiten wird gem. § 27 Abs. 2 HGB (lesen!) eingeschränkt, wenn der Erbe die Fortführung des Geschäftes innerhalb dreier Monate nach Kenntniserlangung von der Erbschaft einstellt. (Näheres hierzu lesen Sie bei Bedarf in nachfolgend genannter »Literatur zur Vertiefung« nach.)

Im übrigen gelten für die Haftung des Erben eines Handelsgeschäftes grundsätzlich auch die erbrechtlichen Regelungen des BGB (vgl. insbesondere §§ 1922 Abs. 1, 1942 ff. 1967 ff. BGB[59]).

3. Eintritt in das Geschäft eines Einzelkaufmanns

Der Vollständigkeit halber müssen wir uns in diesem Zusammenhang noch § 28 HGB (Abs. 1 S. 1 lesen!) ansehen: Tritt jemand in das Geschäft eines Einzelkaufmanns ein, so wird daraus »automatisch« eine Gesellschaft. Je nachdem, ob der Eintretende als persönlich haftender Gesellschafter oder nur als Kommanditist, d.h. als nur mit seinem Einlagekapital haftender Gesellschafter eintritt, wird daraus eine oHG oder eine KG. In beiden Fällen haftet gem. § 28 Abs. 1 S. 1 HGB der neue Gesellschafter auch für früher begründete Verbindlichkeiten gegenüber Dritten, sofern nicht eine abweichende Vereinbarung dem Dritten mitgeteilt oder ins Handelsregister eingetragen ist (§ 28 Abs. 2 – lesen!).

Bevor wir uns im folgenden etwas genauer mit dem Handelsregister beschäftigen, wollen wir uns zum Firmenrecht noch eine zusammenfassende Übersicht (4) ansehen.

58 vgl. Bd. II, Teilbd. 1, S. 149 f.
59 vgl. Bd. III, S. 165 ff.

Literatur zur Vertiefung (3. Kapitel):

Alpmann und Schmidt	HR, 2. Abschnitt
Brox	HR, §§ 9 und 10, Rdnr. 134–187
Hofmann	D, I–IV
Hübner	§ 3
Martinek	Fälle 7 u. 8

Übersicht 4:

Das Recht der Handelsfirma[60]

1. *Firma*

Im HR anders als im alltäglichen Sprachgebrauch (nicht: das Unternehmen) = Name des (Voll)Kaufmanns, unter dem er im Handelsverkehr seine Geschäfte betreibt und die Unterschrift abgibt sowie klagen und verklagt werden kann (§ 17). Firma ist untrennbar mit Unternehmen verbunden (§ 23 – »Handelsgeschäft« doppeldeutig, hier: Unternehmen, Betrieb; in §§ 343 ff.: Rechtsgeschäfte des Kaufmanns!)

2. *Grundsätze für die Firmenbildung*

a) Prinzip der *Firmenwahrheit:* Angabe über den Inhaber und die Rechtsnatur des Geschäfts; keine täuschenden Zusätze, insbesondere über Gesellschafter und Geschäftsgegenstand; für Einzelkaufmann: § 18, für Personengesellschaften: § 19 (für AG, KGaA, u. GmbH: §§ 4, 279 AktG u. § 4 GmbHG)
b) *Firmenbeständigkeit:* Beibehaltung der alten Fa. bei Namensänderung oder (Teil-)Inhaberwechsel = §§ 21, 22, 24 – Durchbrechung der Firmenwahrheit, Ausnahme: Täuschungsgefahr (z.B. § 18 Abs. 2); beachte auch: § 19 Abs. 5 (= »GmbH & Co.KG«).
c) *Firmeneinheit:* Grundsätzlich nur eine Fa. für dasselbe Unternehmen eines Kaufmanns – mehrere Firmen nur bei *organisatorischer Trennung.*
d) *Firmenöffentlichkeit:* Bekanntgabe (Publizierung) der Fa. in der Öffentlichkeit – z.B. Pflicht zur Eintragung ins HReg. gem. § 29 (außerdem z. B. Firmenschilder, Briefbogen).
e) *Firmenausschließlichkeit: Unterscheidbarkeit* von anderen Firmen am selben Ort (§ 30)

3. *Firmenschutz*

Bei unzulässigem Gebrauch anderer Fa. zweifacher Schutz nach HGB: a) § 37 Abs. 1 = öffentlich-rechtlicher Schutz; b) § 37 Abs. 2 = privatrechtlicher Schutz: Ansprüche gegen unbefugte Benutzer z. B. §§ 823 Abs. 1 und 2, 826 oder § 1004 BGB. (Außerdem Schutz nach § 12 BGB; § 16 UWG: Anspruch bei Verwechslungsgefahr auch außerhalb desselben Ortes; bei unbefugtem Gebrauch des Firmen*zeichens* Anspruch aus WZG)

60 §§ ohne Bezeichnung auf dieser Übersicht sind solche des HGB!

Übersicht 4 *(Fortsetzung)*:

4. *Firmenfortführung bei Inhaberwechsel*

- Neuer Inhaber eines Handelsgeschäfts kann Fa. »mit oder ohne« Nachfolgezusatz fortführen, wenn Einwilligung vorliegt = § 22 Abs. 1
- Erwerb kann auch vorübergehender Natur sein, z. B. Pacht = § 22 Abs. 2

a) *Haftung des Erwerbers bei Firmenfortführung* – § 25 –
   aa) Haftung nach § 25 Abs. 1 S. 1 für Verbindlichkeiten des früheren Inhabers unabhängig von Nachfolgezusatz. Möglichkeit des Haftungsausschlusses gem. § 25 Abs. 2 = gegenüber Dritten nur wirksam, wenn *unverzüglich* bekanntgemacht.
   bb) Schuldner des früheren Inhabers, die (gutgläubig) an Erwerber zahlen, werden frei (§ 25 Abs. 1 S. 2).
   zu aa) Haftung des Erwerbers neben früherem Inhaber (vgl.§ 421 BGB). Ansprüche der Gläubiger gegen den früheren Inhaber verjähren gem. § 26 Abs. 1 in fünf Jahren.
   zu bb) Bei Zahlung an Erwerber Anspruch des früheren Inhabers aus ungerechtfertigter Bereicherung möglich (§ 816 Abs. 2 BGB)

b) *Haftung der Erben bei Geschäftsfortführung* – § 27 –
- Bei Übernahme des Geschäfts durch Erben gilt § 25 entsprechend.
- Erbe hat drei Monate Zeit, sich zu »überlegen«, ob er Erbschaft annimmt oder Geschäft einstellt (§ 27 Abs. 2)

c) *Eintritt in das Geschäft eines Einzelkaufmanns:*
- Durch Eintritt einer Person in Unternehmen entsteht Gesellschaft (oHG oder KG); neuer Teilhaber haftet für alte Schulden voll mit (§ 28 Abs. 1), falls nicht § 28 Abs. 2 eingreift.

4. Kapitel: Das Handelsregister

I. Inhalt und Zweck

Die besondere Bedeutung des Handelsregisters für den Rechtsverkehr der Kaufleute wurde schon mehrfach angedeutet. Die Vorschriften, die sich mit dem Registerrecht befassen, sind die §§ 8 bis 16 HGB. Das Handelsregister ist, wie bereits erwähnt, ein öffentliches Verzeichnis, das über die Rechtsverhältnisse von Kaufleuten eines bestimmten Amtsgerichtsbezirks Auskunft gibt. Zweck des Handelsregisters ist es, die Sicherheit im Handelsverkehr durch Offenlegung der Rechtsverhältnisse der Kaufleute zu gewährleisten. Die Einsicht in das Handelsregister ist deshalb gem. § 9 Abs. 1 HGB jedem gestattet, und gem. § 10 Abs. 1 HGB ist das Registergericht verpflichtet, alle Neueintragungen in das Handelsregister durch den »Bundesanzeiger«[61] und durch mindestens ein anderes Blatt – in der Regel ist das die Lokalpresse – bekanntzumachen.

Einen Auszug aus dem Handelsregister zeigt die folgende Übersicht 5 auf S. 36, die anschließend kurz kommentiert wird.

61 *Der »Bundesanzeiger« ist ein amtliches »Blatt« (»Zeitung«), das durch Beschluß der Bundesregierung vom 20.9.1949 (= Öffentlicher Anzeiger für das Vereinigte Wirtschaftsgebiet Nr. 87/1949) als Verkündungs- und Bekanntmachungsorgan des Bundes geschaffen worden ist.*

Muster eines Handelsregisterblattes:

Amtsgericht

Nr. der Ein-tra-gung	a) Firma b) Ort der Niederlassung (Sitz der Gesellschaft) c) Gegenstand des Unternehmens (bei juristischen Personen)	Geschäftsinhaber Persönlich haftender Gesellschafter Vorstand Abwickler	Prokura
1	2	3	4

Amtsgericht

Nr. der Ein-tra-gung	a) Firma b) Sitz c) Gegenstand des Unternehmens	Grund- oder Stammkapital DM	Vorstand Persönlich haftender Gesellschafter Geschäftsführer Abwickler	Prokura
1	2	3	4	5

Blatt

HR A

	Rechtsverhältnisse	a) Tag der Eintragung und Unterschrift b) Bemerkungen
	5	6

Blatt

HR B

	Rechtsverhältnisse	a) Tag der Eintragung und Unterschrift b) Bemerkungen
	6	7

Übersicht 5:

Auszug aus einem Handelsregister (Lokalpresse)

Bekanntmachungen

Handelsregister – Neueintragung

HRB 1676 – 8. November 1991: HOCO Composite Technologie GmbH, 5227 Windeck. Gegenstand des Unternehmens: Entwicklung und Vertrieb von Werkstoffen zur Herstellung von Faserverbundbauteilen sowie die Produktionsanlagenentwicklung zur Herstellung von Faserverbundbauteilen; Erwerb gleicher oder ähnlicher Unternehmen im In- und Ausland; Beteiligung an solchen und Übernahme von deren Vertretung; Errichtung von Zweigniederlassungen. Stammkapital: 50.000,--. Geschäftsführer: Werner Hoffmann, Kaufmann, Opperzau, Auf dem Schlag 11, 5227 Windeck. Gesellschaft mit beschränkter Haftung. Der Gesellschaftsvertrag ist am 16. Mai 1991 geschlossen. Die Gesellschaft wird durch einen oder mehrere Geschäftsführer vertreten. Ist nur ein Geschäftsführer bestellt, so vertritt er die Gesellschaft allein. Sind mehrere Geschäftsführer bestellt, so wird die Gesellschaft durch zwei Geschäftsführer gemeinschaftlich vertreten. Geschäftsführern kann die Befugnis erteilt werden, die Gesellschaft allein zu vertreten und im Namen der Gesellschaft mit sich im eigenen Namen oder als Vertreter eines Dritten Rechtsgeschäfte vorzunehmen. Der Geschäftsführer Werner Hoffmann ist befugt, die Gesellschaft allein zu vertreten und im Namen der Gesellschaft mit sich im eigenen Namen oder als Vertreter eines Dritten Rechtsgeschäfte vorzunehmen. Als nicht eingetragen wird veröffentlicht: Bekanntmachungen der Gesellschaft erfolgen nur im Bundesanzeiger. (Ohne Gewähr: Die Geschäftsräume befinden sich in Opperzau, Auf dem Schlag 11, 5227 Windeck).

Amtsgericht Waldbröl

Handelsregister – Veränderung

HRB 1632 – 5. November 1991: LEUTE planen- schlüsselfertiges bauen GmbH, Siegburg. Geschäftsführerin: Heidemarie, gen. Heide, Leute geb. Müller, Hausfrau, Siegburg. Bruno Leute ist nicht mehr Geschäftsführer. Heidemarie, gen. Heidi, Leute ist stets alleinvertretungsberechtigt und von den Beschränkungen des § 181 BGB befreit. Die Firma und der Gegenstand des Unternehmens sind geändert in: LEUTE Bauen-Wohnen GmbH. An- und Verkauf von bebauten und unbebauten Grundstücken und grundstücksgleichen Rechten, die Erschließung von Baugrundstücken, die schlüsselfertige Herstellung von Wohngebäuden und anderen Hochbauten aller Art als Bauträger oder Baubetreuer jeweils durch zu beauftragende Fachfirmen und die Vermietung solcher Geschäfte einschließlich der Vermittlung von Finanzierungen und Versicherungen aller Art. § 3 des Gesellschaftsvertrages (Stammkapital und Geschäftsanteile) ist neugefaßt durch die Gesellschafterversammlung vom 10. September 1991.

Amtsgericht Siegburg

Handelsregister – Neueintragung

Für Angaben in " keine Gewähr

HRA 2864 – 5. November 1991: ASTORIA Spiel- und Unterhaltungsautomaten GmbH & Co Kommanditgesellschaft, Much (Sommerhausen 17). Geschäftszweig: (Der Betrieb von und Handel mit sowie die Aufstellung von Spiel- und Unterhaltungsautomaten aller Art) Kommanditgesellschaft. Beginn: 1. April 1991. Persönlich haftender Gesellschafter ist die ASTORIA Spiel- und Unterhaltungsautomaten GmbH, Sitz: Much; zwei Kommanditisten. Der Sitz der Gesellschaft und der persönlich haftenden Gesellschafterin sind jeweils von Köln nach Much verlegt.

Amtsgericht Siegburg

Erläuterungen zu Übersicht 5:
Wenn Sie die Bekanntmachung soeben aufmerksam gelesen haben, sollte Ihnen ausgefallen sein, daß die beiden GmbH-Firmen unter der Rubrik »HRB«, Kommanditgesellschaften dagegen unter »HRA« eingetragen sind.

In Abteilung A werden die Tatsachen über Einzelkaufleute, juristische Personen des öffentlichen Rechts sowie diejenigen juristischen Personen oder Personengesellschaften aufgenommen, die aufgrund des von ihnen ausgeübten Gewerbes einzutragen sind[62]. In Abteilung B werden die Tatsachen über Kapitalgesellschaften wiedergegeben. Für Genossenschaften besteht ein eigenes Genossenschaftsregister. Was im einzelnen einzutragen ist, bestimmt sich nach dem HGB und den Nebengesetzen, insbesondere dem Aktiengesetz und dem GmbH-Gesetz sowie generell nach der HRV.

Wenngleich wir nicht auf Details eingehen können, sollten wir zumindest kurz festhalten, welche wichtigen Tatsachen in den Abteilungen A und B, die im »Originalhandelsregister«[63] in verschiedenen Spalten eingetragen sind, mitgeteilt werden. In Abteilung A (= ASTORIA...KG) erscheinen Zeitpunkt der Eintragung, Firma und Ort der Niederlassung, Art des Geschäfts, Beginn, persönlich haftende Gesellschafter, zuständiges Amtsgericht. Für die Eintragung im Original gelten für die Abteilung A im einzelnen die §§ 40–42 HRV[64], für Abteilung B die §§ 43–47 HRV. Aus unserem Handelsregisterauszug können wir über die Kapitalgesellschaft »HOCO...GmbH« vor allem entnehmen: Zeitpunkt der Eintragung, Firma und Ort der Niederlassung, Gegenstand des Unternehmens, Stammkapital der Gesellschaft, Name des Geschäftsführers, Datum des Gesellschaftsvertrages, Regelungen der Vertretungsmacht. Diese Tatsachen sind im Handelsregister für die Firma »LEUTE...GmbH« bereits enthalten und müssen bei Eintragungen von »Veränderungen« nicht wiederholt werden, wie sich aus einigen Bezugnahmeformulierungen ergibt.

Die (sachliche) Zuständigkeit der Amtsgerichte für die Eintragungen ins Handelsregister ergibt sich übrigens nicht aus den §§ 8–16 HGB, die das »materielle[65] Handelsregisterrecht« regeln, sondern aus § 125

62 vgl. *Glanegger/Niedner/Renkl/Ruß* § 8, Rdnr. 14
63 vgl. Muster S. 34 u. 35
64 z.B. abgedruckt bei Baumbach/Hopt unter Nr. 4
65 vgl. Bd. I, S. 16

FGG[66], indem u.a. weitere Vorschriften für das Verfahren (= formelles Recht) in Handelssachen enthalten sind.

II. Eintragungspflichtige und eintragungsfähige Tatsachen

Eintragungspflichtige Tatsachen sind solche, zu deren Eintragung der Kaufmann gesetzlich verpflichtet ist, wie z.B. gem. § 29 HGB, den Sie schon kennen (trotzdem: nochmals lesen!). Eintragungsfähig sind Tatsachen, deren Eintragung zwar zulässig, aber nicht gesetzlich vorgeschrieben ist, z.B. der schon erwähnte Haftungsausschluß gem. § 25 Abs. 2 HGB.

Nicht eintragungsfähig sind z.B., wie Sie inzwischen auch wissen, die Minderkaufleute nach § 4 HGB. Nicht eintragungsfähig sind, allgemein ausgedrückt, immer solche Tatsachen, für die das Gesetz keine Eintragung vorsieht, so z.B. auch das Geschäftskapital einer Personengesellschaft oder eines Einzelkaufmannes oder die »Handlungsvollmacht«[67]. Anders dagegen die »Prokura«[67], die gem. § 53 HGB eintragungspflichtig ist. Die wichtigsten eintragungsfähigen und -pflichtigen Tatsachen sind auf einer zusammenfassenden Übersicht (6) aufgelistet. *Bevor* Sie diese Übersicht lesen, merken Sie sich nochmals, daß die Eintragungen ins Handelsregister unterschiedliche Wirkung haben (vgl. S. 40 oben).

66 vgl. *Hager*, S. 58 –
»Freiwillige Gerichtsbarkeit« ist ein Teil der »ordentlichen Gerichtsbarkeit« (vgl. dazu Bd. I, S. 16). *Sie steht im Gegensatz zur »streitigen Gerichtsbarkeit«. Die freiwillige Gerichtsbarkeit (fG) ist ein staatlich geregeltes Verfahren für bestimmte, meist privatrechtliche Angelegenheiten, das teils von Amts wegen, teils auf Antrag eingeleitet wird* (Creifelds, S. 443). *Der Begriff »freiwillig« ist allerdings (nicht nur) für den Laien etwas irreführend, denn auch im Verfahren der fG wird durchaus gestritten. Generell läßt sich, um nicht zu sehr auszuschweifen (das FGG ist im Gegensatz zum HGB nicht Prüfungsstoff für Wirtschaftswissenschaftler), mit* Habscheid *(S. 19) der Begriff der fG folgendermaßen reduzieren: Im Gegensatz zum streitigen Zivilprozeß, in dem regelmäßig Beklagte von Klägern vor das Gericht »gezwungen« werden, wenden sich die Beteiligten einverständlich und nicht im Streit miteinander an das Gericht der fG. Ebenso gilt, daß das Merkmal der Freiwilligkeit nur für einen Teil der fG, nicht aber für ihren Gesamtbereich gilt* (Habscheid, a.a.O.). *Sofern Sie neugierig geworden sind, versuchen Sie, Begriff und Inhalt der fG anhand von* Habscheid (§ 4), Brehm (§ 1) *oder* Kollhosser/Bork (1. Kap., A) *zu verstehen...*

67 dazu ausführlich unten, S. 48 ff. und 53 ff.

Übersicht 6:

Inhalt und Zweck des Handelsregisters[68]

Das Handelsregister (HR) ist ein öffentliches Verzeichnis über die Rechtsverhältnisse von Kaufleuten eines Amtsgerichtsbezirks.
HR wird von Amtsgerichten geführt (§ 8 i.V.m. § 125 FGG) = »Registergericht«

Zweck des HR:
Sicherheit im Handelsverkehr durch Offenlegung der Rechtsverhältnisse zu gewährleisten = Publizität
- Einsichtnahme ist jedermann gestattet (§ 9 Abs. 1)
- Verpflichtung des Registergerichts zu öffentlicher Bekanntmachung (Bundesanzeiger und lokale Tagespresse, vgl. § 10 Abs. 1)

Aufbau: Zwei Abteilungen = »HR A« und »HR B«
- A = Einzelkaufleute u. Personengesellschaften, juristische Personen des öffentlichen Rechts
- B = Kapitalgesellschaften

Einzelheiten: vgl. § 40–42 HRV (Abteilung A)
§ 43–47 HRV (Abteilung B)

Einzutragende Tatsachen:
- Nur im Gesetz vorgesehene Tatsachen dürfen eingetragen werden; andernfalls handelt es sich um *nicht* eintragungsfähige Tatsachen (z.B. Handlungsvollmacht, Geschäftskapital von Personengesellschaft oder Einzelkaufmann, Firma von Minderkaufmann).
Beispiele:

eintragungspflichtig	*eintragungsfähig*
– Firma und Inhaber (§ 29) – Erteilung und Erlöschung von Prokura (§ 53) – Höhe der Einlagen von Kommanditisten (§ 175) – Gründung, Sitz und Firma von Handelsgesellschaften – Abweichung von der gesetzlichen Vertretungsmacht der Gesellschafter (§ 125 Abs.4) – bei juristischen Personen: Vorstandsmitglieder, Geschäftsführer, Stammkapital u.a.	– Haftungsausschluß gem. § 25 Abs. 2 – Unternehmen öffentl.-rechtlicher Körperschaften (§ 36)

- Verschiedene Wirkungen der Eintragungen: *deklaratorische* (rechtserklärende) und *konstitutive* (rechtsbegründende) Wirkung

68 §§ ohne Bezeichnung auf dieser Übersicht sind solche des HGB

III. Deklaratorische und konstitutive Eintragungswirkung

■ Zur Wiederholung: Worin liegt der Unterschied zwischen deklaratorischen und konstitutiven Eintragungen? (Überlegen Sie, bevor Sie weiterlesen!)

▷ Deklaratorisch ist eine Eintragung, wenn sie ein Rechtsverhältnis bekundet (erklärt), das ohne Rücksicht auf die Eintragung ohnehin schon besteht. Durch eine konstitutive Eintragung dagegen wird ein solches Rechtsverhältnis erst begründet.

Die wichtigsten Beispiele, die wir hierzu genannt haben, waren

■ ...welche? (Erst nachdenken, dann weiterlesen!)

▷ Die Eintragung des Sollkaufmanns (§ 2 HGB) sowie derjenigen Handelsgesellschaften, die erst mit der Eintragung ins Handelsregister Rechtsfähigkeit erlangen (z.B. AG gem. § 41 Abs. 1 S. 1 AktG, GmbH gem. § 11 Abs. 1 GmbHG)[69].

Lesen Sie nun Übersicht 6!

IV. Publizitätswirkung von Handelsregistereintragungen

Das Handelsregister dient der Sicherheit des Rechtsverkehrs und hat die Vermutung der Richtigkeit für sich. Durch die Offenlegung der wichtigsten Rechtsverhältnisse der Kaufleute kommt dem Handelsregister eine sogenannte Publizitätswirkung zu, die in § 15 HGB, der wohl wichtigsten Vorschrift des Registerrechts des HGB, geregelt ist. Man unterscheidet zwischen negativer und positiver Publizität.

1. Negative Publizität

Die negative Publizität regelt § 15 Abs. 1 HGB: Solange eine einzutragende, d.h. eintragungspflichtige oder -fähige Tatsache, *nicht* eingetragen ist, kann sie gem. § 15 Abs. 1 HGB einem Dritten *nicht* entgegengehalten werden (§ 15 Abs. 1 lesen!).
Was das bedeutet, zeigt folgendes

Beispiel:
Die Versicherungsgesellschaft V widerruft die Prokura ihres Prokuristen P und kündigt ihm fristlos. Aus Versehen unterbleibt die Löschung der Prokura im

69 Besonderheit im VAG (§ 15): VVaG erlangt Rechtsfähigkeit durch Erlaubnis zum Geschäftsbetrieb durch Aufsichtsbehörde.

Handelsregister. P schließt mit X einen Haftpflichtversicherungsvertrag. Wenige Tage später tritt der Versicherungsfall ein.

Die V muß zahlen und kann sich nicht darauf berufen, daß P zum Abschluß des Vertrages nicht mehr berechtigt war; denn bei der Entziehung der Prokura handelt es sich um eine einzutragende bzw. eintragungspflichtige Tatsache gem. § 53 Abs. 3 HGB. Ist das Erlöschen der Prokura, wie hier, nicht eingetragen, so kann V sich darauf gegenüber X, sofern dieser gutgläubig war, nicht berufen! Gutgläubig war X, wenn ihm das Erlöschen der Prokura nicht bekannt war.

2. Positive Publizität

Ist eine Tatsache ins Handelsregister eingetragen und bekanntgemacht worden, so muß ein Dritter sie gem. § 15 Abs. 2 HGB gegen sich gelten lassen. § 15 Abs. 2 HGB (lesen!) ist also ein Fall der positiven Publizität.

Das Gesetz geht davon aus, daß jeder Kaufmann die Bekanntmachung des Registergerichts liest, gibt ihm aber, wie aus § 15 Abs. 2 Satz 2 HGB folgt, 15 Tage Zeit dazu.

Beispiel:
Wieder kündigt die Versicherungsgesellschaft V dem Prokuristen P. Diesmal wird die Prokura ordnungsgemäß im Handelsregister gelöscht. Nach drei Wochen schließt X mit P einen Versicherungsvertrag ab und verlangt einige Tage später nach Eintritt des Versicherungsfalles von V Zahlung.

Diesmal hat X Pech gehabt; er muß gem. § 15 Abs. 2 S. 1 HGB die Löschung der Prokura gegen sich gelten lassen.

3. Wirkung unrichtiger Bekanntmachungen

§ 15 Abs. 3 HGB schließlich dehnt die positive Publizitätswirkung des Handelsregisters auch auf den Fall aus, daß eine einzutragende Tatsache *unrichtig bekanntgemacht* wurde. (Vorschrift lesen!)

Der Gesetzgeber geht davon aus, daß derjenige, der die Berichtigung einer falschen Bekanntmachung unterläßt, zugunsten des gutgläubigen Dritten sich so behandeln lassen muß, als ob die unrichtige Bekanntmachung mit seinem Willen fortbesteht.

Beispiel:
Nachdem V dem P gekündigt hat, wurde die *Löschung* der Prokura beim Registergericht angemeldet und ins Handelsregister eingetragen. Durch ein Versehen wird aber im Bundesanzeiger und in der Tagespresse die *Erteilung* der Prokura bekanntgegeben.

In diesem Fall könnte sich X nach Abschluß eines Vertrages mit P auf die unrichtige Bekanntmachung berufen.

Das Gesetz unterstellt, wie gesagt, daß jeder Kaufmann die Bekanntmachungen der Handelsregistereintragungen liest und die V daher Gelegenheit hatte, die unrichtige Bekanntmachung berichtigen zu lassen.

Prägen Sie sich die Publizitätswirkungen von § 15 HGB nochmals anhand der nächsten Übersicht (7) ein!

Literatur zur Vertiefung (4. Kapitel):

Alpmann und Schmidt	HR, 5. Abschnitt, 1. u. 2.
Brox	HR, §§ 7 und 8, Rdnr. 101–133
Canaris	§§ 4–6
Hager	Jura 1992, S. 57–65
Hofmann	C, I–IV
Hübner	§ 2

Übersicht 7:

Publizitätswirkung des Handelsregisters nach § 15 HGB
§ 15 Abs. 1 – Negative Publizität: Solange eine einzutragende Tatsache nicht eingetragen ist, kann sie Dritten nicht entgegengehalten werden. *Beispiel:* Versehentliche Nichteintragung der Löschung einer Prokura = Geschäfte von Prokuristem und Drittem sind gültig
§ 15 Abs. 2 – Positive Publizität: Ist eine Tatsache eingetragen und bekanntgemacht worden, muß Dritter sie gegen sich gelten lassen. *Beispiel:* Löschung der Prokura ist eingetragen; Dritter hat Bekanntmachung nicht gelesen ⇒ Geschäft mit Prokuristem ist unwirksam!
§ 15 Abs. 3 – Positive Publizität: Ist einzutragende Tatsache unrichtig bekanntgemacht, kann Dritter sich darauf berufen, da Betroffener die Berichtigung der Bekanntmachung unterlassen hat. *Beispiel:* *Löschung* der Prokura wird angemeldet und ins HR eingetragen; versehentlich wird aber die *Erteilung* der Prokura bekanntgemacht = Geschäft zwischen dem Prokuristen und einem Dritten ist wirksam.

5. Kapitel: Die Hilfspersonen der Kaufleute

Als wir uns soeben mit der negativen und positiven Publizität des Handelsregisters nach § 15 HGB befaßt haben, hatte ich Ihnen als Beispiel für einzutragende Tatsachen die Erteilung und Löschung der Prokura genannt. Der dabei angesprochene Prokurist war eine Person, die für einen Kaufmann tätig geworden ist, mit anderen Worten: der Prokurist ist eine Hilfsperson, derer sich der Kaufmann beim Betrieb seines Handelsgewerbes bedient bzw. bedienen kann. Je nachdem, ob diese Person in den Betrieb des Kaufmanns eingegliedert (d.h. regelmäßig: bei ihm angestellt) ist, oder ob ihre Tätigkeit in freier Mitarbeit erfolgt, spricht man im Handelsrecht von *unselbständigen* oder *selbständigen Hilfspersonen* des Kaufmanns.

I. Unselbständige Hilfspersonen als Vertreter des Kaufmanns (Handlungsgehilfen)

Soweit diese Hilfspersonen kaufmännische Dienste leisten, nennt sie das HGB Handlungsgehilfen. Lesen Sie hierzu § 59 HGB! Diese Vorschrift bestimmt, daß der Handlungsgehilfe dem Kaufmann ortsübliche Dienste gegen entsprechende Vergütung zu leisten hat. § 59 HGB und auch die dazugehörigen §§ 60 bis 83 HGB treffen allerdings keine Aussage darüber, welche *Arten* der Handlungsgehilfen es gibt. Vielmehr regeln die §§ 59 ff. HGB allgemein das Innenverhältnis zwischen den Handlungsgehilfen und dem Kaufmann als Dienstherrn. Bei den §§ 59 ff. HGB handelt es sich sozusagen um »kaufmännisches Sonderarbeitsrecht«[70], mit dem wir uns vorerst noch nicht befassen wollen.

Welche Arten der Handlungsgehilfen – also der unselbständigen Hilfspersonen des Kaufmanns – es gibt, regeln vielmehr die Vorschriften des vorstehenden Fünften Abschnittes des Ersten Buches des HGB, der mit der Überschrift *»Prokura und Handlungsvollmacht«* versehen ist. Wie jemand Prokurist oder Handlungsbevollmächtigter wird, ergibt sich aus den §§ 48 ff. HGB, die besondere Regeln über die Vertretungsmacht der verschiedenen unselbständigen Hilfspersonen des Kaufmanns enthalten.

70 *Baumbach/Hopt*, § 59, Rdnr. 1

Während also die §§ 59 ff. HGB das Innenverhältnis zwischen dem Kaufmann und seinem Handlungsgehilfen betreffen, regeln die §§ 48 ff. HGB die Kompetenzen der Handlungsgehilfen im Außenverhältnis.

Entsprechend dem Umfang ihrer Vertretungsmacht im Außenverhältnis unterscheidet man drei Arten von unselbständigen Hilfspersonen des Kaufmanns:

(1) den Prokuristen, (2) den Handlungsbevollmächtigten und (3) den Ladenangestellten.

Alle drei Handlungsgehilfen erhalten ihre besonderen handelsrechtlichen Kompetenzen aufgrund einer *rechtsgeschäftlichen* Vollmacht, für deren Erteilung zunächst die Regelungen des BGB, insbesondere § 167 Abs. 1 BGB, gelten. Auch die Wirksamkeit des Vertreterhandelns richtet sich nach dem Stellvertretungsrecht des BGB[71], also nach den §§ 164 ff. BGB. Wenn jemand als Prokurist, Handlungsbevollmächtigter oder Ladenangestellter handelt, kommen die jeweiligen handelsrechtlichen Spezialbestimmungen erst dann zur Anwendung, wenn es darum geht, ob der Vertreter »innerhalb der ihm zustehenden Vertretungsmacht« (vgl. § 164 Abs. 1 S. 1 BGB) gehandelt hat. Das HGB bestimmt nur den *Umfang* der jeweiligen Vollmacht des auftretenden Handlungsgehilfen. Entgegen dem allgemeinen Sprachgebrauch kann also niemand »von Beruf« (z.B.) Prokurist sein. Den Beruf des Prokuristen gibt es ebensowenig wie den des Stellvertreters nach § 164 BGB[72]. Für die Lösung von Fällen, in denen Handlungsgehilfen auftreten, ist es unerläßlich, sich diese Funktion der Prokura bzw. der anderen handelsrechtlichen Vollmachten klar zu machen[73].

Den Unterschied zwischen der Prokura und der Handlungsvollmacht wollen wir uns anhand eines Falles verdeutlichen:

71 *vgl. dazu Bd. I, S. 179-206*
72 *Schmidt*, HR, § 16 III, 1 b
73 a.a.O.

Übungsfall 5	

Otto Ochs (O) ist Inhaber einer großen Wurst- und Fleischfabrik mit mehreren Filialen. Er bestellt seinen Mitarbeiter Siegfried Stier (S) zum Prokuristen und läßt die Prokura in das Handelsregister eintragen. Mit S trifft O eine Vereinbarung, daß dieser nicht ohne Einwilligung des O Geschäfte im Wert von über 200.000,– DM abschließen darf. O beauftragt den S, eine Kühlwagenfirma zu suchen und für den Transport der Produkte die erforderliche Anzahl Kühlwagen zu mieten. S ruft den Angestellten Kuno Kuh (K) herbei und erklärt ihm, daß er ihn zum Prokuristen mache und ihn mit der Miete von 20 Kühlwagen beauftrage. S selbst gedenkt, nun Unternehmenspolitik zu betreiben und erwirbt für 2 Mio. DM einen landwirtschaftlichen Betrieb, der sich auf die Zucht und Mast von Schlachtvieh spezialisiert hat. S will die Fabrik von fremden Fleischlieferungen unabhängig machen. Der Landwirt Balduin Borstig (B), von dem S den landwirtschaftlichen Betrieb gekauft hat, verlangt von O die Zahlung des Kaufpreises. Dieser weigert sich, den Kaufpreis zu zahlen. Außerdem ist er auch nicht bereit, den von K abgeschlossenen Mietvertrag über 20 Kühlwagen anzuerkennen.
Frage: Ist das Verhalten des O rechtmäßig?

Das Verhalten des O ist nur rechtmäßig, wenn B und die Kühlwagenfirma keine Ansprüche gegen ihn haben.

Wir wollen deshalb zunächst den Anspruch des B auf Bezahlung des Kaufpreises von 2 Mio. DM für seinen landwirtschaftlichen Betrieb prüfen.

■ Überlegen Sie, welche (bürgerlichrechtliche!) Anspruchsgrundlage für das Verlangen des B in Betracht kommt!

▷ B verlangt von O ausdrücklich »Zahlung des Kaufpreises«. Anspruchsgrundlage ist also § 433 Abs. 2 BGB!

Voraussetzung für diesen Anspruch ist, daß zwischen O (!) und B ein wirksamer Kaufvertrag geschlossen wurde. Das wiederum erfordert, wie Sie wissen, zwei sich deckende Willenserklärungen: Angebot und Annahme.

■ Wer hat in diesem Fall ein Angebot gemacht, und von wem wurde es angenommen?

▷ Das Angebot hat nicht der Vertragspartner des B, der O, gemacht, sondern sein Prokurist S; angenommen wurde es durch B.

■ Was ist Voraussetzung dafür, daß O sich das Angebot des Prokuristen S als eigenes zurechnen lassen muß? (Überlegen Sie!)

▷ *Falsch* wäre es, wenn Sie antworten wollten: »Dann müßte die Prokura des S wirksam sein«! Richtig ist allein: »Voraussetzung dafür ist, daß S den O bei Vertragsabschluß gem. § 164 Abs. 1 S. 1 BGB wirksam vertreten hat«!

Wir müssen also zunächst die Voraussetzungen für ein wirksames Vertreterhandeln nach § 164 Abs. 1 S. 1 BGB prüfen.

■ Welche drei Voraussetzungen sind das? Das sollten Sie in der richtigen Reihenfolge noch[74] aus § 164 Abs. 1 S. 1 BGB herauslesen können!

▷ Voraussetzungen für eine wirksame Vertretung nach § 164 Abs. 1 S. 1 BGB sind:
(1) Eigene Willenserklärung des Vertreters,
(2) Willenserklärung erfolgt erkennbar »in fremdem Namen« und
(3) »innerhalb der zustehenden Vertretungsmacht«.

Daraus ergibt sich für unseren Fall: S gab eine eigene Willenserklärung in Form eines Kaufangebotes ab, und dies geschah »im Namen des O«.

■ Zwischenfrage: Woraus können wir anhand unseres Sachverhalts schließen, daß S erkennbar in fremdem Namen, d.h. im Namen des O, gehandelt hat?

▷ Zwar ist das ausdrücklich so nicht im Sachverhalt formuliert, doch ergibt es sich denknotwendig aus der mitgeteilten Tatsache, daß B sich mit seinem Zahlungsbegehren direkt an O wendet!

■ Warum ist es *»denknotwendig«*, daß S erkennbar in fremdem Namen für O gehandelt haben muß, wenn B sich mit seinem Zahlungsbegehren an O wendet?

▷ Wenn der *Vertreter* (S) dem *Vertragspartner* (B) des *Vertretenen* (O) nicht zu erkennen gegeben hätte, daß er für O handelte, hätte sich B *(Vertragspartner) später (= nach* dem Auftreten des S *als Vertreter)* nicht an O *(Vertretener)* wenden können ...

Ob schließlich auch die dritte Voraussetzung von § 164 Abs. 1 S. 1 BGB, das Handeln des S »innerhalb der ihm zustehenden Vertretungsmacht«, vorliegt, können wir nur beurteilen, wenn wir die Eigenheiten der handelsrechtlichen Vollmacht »Prokura« kennen. An dieser Stelle wird also die Stellung des S als Prokurist bedeutsam, die wir nun etwas näher untersuchen wollen.

74 vgl. Bd. I, S. 181 f.

1. Der Prokurist

a) *Erteilung der Prokura*

Die Prokura ist eine rechtsgeschäftliche Vollmacht, deren Erteilung sich zunächst, wie bereits angedeutet, nach den allgemeinen Vorschriften des BGB richtet. Gem. § 167 Abs. 1 BGB kann sie dem Prokuristen selbst, aber auch einem Dritten, dem gegenüber der Prokurist als Vertreter handeln soll, erteilt werden. Der Erklärende, d.h. der Vollmachtgeber, muß gem. § 48 Abs. 1 HGB Inhaber eines Handelsgeschäftes und außerdem *Vollkaufmann* sein (§ 48 Abs. 1 HGB lesen!).

■ Aus welcher Ihnen bekannten Vorschrift des HGB ergibt es sich, daß nur ein Vollkaufmann Prokura erteilen kann?

▷ Im Gegensatz zum Vollkaufmann unterscheidet das HGB den Minderkaufmann, für den § 4 Abs. 1 HGB ausdrücklich bestimmt, daß die Vorschriften über die Prokura auf ihn nicht anwendbar sind!

Weiterhin setzt die wirksame Erteilung einer Prokura, wie aus § 48 Abs. 1 HGB folgt, voraus, daß sie nur mittels *ausdrücklicher* Erklärung persönlich durch den Inhaber des Handelsgeschäftes oder – sofern er nicht voll geschäftsfähig sein sollte – durch seinen *gesetzlichen* Vertreter erteilt werden kann. Die allgemeinen Grundsätze des bürgerlichrechtlichen Stellvertretungsrechts über die sog. Duldungs- oder Anscheinsvollmacht[75] sind auf die Prokura also *nicht* uneingeschränkt anwendbar!

■ Prüfen Sie nun, ob in Übungsfall 5 nach dem bisher Gesagten eine wirksame Prokuraerteilung an S vorliegt!

▷ O ist als Fleisch- und Wurstfabrikant Inhaber eines Handelsgeschäfts. Als Vollkaufmann betreibt er ein Handelsgewerbe i.S.v. § 1 Abs. 2 Nr. 2 HGB. Schließlich hat er den S ausdrücklich und persönlich zum Prokuristen bestellt. Die Prokuraerteilung ist somit wirksam.

Ob die Prokura ins Handelsregister eingetragen ist oder nicht, ist für die Wirksamkeit ihrer Erteilung nach § 48 Abs. 1 HGB unerheblich[76]. Der Geschäftsinhaber ist jedoch gem. § 53 Abs. 1 HGB verpflichtet, die Erteilung der Prokura (ebenso wie ihr Erlöschen) ins Handelsregister eintragen zu lassen. Da die Eintragung nicht Wirksamkeitsvoraussetzung ist, hat sie keine konstitutive, sondern nur deklaratorische Bedeutung[77].

75 *a.a.O., S. 187-190*
76 vgl. *Brox*, HR, Rdnr. 203
77 *vgl. oben, S. 40*

Möglich ist übrigens auch, Prokura an mehrere Personen gemeinschaftlich zu erteilen (= Gesamtprokura nach § 48 Abs. 2 HGB – lesen!).

b) Umfang der Prokura

Den Umfang der Prokura regelt zunächst § 49 Abs. 1 HGB (lesen!). Danach ist der Prokurist zu allen dort genannten Geschäften und Rechtshandlungen ermächtigt, die der Betrieb eines Handelsgewerbes mit sich bringt, ausgenommen zur Veräußerung und Belastung von Grundstücken, wie sich aus § 49 Abs. 2 HGB (lesen!) ergibt. Selbstverständlich kann der Kaufmann die Prokura auf bestimmte Bereiche, insbesondere auch auf Beträge, die der Prokurist beim Abschluß von Rechtsgeschäften nicht überschreiten darf, beschränken. Diese Beschränkung hat indessen keine Wirkung im Außenverhältnis, d.h., wie aus § 50 Abs. 1 HGB folgt, auf eine solche Beschränkung kann sich der Kaufmann im Verhältnis zu Dritten nicht berufen. Lesen Sie § 50 Abs. 1 und 2 HGB!

Überschreitet allerdings ein Prokurist den Umfang seiner Vertretungsmacht, die im Innenverhältnis beschränkt wurde, macht er sich gegebenenfalls wegen Verletzung des zwischen ihm und dem Inhaber des Handelsgeschäfts bestehenden Dienstvertrages (§ 611 BGB!) seinem Dienstherrn gegenüber schadensersatzpflichtig! (Anspruchsgrundlage?[78])

Eine Ausnahme von dem Grundsatz, daß die Beschränkung der Prokura nicht nach außen wirkt, enthält § 50 Abs. 3 HGB (lesen!): Wenn die Prokura auf den Betrieb einer von mehreren Niederlassungen des Geschäftsinhabers beschränkt wurde und diese Niederlassungen unter verschiedenen Firmen (= Namen) betrieben werden, ist diese Beschränkung auch Dritten gegenüber wirksam (= »Filialprokura«). Dies kommt in der Praxis durchaus nicht selten vor; denn, wie Sie wissen, kann ein Kaufmann ein Handelsgeschäft beispielsweise unter einer übernommenen Firma fortführen. In einem solchen Fall kann die Prokura auch mit Wirkung nach außen auf diese Firma beschränkt werden.

Kommen wir zurück zu unserem Fall, um die besonderen Voraussetzungen für die Prokura zu prüfen.

78 p.V.V.!

■ Hat S sich beim *Kauf* des landwirtschaftlichen Betriebes im Rahmen des gesetzlichen Umfangs der Prokura gem. § 49 HGB (lesen und nachdenken!) gehalten?

▷ Durch die Erteilung der Prokura wurde S von O zu allen Rechtshandlungen ermächtigt, die der Betrieb eines Handelsgewerbes mit sich bringt. Dazu kann auch der Kauf eines landwirtschaftlichen Betriebes inklusive des dazugehörenden Grundstücks gehören. Denn gem. § 49 Abs. 2 HGB verlangen nur der *Verkauf* (Veräußerung) und die Belastung eines Grundstücks die Erteilung einer besonderen Befugnis für den Prokuristen.

■ Wie steht es mit der Begrenzung der Prokura des S auf 200.000,– DM? Welchen Einfluß hat diese Beschränkung auf das Handeln des S? (Erst überlegen, dann weiterlesen!)

▷ Diese Beschränkung ist nur im Innenverhältnis zwischen O und S von Bedeutung!

Nach außen ist eine solche Beschränkung unwirksam.

Somit war der Kauf des landwirtschaftlichen Betriebes für 2 Mio. DM durch die Prokura nach außen gedeckt.

Die Tatsache, daß O den S nur zu Geschäften bis 200.000,– DM ermächtigt hatte, führt im Außenverhältnis nicht zur Überschreitung der mit der Prokura verbundenen Vertretungsmacht des S. Daher kommt z.B. § 177 Abs. 1 BGB *nicht* zur Anwendung, wonach die Wirkung des Vertrages, den S für O geschlossen hat, von dessen Genehmigung abhängig sein würde. Da S innerhalb seiner Vertretungsmacht, nämlich im Rahmen der wirksamen Prokura handelte, die gem. § 53 HGB auch ordnungsgemäß im Handelsregister eingetragen wurde, hat er als Vertreter des O im Sinne des § 164 Abs. 1 BGB gehandelt. Folglich ist der von S im Namen des O geschlossene Vertrag mit B wirksam.

■ Zwischenergebnis für unseren Fall also? (Überlegen!)

▷ B hat gegen O einen Anspruch auf Zahlung des Kaufpreises von 2 Mio. DM gem. § 433 Abs. 2 i.V.m. § 164 Abs. 1 S. 1 BGB und §§ 48, 49 HGB.

O kann sich also nicht weigern, den Kaufpreis zu zahlen, sondern muß gegebenenfalls einen Schadensersatzanspruch (aus positiver Vertragsverletzung des Dienstvertrages) gegen S geltend machen, wonach aber im vorliegenden Fall nicht mehr gefragt ist.

c) *Erlöschen der Prokura*

Gem. § 52 Abs. 1 HGB erlischt die Prokura durch Widerruf. Der jederzeit und ohne besonderen Grund mögliche Widerruf durch den Geschäftsinhaber kann, wie die Erteilung, durch einseitiges Rechtsgeschäft (vgl. §§ 168 S. 3, 167 Abs. 1 BGB – lesen!) ausgeübt werden[79].

Weitere Erlöschensgründe sind[80] z.B.: Die Beendigung des der Prokura zugrunde liegenden Arbeitsverhältnisses (arg. aus § 168 S. 1 BGB), der Verlust der Vollkaufmannseigenschaft (arg. aus § 4 Abs. 1 HGB), die Einstellung bzw. Veräußerung des Handelsgeschäfts, der Konkurs des Kaufmanns (arg. aus § 23 Abs. 1 S. 1 KO[81]) sowie bei Tod des Prokuristen (aber nicht beim Tode des Geschäftsherrn, wie § 53 Abs. 3 HGB bestimmt).

Da die Eintragung des Erlöschens der Prokura ins Handelsregister (§ 53 Abs. 3 HGB) wie die Erteilung nur deklaratorische Wirkung hat, zeitigt das Erlöschen nur Folgen im Innenverhältnis, d.h., der gutgläubige Dritte wird durch § 15 Abs. 1 HGB[82] geschützt. Allerdings haftet der frühere Prokurist dem Dritten gegebenenfalls als »Vertreter ohne Vertretungsmacht« gem. § 179 BGB[83].

Bevor wir Fall 5 zu Ende lösen und dabei den »Handlungsbevollmächtigten« betrachten, prägen Sie sich das Wichtigste zur Prokura nochmals anhand der folgenden Übersicht (8) ein!

79 *Brox*, HR, Rdnr. 212
80 Aufzählung bei *Baumbach/Hopt*, § 52, Rdnr. 5
81 § 23 KO (Auftrag; Geschäftsbesorgungsverträge) (1) Ein von dem Gemeinschuldner erteilter Auftrag erlischt durch die Eröffnung des Verfahrens, es sei denn, daß der Auftrag sich nicht auf das zur Konkursmasse gehörige Vermögen bezieht...
82 vgl. oben S. 40 ff.
83 vgl. Bd. I, S. 195–199

Übersicht 8:

Prokura[84]		
Erteilung	**Umfang**	**Erlöschen**
§ 48	§§ 49, 50	§ 52
Berechtigter: Inhaber eines Handelsgeschäfts (Vollkaufmann) oder gesetzlicher Vertreter (mit Genehmigung des Vormundschaftsgerichts: § 1822 Nr. 11 BGB) *Art:* Ausdrücklich und persönlich durch (mündl. oder schriftl.) Erklärung an Prokuristen oder Dritte (§ 48 Abs. 1 i.V.m. § 167 Abs. 1 BGB) *Adressat:* Natürliche (nicht juristische) Personen; ggf. mehrere Personen = Gesamtprokura (§ 48 Abs. 2) *Eintragung ins HReg.:* Gem. § 53 Abs. 1 Pflicht; deklaratorische Wirkung	*Grundsatz:* Für alle Geschäfte, die der Betrieb eines Handelsgewerbes mit sich bringt (§ 49 Abs. 1) *Beschränkungen:* (1) durch Rechtsgeschäft nach außen unwirksam (§ 50 Abs. 1 und 2); möglich: »Filialprokura« nach § 50 Abs. 3 (2) durch Gesetz: – Veräußerung und Belastung von Grundstücken gem. § 49 Abs. 2 nur mit besonderer Befugnis – nicht zum gewöhnlichen Betrieb gehörende Geschäfte; Einstellung oder Veräußerung des Unternehmens (arg. aus § 49 Abs. 1)	*Widerruf:* Jederzeit möglich gem. § 52 Abs. 1 (i.V.m. §§ 168 S. 3, 167 Abs. 1 BGB) *Beendigung des zugrundeliegenden Arbeitsverhältnisses* (arg. aus § 168 S. 1 BGB) *Verlust der Vollkaufmannseigenschaft* (§ 4 Abs. 1) *Konkurs des Kaufmanns* (vgl. § 23 Abs. 1 S. 1 KO) *Tod des Prokuristen* (arg. aus § 52 Abs. 3) *Einstellung bzw. Veräußerung des Handelsgeschäfts* *Eintragung ins HReg.:* Gem. § 53 Abs. 3 Pflicht; deklaratorische Wirkung

84 §§ ohne Bezeichnung auf dieser Übersicht sind solche des HGB

2. Der Handlungsbevollmächtigte

Von Übungsfall 5 fehlt noch die Beantwortung der Frage nach der Wirksamkeit des Mietvertrages über die Kühlwagen, den der von S bevollmächtigte K abgeschlossen hat.

■ Was ist die Voraussetzung dafür, daß der Mietvertrag zwischen O und der Kühlwagenfirma wirksam ist?

▷ K müßte wirksam als Vertreter des O im Sinne von § 164 Abs. 1 S. 1 BGB gehandelt haben.

Auch in diesem Fall liegen die Voraussetzungen »eigene Willenserklärung« und »Handeln im Namen des O« vor; fraglich ist wiederum, ob K innerhalb der ihm zustehenden Vertretungsmacht gehandelt hat. Wir müssen also prüfen, ob K überhaupt Vertretungsmacht hatte.

■ Woraus könnte sich eine Vertretungsmacht des K ergeben?

▷ Daraus, daß S den K auch »zum Prokuristen machte« und ihn mit der Anmietung der Kühlwagen beauftragte. Dann müßte diese dem K erteilte Prokura wirksam sein.

Die Frage ist also, ob ein Prokurist einem Dritten seinerseits Prokura erteilen kann.

■ Die Antwort auf diese Frage gibt uns die insofern eindeutige Formulierung des § 48 Abs. 1 HGB, nämlich? (Überlegen Sie!)

▷ Prokura kann nur vom Inhaber eines Handelsgeschäfts selbst oder von seinem gesetzlichen Vertreter erteilt werden. Ein Prokurist ist aber nicht gesetzlicher Vertreter des Geschäftsherrn, sondern rechtsgeschäftlicher Vertreter, so daß S dem K keine Prokura erteilen konnte.

Daraus folgt aber nicht, daß K als Vertreter ohne Vertretungsmacht handelt; vielmehr findet nun im Handelsrecht nach h.M. eine Vorschrift des BGB Anwendung, die Sie nicht unbedingt kennen und die Sie deshalb lesen müssen: § 140 BGB!

■ Was könnte das für unseren Fall bedeuten?

▷ Man könnte die dem K durch S erteilte Prokura umdeuten in eine Vollmacht, die nicht an so strenge gesetzliche Voraussetzungen geknüpft ist wie die Prokura und die auch von einem Prokuristen erteilt werden kann.

In Betracht kommt die sog. Handlungsvollmacht. Darunter versteht man jede im Betrieb eines Handelsgewerbes erteilte Vollmacht, die keine Prokura ist. Auch auf die Handlungsvollmacht finden die §§ 164 ff.

BGB Anwendung, sofern nicht spezielle Regelungen des HGB vorrangig sind[85].

a) Erteilung der Handlungsvollmacht

Wie jede Vollmacht wird auch die Handlungsvollmacht gem. § 167 Abs. 1 BGB durch eine einseitige empfangsbedürftige Willenserklärung erteilt. Zur Erteilung ist neben dem Geschäftsinhaber (der auch Minderkaufmann sein kann, da § 4 Abs. 1 HGB nur die Vorschriften über die Prokura ausschließt) auch ein Prokurist oder ein anderer dazu Bevollmächtigter berechtigt.

Das ergibt sich zum einen daraus, daß das Gesetz für die Erteilung der Handlungsvollmacht keine Vorschrift vorsieht, die – wie z.B. § 48 Abs. 1 HGB – besagt, daß nur der Inhaber des Handelsgeschäfts sie persönlich und ausdrücklich erteilen darf, und zum anderen aus dem Umfang der Prokura nach § 49 Abs. 1 HGB. Wenn Sie sich diese Vorschrift nochmals ansehen, so lesen Sie, daß der Prokurist zu *allen* Rechtshandlungen ermächtigt ist, die der Betrieb *eines* (d.h. irgendeines[86], nicht eines bestimmten) Handelsgewerbes mit sich bringt. Dazu gehört auch die Erteilung von Vollmachten, die *nicht* Prokura sind.

Lesen Sie nun § 54 Abs. 1 HGB, der das Wesen der Handlungsvollmacht umschreibt. Da diese Vorschrift nicht die »ausdrückliche« Erteilung der Handlungsvollmacht vorschreibt, kann diese auch als Duldungs- oder Anscheinsvollmacht[87] wirksam sein.

b) Umfang und Arten der Handlungsvollmacht

Der in § 54 Abs. 1 HGB beschriebene Umfang der Handlungsvollmacht zeigt, daß es drei verschiedene Typen (Arten) der Handlungsvollmacht gibt:

(1) Der Handlungsbevollmächtigte kann zum Betrieb eines Handelsgewerbes und damit *»generell«* zu *allen* Geschäften, die ein *derartiger* Betrieb dieses Handelsgewerbes gewöhnlich mit sich bringt, ermächtigt sein. (Ausnahme: Die in § 54 Abs. 2 HGB genannten Geschäfte, auf die wir gleich noch kurz eingehen werden.)

85 *Brox,* HR, Rdnr. 218
86 vgl. u.a. *Alpmann und Schmidt,* HR, S. 47
87 vgl. Bd. I, S. 187 ff.

In diesem Fall hat der Handlungsbevollmächtigte eine »Generalhandlungsvollmacht«.

(2) Der Handlungsbevollmächtigte kann zur Vornahme einer bestimmten *Art* von Geschäften des Handelsgewerbes ermächtigt sein. Er hat dann eine »Arthandlungsvollmacht«.

(3) Schließlich kann der Handlungsbevollmächtigte zur Vornahme einzelner, spezieller Geschäfte des Handelsgewerbes ermächtigt sein. Man bezeichnet diesen Typ der Handlungsvollmacht daher als Spezialhandlungsvollmacht.

Einschränkungen des Umfanges all dieser Handlungsvollmachtsarten enthält, wie angedeutet, § 54 Abs. 2 HGB (lesen!).

Im Gegensatz zum Prokuristen bedarf danach der Handlungsbevollmächtigte nicht nur zur Veräußerung und Belastung von Grundstücken einer besonderen Befugnis des Geschäftsherrn, sondern auch zu den anderen dort genannten Rechtsgeschäften.

c) *Abschluß- und Vermittlungsvollmacht*

Im Zusammenhang mit der Handlungsvollmacht müssen wir die Sondervorschriften des § 55 HGB berücksichtigen, dem z.B. im Bereich des Versicherungswesens für den im Außendienst tätigen Versicherungsvertreter besondere Bedeutung zukommt. Das Versicherungsrecht kennt im Versicherungsvertragsgesetz, und zwar in den §§ 43 ff. VVG, den dort so genannten »Versicherungsagenten«, für den man heute allerdings überwiegend den Begriff »Versicherungsvertreter« benutzt. Das VVG unterscheidet zwischen dem Vermittlungsagenten nach § 43 VVG und dem Abschlußagenten nach § 45 VVG. Beide sind nach dem Sprachgebrauch des HGB Versicherungsvertreter im Sinne von § 92 Abs. 1 HGB (lesen!).

Nach dem Wortlaut dieser Vorschrift ist der Versicherungsvertreter auch (selbständiger!) Handelsvertreter i.S.d. Handelsrechts. Vom Handelsvertreter spricht auch § 55 HGB, den Sie ebenfalls lesen müssen, und zwar zunächst Abs. 1 (im Gesetzestext das Wort »abzuschließen« unterstreichen).

§ 55 HGB gilt gem. § 91 Abs. 1 HGB (lesen!) auch für einen Handelsvertreter, der zum Abschluß von Geschäften befugt ist. Aus dieser Verweisung können wir entnehmen, daß das Gesetz bezüglich der

Handlungsvollmacht im Außenbereich sowohl für die unselbständigen als auch die selbständigen Hilfspersonen gleiche Regeln aufstellt[88].

Zwischendurch eine Verständnisfrage:

■ Was folgt aus der Formulierung von § 55 Abs. 1 HGB für die beiden Arten des Handelsvertreters, also den Abschlußvertreter einerseits und den Vermittlungsvertreter andererseits in Bezug auf die Handlungsvollmacht?

▷ Wenn jemand Abschlußvertreter ist, kann ihm auch Handlungsvollmacht gem. § 54 HGB erteilt werden; ein Vermittlungsvertreter dagegen, da er in § 55 Abs. 1 HGB nicht angesprochen ist, kann demnach nicht Handlungsbevollmächtigter sein!

Für den Abschlußvertreter wird die in § 54 generell umschriebene Handlungsvollmacht in den folgenden Abschnitten von § 55 HGB etwas spezieller umrissen, indem sie zum Teil eingeschränkt wird und zum Teil positiv konkretisiert wird. Einschränkungen ergeben sich aus § 55 Abs. 2 und 3 HGB (lesen!).

Ein Abschlußvertreter ist also einerseits nicht berechtigt, einmal abgeschlossene Verträge abzuändern oder dem Vertragspartner die aus dem Vertrag folgenden Zahlungsverpflichtungen zu stunden, andererseits darf er Zahlungen nur entgegennehmen, wenn er dazu gesondert bevollmächtigt wurde.

Eine positive Konkretisierung der Vollmacht des Abschlußvertreters enthält § 55 Abs. 4 HGB (lesen!).

Für den Versicherungsabschlußvertreter ist vor allem der letzte Halbsatz von Bedeutung.
Beispiel: Nach dieser Vorschrift kann er einen Sachverständigen damit beauftragen, einen geltend gemachten Schaden unverzüglich festzustellen.

Das, was in § 55 Abs. 4 HGB bestimmt ist, gilt ausnahmsweise auch für den Vermittlungsvertreter. Das folgt aus der ausdrücklichen Formulierung von § 91 Abs. 2 S. 1 HGB, den Sie hierzu abschließend auch noch lesen müssen. Wie Sie sicher gemerkt haben, ist die Formulierung mit § 55 Abs. 4 HGB fast wortgleich!

Speziell für den Versicherungsvertreter gelten, wie bereits erwähnt, außer den handelsrechtlichen Vorschriften, die auf Handelsvertreter aus allen Branchen Anwendung finden, insbesondere die Vorschriften des VVG. Soweit die §§ 43 ff. VVG bezüglich der Vollmacht des Versicherungsvertreters vom HGB abwei-

88 vgl. *Alpmann und Schmidt,* HR, S. 48

chende Vorschriften enthalten, indem sie z.B. seine Vollmacht erweitern, haben die Vorschriften des VVG Vorrang.

■ Wie nennt man dieses Prinzip, das hier zugunsten des VVG eingreift? (Überlegen Sie! Das VVG ist ein Spezialgesetz zum HGB ...!)

▷ Wenn Sie sich an Ihre Einführung in das Recht[89] und an § 2 EGHGB[90] erinnert haben, wußten Sie: Das Prinzip, daß das speziellere Gesetz die allgemeineren Gesetze verdrängt (»lex specialis derogat legi generali«[91], wie der römische Jurist[92] schon erkannt hatte ...), wird als »Subsidiaritätsgrundsatz« bezeichnet.

Das gilt, wie Sie bereits am Beispiel des BGB gesehen haben, im übrigen auch für einzelne Paragraphen innerhalb eines Gesetzeswerkes. Vorschriften des besonderen Schuldrechts des BGB haben z.B. Vorrang vor den Vorschriften des allgemeinen Schuldrechts. Sie sollten wissen, daß aufgrund der aus § 305 BGB folgenden Vertragsfreiheit Verträge grundsätzlich formfrei, d.h. auch mündlich geschlossen werden können. Wenn aber manche Vorschriften des besonderen Teils des Schuldrechts festlegen, daß für einen bestimmten Vertrag, z.B. gem. § 766 BGB für den Bürgschaftsvertrag, die Schriftform erforderlich ist, hat diese Vorschrift vor § 305 BGB Vorrang.

Nach alledem können wir nun die abschließende Antwort auf die Frage geben, ob man in der Erteilung der Prokura von S an K über § 140 BGB die Erteilung einer Handlungsvollmacht sehen kann.

■ Versuchen Sie, die Antwort selbst zu formulieren!

▷ Offensichtlich wollte S den Auftrag des O, die 20 Kühlwagen zu mieten, an K delegieren. Dazu ist er als Prokurist grundsätzlich auch befugt, indem er K eine Handlungsvollmacht erteilt. Es ist deshalb davon auszugehen, daß S dem K, wenn er gewußt hätte, daß eine Prokuraerteilung nichtig ist, diesem nur Handlungsvollmacht erteilt hätte. Somit gilt die Erteilung der Prokura von S an K gem. § 140 BGB als Handlungsvollmacht i.S.d. § 54 HGB zum Abschluß des Mietvertrages.

■ Um welchen Typ der Handlungsvollmacht handelt es sich dabei? (Lesen Sie § 54 Abs. 1 HGB nochmals; er enthält die Antwort auf diese Frage!)

▷ Indem S den K zum Abschluß eines bestimmten Mietvertrages bevollmächtigte, hat er ihn zur Vornahme eines einzelnen zu einem be-

89 vgl. Bd. I, S. 23
90 s.o., S. 4
91 vgl. *Liebs,* L 52
92 vgl. Bd. I, S. 23

stimmten Handelsgewerbe gehörigen Geschäfts ermächtigt (§ 54 Abs. 1, 3. Var.), d.h., er hat ihm eine Spezialhandlungsvollmacht erteilt!

Da K mit wirksamer Vertretungsmacht für O auftrat, ist der Mietvertrag gem. § 535 i.V.m. § 164 Abs. 1 S. 1 BGB und § 54 Abs. 1 HGB zwischen O und dem Kühlwagenvermieter wirksam zustande gekommen. O kann sich daher nicht weigern, den Vertrag zu erfüllen.

d) Erlöschen der Handlungsvollmacht

Für die Handlungsvollmacht gelten im wesentlichen dieselben Erlöschungsgründe wie für die Prokura, sofern sich nicht aus dem HGB ein anderes ergibt. Für die Handlungsvollmacht gelten insbesondere nicht die §§ 4 Abs. 1 sowie 53 HGB; uneingeschränkt anwendbar ist dagegen § 168 BGB. Danach erlischt die Handlungsvollmacht durch Widerruf oder mit Beendigung des zugrundeliegenden Arbeitsverhältnisses des Handlungsbevollmächtigten. Tritt der Handlungsbevollmächtigte dann noch weiterhin für seinen Geschäftsherrn auf, handelt er als »Vertreter ohne Vertretungsmacht« (vgl. §§ 177 und 179 BGB).

Das wichtigste zur Handlungsvollmacht enthält Übersicht 9!

Übersicht 9:

Handlungsvollmacht		
Erteilung	**Umfang**	**Erlöschen**
Berechtigter: wie Übersicht 8; *außerdem:* auch Minderkaufleute und Prokurist	*Grundsatz:* Im Ermessen des Vollmachtgebers, doch gesetzlich vermuteter Mindestinhalt gem. § 54 Abs. 1 HGB [beachte: »Geschäfte« ... »die der Betrieb« (nicht irgendeines, sondern) »eines *derartigen* Handelsgewerbes ... gewöhnlich mit sich bringt«!]	*Widerruf:* vgl. §§ 168 S. 2 und 3, 167 Abs. 1 BGB
Art: – Ausdrücklich oder stillschweigend (konkludent) nach BGB-Regeln (§ 167 BGB). – Möglich auch: Anscheins- oder Duldungsvollmacht – Durch Umdeutung (§ 140 BGB) unwirksam erteilter Prokura	*Arten (Typen):* – *General-HV* = alle zum Betrieb des Handelsgewerbes gehörenden Geschäfte, außer gesetzliche Beschränkungen (s. u.) – *Art-HV* = bestimmte Art von Geschäften – *Spezial-HV* = einzelne, spezielle Geschäfte	*Beendigung des zugrundeliegenden Arbeitsverhältnisses* (arg. aus § 168 S. 1 BGB)
Adressat: Natürliche, nicht juristische Personen	*Beschränkungen:* – Veräußerung und Belastung von Grundstücken, Wechselverbindlichkeiten, Darlehen und Prozeßführung (§ 54 Abs. 2 HGB) – Rechtsgeschäftliche Beschränkungen, wenn Dritten bekannt (§ 54 Abs. 3 HGB) – § 55 Abs. 2 und 3 HGB	
Eintragung ins HReg.: Gesetzlich nicht vorgesehen und *nicht eintragungsfähig*[93]!	*Sonderregelung für Außendienst:* Erweiterung der Vollmacht nach § 55 Abs. 4 (vgl. §§ 75 g und 91 HGB)	

93 vgl. *Baumbach/Hopt,* § 8 Rdnr. 5

3. Der Ladenangestellte

Der sog. »Ladenangestellte« ist, wie Prokurist und Handlungsbevollmächtigter, unselbständige Hilfsperson bzw. »Handlungsgehilfe« des Kaufmanns.

Der Ladenangestellte wird im allgemeinen Sprachgebrauch und selbst in manchen Lehrbüchern fälschlicherweise entgegen der ausdrücklichen Legaldefinition des § 59 S. 1 HGB dem »Handlungsgehilfen« gleichgesetzt und als solcher vom Prokuristen und Handlungsbevollmächtigten unterschieden. »Handlungsgehilfen« i.S.v. § 59 HGB sind jedoch alle drei!

Die Befugnisse des Ladenangestellten regelt § 56 HGB (lesen!).

Ohne daß wir zu sehr ins Detail gehen können, müssen Sie wissen, daß der Wortlaut dieser Vorschrift etwas mißverständlich ist und man ihn daher nicht zu eng verstehen darf. Dies gilt namentlich für die Begriffe »Laden« und »offenes Warenlager«, die Sie deshalb in Ihrem Text in Anführungszeichen setzen sollten. Unter »Laden« und »offenem Warenlager« verstehen Lehre und Rechtsprechung nämlich »jede dem Publikum zugängliche, wenn auch nur vorübergehend benutzte, offene Verkaufsstätte, unabhängig davon, ob der Geschäftsraum dazu besonders ausgestattet ist oder nicht«[94]. Als »Laden« i.S.d. § 56 HGB ist deshalb z.B. auch ein Verkaufsstand anzusehen. »Angestellter« i.S.d. Vorschrift ist schließlich jeder, der mit Wissen und Wollen des Geschäftsherrn[95] in den Verkaufsräumen beim Verkauf mitwirkt. Es muß sich nicht um einen »Angestellten« im arbeitsrechtlichen Sinne im Unterschied zu einem »Arbeiter« handeln!

Ohne ausdrücklich dazu durch Erteilung einer Vollmacht gem. § 167 Abs. 1 BGB ermächtigt zu sein, *gilt* dieser Ladenangestellte – und das ist das Wichtige und Entscheidende in § 56 HGB – als bevollmächtigt zu Verkäufen einschließlich der dazugehörigen Erfüllungsgeschäfte. Ebenso gilt er als bevollmächtigt zur Empfangsnahme, insbesondere von Zahlungen, die in einem derartigen Laden oder Warenlager gewöhnlich geschehen. Das Gesetz fingiert für diesen Fall also eine Vollmacht des Ladenangestellten. Der Geschäftsinhaber hat dadurch, daß er den Betreffenden in seinem Laden wirken läßt, den Rechtsschein gesetzt, daß dieser eine entsprechende Vollmacht hat. Man kann bei der in § 56

94 vgl. *Schmidt,* HR, § 16 V, 3 a unter Hinweis auf RGZ 69, 307
95 vgl. *Brox,* HR, Rdnr. 231

HGB beschriebenen Vollmacht deshalb auch von einer »gesetzlichen Anscheinsvollmacht« sprechen[96]. Der Geschäftsinhaber kann die Vollmacht des Ladenangestellten ebenso wie die Vollmacht des Handlungsbevollmächtigten beschränken. Eine Beschränkung gilt jedoch grundsätzlich nur im Innenverhältnis. Im Außenverhältnis nur dann, wenn der betroffene Dritte die Beschränkung kannte oder kennen mußte[97]. Für die Handlungsvollmacht folgt das direkt aus § 54 Abs. 3 HGB, der auf die Vollmacht des Ladenangestellten analog angewendet wird[98].

Literatur zur Vertiefung (5. Kapitel, I.)

Alpmann und Schmidt	HR, 3. Abschnitt
Brox	HR, §§ 12 u. 13
Bülow	Erster Teil, Siebter Abschnitt
Hofmann	F
Martinek	Fall 6

II. Selbständige Hilfspersonen des Kaufmanns

Neben den unselbständigen kennt das HGB, wie bereits angedeutet, auch selbständige Hilfspersonen des Kaufmanns. Das sind solche Personen, die zwar für den Kaufmann Dienste leisten, die aber für ihn nicht im Rahmen eines Angestellten- bzw. Arbeitsverhältnisses tätig sind.

Davon werden wir im folgenden den *Handelsvertreter* und den *Handelsmakler* etwas näher betrachten. Beide sind selbständige Hilfspersonen des Kaufmannes, die in seinem Namen, also in *fremdem Namen*, tätig werden.

Daneben gibt es noch eine Reihe von selbständigen Hilfspersonen des Kaufmanns, die *im eigenen Namen* handeln, mit denen wir uns unten im 8. Kapitel befassen.

96 *Alpmann und Schmidt*, HR, S. 50 und 53

97 *Vgl. dazu die Legaldefinition in § 122 Abs. 2 BGB!*

98 **Notieren Sie sich im Gesetzestext am Rand von § 56 HGB: »§ 54 Abs. 3 analog«**

1. Der Handelsvertreter

a) Begriff

Über den Handelsvertreter, insbesondere den Abschlußvertreter, haben wir in Verbindung mit der Handlungsvollmacht und der Geltung des § 55 HGB bereits einiges gesagt. So wissen Sie bereits, daß das Recht des Handelsvertreters in den §§ 84 ff. HGB geregelt ist.

Lesen Sie dazu folgenden Fall:

Übungsfall 6	
Die Argus-Versicherung-AG (V) möchte ihren Umsatz steigern und überträgt ihrem bisher im Innendienst tätigen Angestellten Alfons A die Aufgabe, mit einem Pkw der V an mehreren von der Geschäftsführung bestimmten Tagen im Monat die jeweils von ihr ausgewählten Kunden von ihr aufzusuchen, um für Hausratsversicherungen zu werben und gegebenenfalls entsprechende Verträge abzuschließen. Ist A Handelsvertreter?	

Die Antwort folgt aus § 84 HGB (lesen!).
Nach § 84 Abs. 1 ist Handelsvertreter, wer als
- selbständig
- Gewerbetreibender
- ständig damit betraut ist,
- für einen anderen Unternehmer
- Geschäfte *zu vermitteln,*
  oder
- in dessen Namen *abzuschließen.*

Daß das selbständige Tätigwerden für die Eigenschaft eines Handelsvertreters Voraussetzung ist, hätte der Gesetzgeber in § 84 Abs. 1 S. 1 HGB eigentlich nicht wiederholen müssen; denn das ergibt sich bereits aus einer wichtigen Vorschrift des HGB, die wir schon kennengelernt haben: § 1 HGB (nochmals lesen!).

Nach § 1 Abs. 1 HGB ist, wie Sie wissen, derjenige Kaufmann, der ein Handelsgewerbe betreibt. Und gem. § 1 Abs. 2 Nr. 7 HGB handelt es sich bei den Geschäften des Handelsvertreters um ein typisches Handelsgewerbe. Der Handelsvertreter ist demnach Mußkaufmann. Da das Tatbestandsmerkmal »betreiben« des § 1 Abs. 1 HGB, wie wir gelernt haben, bereits das selbständige Tätigwerden voraussetzt, hätte es der Betonung in § 84 Abs. 1 HGB deshalb eigentlich nicht mehr bedurft. Daß der Gesetzgeber das Merkmal der Selbständigkeit nochmals besonders hervorhebt, hat seinen Grund darin, daß im Handelsverkehr häufig auch unselbständige Hilfspersonen mit Tätigkeiten beauftragt werden, die eigentlich typisch für den Handelsvertreter sind. Diese Personen sollen nach dem ausdrücklichen Willen des Gesetzgebers nicht als Handelsvertreter behandelt werden, sondern sie gelten gem. § 84 Abs. 2 HGB (lesen!) als Angestellte. Die typischen Merkmale der Selbständigkeit enthält § 84 Abs. 1 S. 2 HGB, den Sie bereits gelesen haben (lesen Sie ihn nochmals!). Danach ist selbständig, wer im wesentlichen frei seine Tätigkeit gestalten und seine Arbeitszeit bestimmen kann. Diese Definition der Selbständigkeit hat, wie bereits angedeutet, nicht nur im Handelsrecht, sondern vor allem auch im Arbeitsrecht besondere Bedeutung.[99]

Entscheidend ist nicht die wirtschaftliche, sondern die persönliche, rechtliche Selbständigkeit. Damit ist für unseren Übungsfall klar, ob Alfons A Handelsvertreter ist oder nicht.

■ Versuchen Sie, die Antwort zunächst selbst zu formulieren!

▷ A ist nach wie vor, auch wenn er nun sozusagen als Handelsreisender im Außendienst tätig ist, Angestellter der V. Die V bestimmt hinsichtlich seiner Tätigkeit im Außendienst auch Arbeitszeit und Arbeitsort, so daß es ihm an der Selbständigkeit fehlt, die den Handelsvertreter auszeichnet.

Weiter verlangt § 84 Abs. 1 HGB für den Handelsvertreter, daß er ständig damit betraut ist, für einen anderen Unternehmer Geschäfte zu vermitteln oder abzuschließen. Tritt der Gewerbetreibende dabei nur *gelegentlich* in ein Vertragsverhältnis mit einem Unternehmer ein, ist er kein Handelsvertreter im Sinne des § 84 HGB. Für seine Tätigkeit gilt dann nur das Auftrags-, Werk- oder Dienstvertragsrecht des BGB. Allerdings erfordert das Tatbestandsmerkmal »ständig« nicht, daß der Vertreter immer nur für »einen« Unternehmer tätig sein muß oder darf[100]. »Ein« in § 84 Abs. 1 HGB bedeutet also keine zahlenmäßige Beschränkung, sondern ist nur ein einfacher unbestimmter Artikel. Die Tatsache, daß ein Handelsvertreter für mehrere Unternehmen tätig sein kann, bringt in der Praxis häufig Vorteile für den Kunden; denn das Tätigwerden für mehrere Unternehmen spricht in der Regel für einen besonders guten

99 *vgl. Bd. V, S. 25, Fn. 20*
100 *Baumbach/Hopt,* § 84 Rdnr. 30

Überblick des betreffenden Handelsvertreter in der Branche, in der er tätig ist.

b) Abschluß- und Vermittlungsvertreter

Daß das HGB zwei Arten des Handelsvertreters unterscheidet, haben wir bereits mehrfach angesprochen.

Je nach Umfang seiner Vollmacht unterscheidet man zwischen Abschlußvertreter und Vermittlungsvertreter[101]. Der Abschlußvertreter benötigt eine allgemeine Vollmacht nach den Vorschriften der §§ 164 ff. BGB. Wird dem Abschlußvertreter von einem Kaufmann Vollmacht nach dem HGB erteilt, findet, wie wir wissen, § 54 HGB Anwendung, auf dessen Geltung § 55 Abs. 1 HGB für den Abschlußvertreter ausdrücklich hinweist. § 91 Abs. 1 HGB (lesen!) stellt klar, daß diese Vollmachtsvorschriften für einen Abschlußvertreter auch dann gelten, wenn der Handelsvertreter von einem Unternehmer bevollmächtigt ist, der nicht Kaufmann i.S.d. HGB ist.

Beispiele für solche Unternehmer:
- Bauunternehmer: Kein Handelsgewerbe nach § 1 Abs. 2 HGB = kein Kaufmann, wenn nicht Eintragung wegen § 2 HGB.
- Land- und Forstwirt, wenn nicht Eintragung nach § 3 HGB.

Schließt ein Handelsvertreter, der nur Vermittlungsvertreter ist, dennoch einen Vertrag mit einem Kunden im Namen des Unternehmens ab, so handelt er als »Vertreter ohne Vertretungsmacht«.

■ Welche Vorschrift könnte man in diesem Fall anwenden? (Überlegen Sie!)

▷ Wenn das HGB dazu nicht eine Sondervorschrift enthielte, wäre die Antwort »§ 177 BGB«, die Sie sicherlich parat hatten, richtig gewesen. So aber gilt § 91a Abs. 1 HGB (lesen!).

■ Worin besteht der wesentliche Unterschied dieser Vorschrift zu § 177 BGB? (Denken Sie nach!)

▷ Der Unternehmer, für den der Handelsvertreter tätig geworden ist, muß den Vertragsabschluß *unverzüglich* nach Kenntnisnahme ablehnen, andernfalls gilt er als *genehmigt*. Der nach bürgerlichem Recht Vertretene hat dagegen gem. § 177 Abs. 2 BGB zwei Wochen Zeit,

101 vgl. oben S. 55 f.

den Vertragsabschluß des Vertreters ohne Vertretungsmacht zu genehmigen; tut er das nicht, gilt die Genehmigung als *verweigert*.

Hier haben wir erneut ein Beispiel dafür, daß das HGB im Interesse der zügigen Abwicklung des Handelsverkehrs an die dem Handelsrecht unterworfenen Personen bisweilen strengere Anforderungen stellt als das BGB.

c) *Pflichten des Handelsvertreters*

Wie jeder Vertrag, so bringt auch der Vertrag zwischen einem Handelsvertreter und einem Unternehmer bestimmte Rechte und Pflichten der Vertragsparteien mit sich. So kann z.B. jeder von dem anderen gem. § 85 HGB verlangen, daß der Vertrag schriftlich ausgefertigt wird. Aus dieser Kann-Vorschrift folgt aber zugleich, daß die Schriftform für den Handelsvertretervertrag nicht zwingend vorgeschrieben ist. Auch ein mündlicher Vertrag ist somit wirksam.

Der Handelsvertretervertrag ist rechtlich als Dienstvertrag i.S.d. §§ 611 ff. BGB einzuordnen, für den zusätzlich die Sondervorschriften der §§ 84 ff. HGB gelten.

Die Pflichten des Handelsvertreters folgen aus §§ 86, 90 und 90a HGB.

Lesen Sie zunächst § 86 Abs. 1 bis 3 HGB.

Daraus lassen sich folgende Pflichten des Handelsvertreters herleiten:

(1) Tätigkeitspflicht (§ 86 Abs. 1 HGB). Der Handelsvertreter »hat sich zu bemühen«, heißt es dort.

(2) Pflicht zur Wahrnehmung der Interessen des Unternehmers (§ 86 Abs. 1 HGB); er muß z.B. möglichst günstige Bedingungen für den Unternehmer aushandeln.

(3) Benachrichtigungspflicht (§ 86 Abs. 2 HGB).

(4) Allgemeine kaufmännische Sorgfaltspflicht (§ 86 Abs. 3 HGB). Das bezieht sich z.B. insbesondere auf die Auswahl der Vertragspartner des Unternehmers; so hat der Handelsvertreter etwa darauf zu achten, daß diese Vertragspartner kreditwürdig sind.

(5) Verschwiegenheitspflicht – § 90 HGB lesen (auch noch nach Vertragsende)!

(6) Gegebenenfalls Wettbewerbsverbot nach Beendigung des Vertrages, wenn mit Unternehmer vereinbart – § 90a HGB lesen!

d) *Rechte des Handelsvertreters*

Die Rechte des Handelsvertreters bzw. seine Ansprüche, die naturgemäß mit den Pflichten des Unternehmers korrespondieren, ergeben sich aus den §§ 86a, 90a HGB.
Die wichtigsten dieser Ansprüche sind:

(1) Anspruch auf Unterstützung gem. § 86a HGB (lesen!).

(2) Der vorrangigste Anspruch des Handelsvertreters ist der Anspruch auf Provision gem. § 87 HGB für den Abschluß aller Geschäfte des Unternehmers, die aufgrund der Tätigkeit des Handelsvertreters zustandekommen. Lesen Sie hierzu nur § 87 Abs. 1 S. 1 HGB!

Ist dem Handelsvertreter, was in der Praxis häufig vorkommt, vom Unternehmer ein bestimmter Bezirk zugeordnet, so hat der Bezirksvertreter den Provisionsanspruch gem. § 87 Abs. 2 HGB (lesen!) sozusagen »automatisch«, wenn ein Vertrag mit Personen aus diesem Bezirk zustandekommt; d.h., er braucht nicht nachzuweisen, daß er in diesem Bezirk vermittelnd tätig geworden ist.

Gem. § 87a Abs. 1 S. 1 HGB (lesen!) wird der Provisionsanspruch fällig mit der Ausführung des Geschäfts durch den Unternehmer, d.h., wenn der Unternehmer einen vermittelten Vertrag abgeschlossen hat oder einen Vertragsabschluß durch den Abschlußvertreter zur Kenntnis genommen hat.

Für den Handelsvertreter, der Versicherungsvertreter ist, gelten die Besonderheiten des § 92 Abs. 3 und Abs. 4 HGB (lesen!).

Im übrigen gelten für den Versicherungsvertreter, worauf bereits hingewiesen wurde, neben Vorschriften des HGB die Vorschriften der §§ 43 ff. VVG.

Besondere Arten der Provision sind die sogenannte Delkredereprovision und die Inkassoprovision.

Unter Delkredere[102] versteht man die Erklärung des Handelsvertreters, für die Erfüllung der Verbindlichkeit eines Dritten aus einem ver-

102 *Wie viele Ausdrücke aus dem »Handels- und Bankgewerbe« stammt auch dieser aus dem Italienischen (= delcredere) und bedeutet wörtlich »vom Glauben«, freier übersetzt »Gewähr, Haftung, Bürgschaft« – vgl. auch »Bankrott«, it. »banca rotta«: Im mittelalterlichen Italien wurden Geldwechselgeschäfte über eine Steinbank (ohne Lehne!) getätigt; war der Geldwechsler »bankrott«, wurde die »Bank« – wohl mit einem Hammer – zertrümmert ('zerbrochen')...Allerdings ist diese vielzitierte These nirgendwo bezeugt* (vgl. *Duden,* Herkunftswörterbuch, S. 48).

mittelten oder abgeschlossenen Geschäft einzustehen. Für diese Verpflichtung, die der Schriftform bedarf, steht ihm nach § 86 b Abs. 1 HGB (lesen!) eine besondere Vergütung, die Delkredereprovision, zu.

Eine besondere Inkassoprovision steht dem Handelsvertreter gem. § 87 Abs. 4 HGB zu, wenn er außer der Vermittlung oder dem Abschluß von Verträgen auch noch die häufig unangenehme Aufgabe der Einziehung von Forderungen des Unternehmers gegenüber dem Vertragspartner übernimmt.

(3) Gem. § 87 d HGB (lesen!) hat der Handelsvertreter gegen den Unternehmer einen Anspruch auf Aufwendungsersatz, sofern dies vereinbart wurde oder handelsüblich ist.

(4) Gem. § 89 b HGB (lesen!) besteht ein Ausgleichsanspruch bei Vertragsbeendigung zur Abgeltung erheblicher Vorteile, die dem Unternehmer durch die Tätigkeit des Handelsvertreters verbleiben. (z.B. erweiterter Kundenstamm – vgl. hierzu § 89 b Abs. 5 für den Versicherungsvertreter!)

(5) Sofern bei Beendigung des Vertrages ein Wettbewerbsverbot vereinbart war, besteht ein Anspruch auf Entschädigung gem. § 90 a Abs. 1 S. 3 HGB (lesen!).

(6) Allgemeine Schadenersatzansprüche bestehen bei Vertragsverletzung durch den Unternehmer (z.B. pflichtwidriger Entzug der Tätigkeitsgrundlage) wegen positiver Vertragsverletzung des Handelsvertrages oder nach §§ 823 ff. BGB.

2. Der Handelsmakler

Der Handelsmakler, für den die Vorschriften der §§ 93 bis 104 HGB gelten, unterscheidet sich vom Handelsvertreter vor allem dadurch, daß das von § 93 Abs. 1 HGB vorausgesetzte *ständige* Vertragsverhältnis zwischen ihm und dem Unternehmer fehlt. Handelsmakler kann außerdem nur sein, wer Verträge über Gegenstände des Handelsverkehrs, insbesondere die in § 93 Abs. 1 HGB aufgezählten, vermittelt. (§ 93 Abs. 1 HGB lesen!)

Als Gegenstände des Handelsverkehrs sind auch Versicherungen ausdrücklich genannt; der Versicherungsmakler ist demnach ein echter Handelsmakler – im Gegensatz zum Zivilmakler, für den nur die Vorschriften der §§ 652 ff. BGB[103] gelten – und zugleich Vollkaufmann im Sinne von § 1 Abs. 2 Ziffer 7 HGB.

Im Gegensatz zum Handelsvertreter, der, wie Sie gelesen haben, den Unternehmer gegenüber Dritten vertritt (daher auch der Name) und die Interessen des Unternehmers wahren muß, steht der Makler zwischen den Parteien des vermittelten Vertrages. Oft, so insbesondere im Bereich des Versicherungswesens, ist er eine Art Vertrauensmann des Kunden. Deshalb gelten für ihn zwangsläufig andere Vorschriften als für den Handelsvertreter.

Nach dem Gesetzeswortlaut von § 93 Abs. 1 HGB besteht die Tätigkeit des Handelsmaklers nur in der Vermittlung, nicht aber im Abschluß von Verträgen.

In der Praxis kommen aber häufig auch Abschlußmakler vor, insbesondere im Versicherungsbereich. Das verstößt nicht gegen das Gesetz, weil § 93 Abs. 1 HGB insofern nachgiebiges bzw. dispositives Recht ist; d.h., es ist erlaubt, daß jemand, wenn er dies vertraglich mit einem anderen vereinbart hat, auch als Abschlußmakler tätig werden kann.

Auch sonst werden die Vorschriften des HGB über den Handelsmakler, für den das HGB z.B. keine Vertretungsmacht in Form der Handlungsvollmacht vorsieht, im Bereich der Versicherungswirtschaft durch Handelsbrauch und Gewohnheitsrecht mehrfach unberücksichtigt gelassen. So wird ihm z.B. des öfteren, entgegen § 97 HGB, Vertretungsmacht zur Einziehung von Prämien oder zur Regulierung kleinerer Versicherungsfälle erteilt (§ 97 HGB lesen!). Man spricht dann von der sogenannten »Maklerklausel« eines Versicherungsvertrages. Auch § 99 HGB (lesen!) findet in der Praxis des Versicherungswesens selten Anwendung. Obwohl der Versicherungsmakler, wie gesagt, häufig Vertrauensmann des Kunden ist und eigentlich für beide Parteien tätig wird, erhält er seine Provision, den Maklerlohn (bisweilen auch als »Courtage« bezeichnet), nicht je zur Hälfte vom Versicherer und Versicherungsnehmer, sondern sie wird regelmäßig ganz vom Versicherer bezahlt.

Lesen Sie abschließend zu den selbständigen Hilfspersonen des Kaufmanns Übersicht 10.

103 vgl. dazu Bd. II, Teilbd. 2, S. 100 ff.

Übersicht 10:

Selbständige Hilfspersonen des Kaufmanns[104]

I. Handelsvertreter (HV)

– *Gesetzliche Regelung:* §§ 84–91a – *Selbständig* ist, wer im wesentlichen seine Tätigkeit frei gestalten und seine Arbeitszeit bestimmen kann = *persönliche, rechtliche,* nicht wirschaftliche (§ 84 Abs. 2) Selbständigkeit	*Legaldefinition:* § 84 Abs. 1 S. 1 = HV ist, wer als *selbständiger* Gewerbetreibender *ständig* damit betraut ist, für einen *Unternehmer* Geschäfte zu *vermitteln* oder *abzuschließen.* = *»Vermittlungs- oder Abschlußvertreter«*

- HV ist *nicht* Angestellter, auch wenn als »Handelsreisender« im Außendienst tätig.
- *Ständige* Betreuung durch (irgend)einen Unternehmer: bei nur gelegentlicher Tätigkeit kein HV = keine Anwendung des HGB (sondern: §§ 611, 631 oder 662 BGB.)
  Möglich: Tätigkeit für mehrere Unternehmer. Unternehmer, für den HV tätig wird, muß nicht Kaufmann sein (arg. aus § 91 Abs. 1).
- Für *Vollmachtserteilung* gelten ebenso wie für die Wirksamkeit der Vertretungsmacht allgemeine Vorschriften des BGB = §§ 164 ff., insbesondere § 167 BGB. HGB enthält Sondervorschriften für Umfang der Vollmacht: § 91 Abs. 1 → § 55 → § 54; für Abschlußvertreter § 91 Abs. 2 (entspricht Wortlaut von § 55 Abs. 4); für Vermittlungsvertreter § 91a HGB (statt § 177 BGB) bei Vertretung ohne Vertretungsmacht
- *Handelsvertretervertrag:* Auf Verlangen Vertragsurkunde, sonst formfrei (§ 85).

Pflichten des HV:

- (1) Tätigkeitspflicht (§ 86 Abs. 1)
- (2) Wahrnehmung der Unternehmensinteressen (§ 86 Abs. 1)
- (3) Benachrichtigungspflicht (§ 86 Abs. 2)
- (4) Allgemeine Sorgfaltspflicht (§ 86 Abs. 3), z. B. »Kreditwürdigkeit« des Kunden
- (5) Verschwiegenheitspflicht
- (6) Wettbewerbsverbot nach Beendigung der Tätigkeit für Unternehmer, wenn vereinbart (§ 90a)

104 §§ ohne Bezeichnung sind auf dieser Übersicht solche des HGB!

Übersicht 10 ***(Fortsetzung)*:**

Rechte (Ansprüche) des HV:
– (1) Anspruch auf Unterstützung durch Unternehmer (§ 86 a) – (2) Anspruch auf Provision (§ 87 Abs. 1 S. 1): Grundsätzlich für alle Geschäfte, die aufgrund seiner Tätigkeit zustandegekommen sind. – Nachweis der Tätigkeit nicht erforderlich bei »Bezirksvertreter« = § 87 Abs. 2 → *gilt nicht für Versicherungsvertreter* = § 92 Abs. 3! – Fälligkeit der Provision: Mit Ausführung des Geschäfts = § 87 a Abs. 1 S. 1 → gilt nicht für Versicherungsvertreter = § 92 Abs. 4 = Fälligkeit erst, wenn VN Prämie gezahlt hat! – Besondere Provisionsarten: – Delkredereprovision (§ 86 b) – Inkassoprovision (§ 87 Abs. 4) – (3) Ggf. Anspruch auf Aufwendungsersatz (§ 87 d) – (4) Ausgleichsanspruch nach Vertragsbeendigung (z.B. für »Kundenvorteil«) (§ 89 b) – (5) Falls Wettbewerbsverbot: Entschädigungsanspruch nach § 90 a Abs. 1 S. 3 – (6) Ggf. allgemeiner Schadenersatzanspruch – z.B. §§ 823 ff. BGB; p.V.V.
II. Handelsmakler (HM)
– *Gesetzliche Regelung:* §§ 93–104 Unterschied zu HV: *kein ständiges* Betreuungsverhältnis mit Unternehmer = grundsätzlich Tätigwerden für beide Parteien. – Gegenstand der vermittelten oder abgeschlossenen Verträge muß Gegenstand des Handelsverkehrs sein: § 93 Abs. 1 (ausdrücklich erwähnt: Versicherungen), andernfalls: Zivilmakler (§§ 652 ff. BGB). – § 93 ist »abdingbar« = »dispositives Recht«: entgegen Wortlaut (»Vermittlung«) kann HM auch zum *Abschluß* von Verträgen bevollmächtigt werden = häufig im Versicherungsbereich (vgl. sog. *»Maklerklausel«* = Ermächtigung zur Prämieneinziehung oder Regelung kleiner Versicherungsfälle) – HM ist *Vollkaufmann* nach § 1 Abs. 2 Ziff. 7 – *Maklerlohn* (Provision, Courtage): Falls nicht anders vereinbart, gem. § 99 je 1/2 von beiden Vertragsparteien. – *Versicherungswesen:* Obwohl Versicherungsmakler oft »Vertrauensmann des VN« ⇒ Provision ganz vom Versicherer.

3. Sonderformen, Mischformen, Abgrenzungsfragen

Handelsvertreter und Handelsmakler haben gemeinsam, daß sie *in fremdem Namen* und für fremde Rechnung tätig werden. Als einen wesentlichen Unterschied zwischen diesen beiden selbständigen Hilfspersonen des Kaufmanns hatten wir festgehalten, daß der Handelsvertreter den Unternehmer gegenüber Dritten vertritt, während der Handelsmakler zwischen den Parteien des vermittelten Vertrages steht. Der Handelsmakler vertreibt also auch nicht unmittelbar Waren, sondern vermittelt nur auf den Vertrieb und Absatz gerichtete Geschäfte. Der Handelsvertreter dagegen wird unmittelbar für den Absatz des Unternehmens tätig, das er vertritt.

Als unmittelbaren Absatzmittler kennt das HGB außer dem Handelsvertreter nur noch den *Kommissionär*, der aber nicht *ständig* für einen Unternehmer und vor allem *im eigenen Namen* für fremde Rechnung tätig wird. Der Systematik des HGB folgend, wird der Kommissionär bzw. das Kommissionsgeschäft hier erst behandelt, wenn wir uns mit dem Vierten Buch des HGB, »Handelsgeschäfte«, befassen.[105]

In der Praxis des Rechts- und Wirtschaftslebens haben sich neben den im HGB geregelten Formen der für den Kaufmann (beim Absatz) tätigen Personen einige Misch- bzw. Sonderformen herausgebildet:

a) Der Vertragshändler (Eigenhändler)

Der Begriff »Vertragshändler« ist Ihnen sicher zumindest aus der Autobranche bekannt (»Audi«-, »BMW«-, »Citroen«- etc.-Vertragshändler), ohne daß Sie sich über die rechtliche Bedeutung dieses Begriffs Gedanken gemacht haben.

■ Riskieren Sie selbst einmal einen Definitionsversuch! Wie würden Sie die Frage beantworten, was ein Vertragshändler im handelsrechtlichen Sinne ist? Was »tut« so ein 'VW'-Händler z.B.? Handelt er im eigenen oder fremden Namen, auf wessen Rechnung etc.? Überlegen Sie bzw. machen Sie sich kurze Notizen, bevor Sie weiterlesen!

▷ Der Vertragshändler ist ein Kaufmann,

- *dessen Unternehmen in die Vertriebsorganisation eines Herstellers von (i.d.R.) Markenartikeln in der Weise eingegliedert ist,*
- daß er es durch Vertrag mit dem Hersteller oder einem von diesem eingesetzten Zwischenhändler *ständig* übernimmt,

105 *vgl. unten 8. Kapitel*

- *im eigenen Namen und auf eigene Rechnung*
- die Vertragswaren im Vertragsgebiet zu vertreiben und ihren Absatz zu fördern, die Funktionen und Risiken seiner Handelstätigkeit hieran auszurichten und im Geschäftsverkehr das Herstellerzeichen neben der eigenen Firma herauszustellen.[106]

Kennzeichnend für den Vertragshändler ist also:

- die Eingliederung in die Verkaufsorganisation der Herstellers,
- die ständige Tätigkeit für den Hersteller,
- der Verkauf im eigenen Namen und
- das Handeln auf eigene Rechnung.

(Letzteres unterscheidet ihn maßgeblich vom Kommissionär.)

Das Rechtsverhältnis, in dem der Vertragshändler mit dem Hersteller einerseits und dem Abnehmer (Kunden) andererseits steht, verdeutlicht folgende graphische Skizze (Abb. 1):

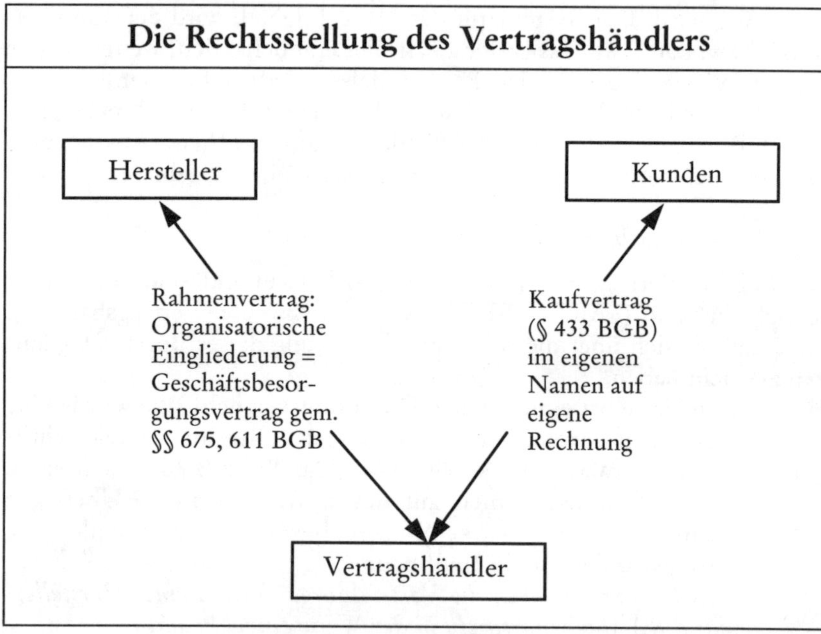

Abb. 1

106 So die Definition von *Ulmer*, S. 206, die in fast allen Lehrbüchern und Grundzügen ähnlich zu finden ist.

Zwischen Hersteller und Vertragshändler besteht ein atypischer, ein gemischter Vertrag bzw. Kombinationsvertrag[107] mit sowohl handelsvertreterrechtlichen als auch kaufrechtlichen Elementen, der eine Geschäftsbesorgung zum Inhalt hat.

Die rechtlichen Probleme, die das rechtliche Verhältnis des Vertragshändlers und des Herstellers aufwerfen kann, liegen zum einen vor allem darin, inwieweit das Handelsvertreterrecht des HGB analog anzuwenden ist, zum andern ist fraglich, inwieweit die §§ 15 ff. GWB (= Wettbewerbsvorschriften für »sonstige Verträge«) anwendbar sind. Wir wollen uns nur merken, daß die Handelsvertretervorschriften des HGB, insbesondere die Schutzvorschriften der §§ 89 ff. HGB, nach h.M. weitgehend *entsprechend* anwendbar sind und im Rahmen dieses Grundrisses nicht näher darauf eingehen.

b) Der Kommissionsagent

Der Kommissionsagent ist eine Art des Kommissionärs (dazu, wie gesagt, mehr im 8. Kapitel), der als selbständig Gewerbetreibender ständig damit betraut ist, im eigenen Namen für fremde Rechnung Verträge abzuschließen. Die *ständige* Betreuung durch einen Unternehmer hat er mit dem (im fremden Namen tätig werdenden) Handelsvertreter gemeinsam; dies unterscheidet ihn vom Kommissionär. Der Kommissionsagent ist also eine *Mischform aus Handelsvertreter und Kommissionär.*

Dementsprechend gelten für ihn im Außenverhältnis weitgehend die Vorschriften des Kommissionsrechts, während das Innenverhältnis von Unternehmer zu Kommissionsagent überwiegend nach den Vorschriften des Handelsvertreterrechts (§§ 89 ff. HGB), zu beurteilen ist.

c) Franchising

Der Franchisevertrag ist eine aus den USA stammende Form eines gemischten Vertrages[108], der den Vertrieb von Waren und Dienstleistungen zum Inhalt hat und wesentliche Elemente der Pacht enthält. Dem Franchisenehmer wird über einen bloßen Lizenzvertrag hinaus gegen entsprechendes Entgelt vom Franchisegeber (regelmäßig ein Konzern) u.a. gestattet, dessen Namen, Warenzeichen, Schutzrechte und techni-

107 *vgl. Bd. II, Teilbd. 1, S. 11*
108 *vgl. Bd. II, Teilbd. 1, S. 10 (Vertragsfreiheit)*

sche Ausstattung zu übernehmen, ohne dabei seine Selbständigkeit zu verlieren.[109]

Unter Franchising (engl. franchise = Konzession, Selbstbehalt, Wahlrecht, Privileg u.a.[110]) versteht man »eine Vertriebskonzeption, bei der ein Unternehmen sein Erzeugnis oder die von ihm entwickelte Service-Leistung oder beides einer großen Zahl von anderen Unternehmen unter Verwendung eines gemeinsamen Namens, Symbols, Warenzeichens oder einer gemeinsamen Ausstattung des für diesen Zweck geschaffenen Vertriebssystems zum Vertrieb überläßt.«[111] Das Franchising ist, vereinfacht ausgedrückt, ein spezielles Gesamtsystem von Vertragshändlern. Im Unterschied zum Vertragshändler ist der Franchisenehmer an ein bis ins einzelne geregelte Organisations- und Marketingkonzept des Franchisegebers gebunden und insofern dessen Überwachungs- und Weisungsrecht unterworfen.[112]

Merkmale des Franchisevertrages sind, daß
- *der rechtlich selbständige Franchisenehmer*
- *vom Franchisegeber gegen Zahlung einer Gebühr*
- damit *betraut* wird, *unter einheitlicher Geschäftsbezeichnung*
- *Waren oder Leistungen auf dem Markt anzubieten.*

Hierbei wird regelmäßig die Geschäftskonzeption vorgeschrieben:

Der berühmt berüchtigte[113] Fast-Food-Konzern McDonald's leistet sich insofern eigene McDonald's-Richtlinien. Zu welchen Streitigkeiten diese führen konnten, zeigt *die* nachfolgende auszugsweise wiedergegebene *»McDonald's-Entscheidung« des BGH* vom 8.10.1984[114]:

> Nach diesen Richtlinien, die Bestandteil des Franchisevertrages waren, gehörte zu dem »unabdingbaren« *McDonald's*-System u.a. das vom Franchisegeber festgelegte Verfahren bei der Zubereitung von Speisen. Dieses Verfahren sah u.a. vor, daß die Grilltemperatur eines mit Gas geheizten Grillgeräts bei der Zubereitung von »Hamburgern« 177° und bei »Viertelpfündern« 191° betragen sollte ...

109 vgl. *Creifelds*, S. 437
110 vgl. *Romain*, S. 285
111 so die Definition von *Schmidt*, HR, S. 772, die man dort und andernorts (vgl. *hier* Fn. 121 auf S. 79) wörtlich finden kann ...
112 *Brox*, HR, Rdnr. 242
113 vgl. dazu *Wallraff*, Ganz unten (1985), S. 28 ff. (»Essen macht Spaß – oder der letzte Fraß«)
114 BGH NJW 1985, 1894 f.

> Die Bekl. (Franchisenehmer) hatte diese Temperaturen nicht eingehalten, und da »Hamburger« und »Viertelpfünder« zu den wichtigsten lukullische Highlights der *Mc Donald's*-Angebote gehörten, rechtfertigte nach der Ansicht der Kl. bereits dieser Verstoß gegen den Franchisevertrag zur außerordentlichen (fristlosen) Kündigung dieses Vertrages ...
> Der BGH war vernünftigerweise anderer Meinung:
> »... b) Selbst wenn zutrifft, daß im Restaurant der Bekl. am 2.3.... und am 5.10.1978 nicht bei den den Richtlinien der Kl. entsprechenden Temperaturen gegrillt worden ist, und die Kl. die Bekl. unter konkretem Hinweis darauf abgemahnt haben sollte, war es ihr am 30.5.1979 verwehrt, sich mehr als zehn Monate nach der zweiten Abmahnung auf den darin geltend gemachten Kündigungsgrund zu berufen. Nach ständiger Rechtsprechung des BGH, insbes. auch des erkennenden Senats, kann das Recht zur Kündigung von Dauerschuldverhältnissen aus wichtigem Grund nur innerhalb angemessener Zeit ausgeübt werden, nachdem der Berechtigte von dem Kündigungstatbestand Kenntnis erlangt hat ... Die Kl. hätte sich im Anschluß an einen fruchtlosen Ablauf der 30-Tage-Frist nach der zweiten Abmahnung alsbald schlüssig werden müssen, ob sie die Nichteinhaltung der Grilltemperaturen zum Anlaß nehmen wollte, den Franchise-Vertrag fristlos zu kündigen...Lag danach der letzte festgestellte Vertragsverstoß der Bekl. am 5.10.1978 vor, so kann die erst acht Monate später – und zehn Monate nach der zweiten Abmahnung – ausgesprochene fristlose Kündigung nicht mehr als in angemessener Zeit erfolgt angesehen werden. Danach kommt es nicht mehr darauf an, daß nach dem zuvor Ausgeführten auch nicht als festgestellt angesehen werden kann, daß der Kündigungsgrund im Zeitpunkt der außerordentlichen Kündigung noch vorlag.«

Eine begrüßenswert »arbeitnehmerfreundliche« Entscheidung des BGH!

Die Frage, ob der Franchisenehmer tatsächlich als Arbeitnehmer[115] oder arbeitnehmerähnliche Person[116] anzusehen ist und damit arbeitsrechtlichen Schutz beanspruchen kann, ist in der deutschen Rechtsprechung noch nicht geklärt (und für Ihre Prüfung im Handelsrecht sicherlich nicht relevant – bei Interesse informieren Sie sich in der Literatur zur Vertiefung). Neben McDonald's gibt es nach der Top Twenty Liste[117] des »Deutscher Franchiseverband e.V.« folgende Franchisegeber mit einer zum Teil beträchtlichen Anzahl von Franchisenehmern, was die zunehmende Bedeutung dieses Rechtsinstituts unterstreicht:

115 vgl. Bd. V, S. 25 ff.
116 ebenda, S. 28 f.
117 Stand 31.12.1993

Abb. 2

Franchisegeber	Anzahl Franchisenehmer
PORST*	2676
Eismann	1734
Foto-Quelle*	1287
QUICK-SCHUH	422
Schülerhilfe	377
McDonald's	327
FIRST	296
Getifix	278
Musikschule Fröhlich	273
OBI	260
STUDIENKREIS	237
PORTAS	222
Clean Park	215
Sunpoint	181
Goodyear	170
Ihr Platz	158
AUFINA	151
TUI	139
KLEENOTHEK	138
Cosy-Wash	131

* einschließlich Film- und Bildstellen

Literatur zur Vertiefung (5. Kapitel, II.):

Alpmann und Schmidt	HR, 4. Abschn.
Brox	HR, §§ 14, 15
Canaris	§§ 17, 18, 19
Hofmann	G
Hübner	§ 5 IV
Schmidt	HR, § 28

6. Kapitel: »Gesellschaftsrecht«

I. Einleitung

Die Handelsgesellschaften und die Gesellschaft des bürgerlichen Rechts werden in der juristischen Ausbildung, Praxis und Literatur gemeinhin im Rahmen eines eigenen »Faches« namens »Gesellschaftsrecht« abgehandelt. Das Gesellschaftsrecht ist ein Teilbereich des »Handelsrechts im weitesten Sinne«, schlechthin des »Wirtschaftsrechts«, und innerhalb dessen des »Wirtschaftsprivatrechts«[118].

Das Gesellschaftsrecht wird allgemein definiert als das »Recht von privatrechtlichen Personenvereinigungen, die zur Erreichung eines bestimmten gemeinsamen Zweckes durch Rechtsgeschäft begründet werden«[119]. Es umfaßt namentlich alle Rechtsnormen mit Bezug auf die Gesellschaft des bürgerlichen Rechts (§§ 705 ff. BGB) und z.B. die oHG, die KG, die stille Gesellschaft, die AG, die KGaA, die GmbH, die e.G. sowie den VVaG[120].

Die Handelsgesellschaften des HGB sind im zweiten Buch des HGB in den §§ 105–237 geregelt. »Handelsgesellschaften« sind aber nicht nur die in diesen Vorschriften geregelten oHG und KG, sondern auch die GmbH, die AG sowie die KGaA. Ursprünglich waren die AG und die KGaA im HGB mitgeregelt. Da die Entwicklung der Aktiengesellschaften aber immer umfangreichere und detailliertere Neuregelungen erforderlich machte, wurden die AG und die KGaA aus dem HGB herausgenommen und im Aktiengesetz neu geregelt. Für die GmbH wurde parallel zum HGB ein eigenes Gesetz konzipiert, das GmbHG von 1892. Obwohl die oHG und KG ausführlich im zweiten Buch des HGB geregelt sind, werden sie in der juristischen Literatur in den Lehrbüchern zum »Handelsrecht« nicht behandelt. Das liegt u.a. daran, daß sich angesichts der Vielzahl von Gesellschaften, die sich in unserem Rechts- und Wirtschaftsleben im Laufe der Jahre entwickelt haben, innerhalb des »Handelsrechts im weiteren Sinne«, wie eben angedeutet, ein eige-

118 *vgl. dazu Bd. I, S. 13 f.*
119 vgl. *Kübler,* S 1; *Schmidt,* GR, S. 3 ff.; *Hueck,* S. 1; *Wiedemann,* S. 3
120 *Creifelds,* S. 503

nes Teilrechtsgebiet gebildet hat, das in der juristischen Ausbildung als Fach *Gesellschaftsrecht* bezeichnet wird. So werden in den Lehrbüchern zum »Gesellschafts-Recht« neben einer Vielzahl von anderen Gesellschaften auch die oHG und die KG behandelt. Ich möchte aber im Rahmen dieser Einführung in das *Handelsrecht,* da die oHG und KG nun einmal im HGB geregelt sind, kurz auf die rechtliche Konstruktion dieser Gesellschaften eingehen und Ihnen zur ersten Information auch einige Vorschriften und deren Inhalt über die wichtigsten anderen Gesellschaften vorstellen, die unsere Privatrechtsordnung kennt.

II. Begriff der Gesellschaft

Der Begriff der »Gesellschaft« im Rechtssinne ist nicht zu verwechseln mit dem, was man im allgemeinen Sprachgebrauch unter »Gesellschaft« versteht. Mitglieder z.B. einer oHG oder KG können zwar auch zur sogenannten »High Society« (= »bessere Gesellschaft«, nach ihrem Selbstverständnis jedenfalls!) gehören, doch läßt sich daraus keine rechtliche Definition herleiten.

■ Versuchen Sie – in Erinnerung an die oben gelesene Definition des Gesellschaftsrechts – selbst, eine juristische Definition des Begriffs der Gesellschaft auf einem Zettel zu formulieren, bevor Sie weiterlesen!

▷ Unter »Gesellschaft« versteht man alle der Erreichung eines gemeinsamen Zweckes dienenden organisierten Personenvereinigungen, die durch eine privatrechtliche, rechtsgeschäftliche Vereinbarung, den sogenannten Gesellschaftsvertrag, zustandegekommen sind[121].

121 *Diese Definition habe ich irgendwo einmal gelesen (wie evtl. manchen ohne Quellenbezeichnung zitierten Übungsfall auch) und fand die Formulierung so treffend, daß ich sie in meiner Vorlesung an die Studierenden weitergegeben habe... Leider weiß ich manchmal nicht mehr, ob ich das eine oder andere nun bei »X u. Y« oder »B« oder »K« oder »?« gelesen habe... Aber es mag nicht so »schlimm« sein: X+Y und K verwenden wörtliche Formulierungen, die ich vornehmlich bei B gelesen habe, B hat bisweilen wörtliche Formulierungen, die ich bei A+B+C wiederfinde... Hin und wieder schreiben »wir« also alle voneinander ab... Ich bemühe mich auch weiterhin darum, meine Fundstellen anzugeben, doch wenn's nicht mehr gelingt, mögen mir Leser/- und Kolleg/en/innen verzeihen: Was »wir« schreiben, ist so jedenfalls sicher »richtig«, und die Studierenden sollen möglichst nichts »Falsches« lernen...*

Je nachdem, welchem Zweck eine Gesellschaft dienen soll, können die Gründer einer Gesellschaft unter verschiedenen Gesellschaftstypen, die die Privatrechtsordnung zur Verfügung stellt, auswählen.

Entsprechend ihrer Organisation und Rechtsform lassen sich die Gesellschaften in zwei große Gruppen einteilen:

(1) *Personengesellschaften* und

(2) *Kapitalgesellschaften* sowie sonstige körperschaftlich organisierte Vereinigungen.

Literatur zur Vertiefung (6. Kapitel I. und II.):

Alpmann und Schmidt	GR, S. 1 u. 2
Hueck	§§ 1 u. 2
Kraft/Kreutz	B, I–III
Kübler	§§ 1, 3

III. Personengesellschaften

Die Organisation der Personengesellschaften beruht auf einem schuldrechtlichen Vertrag, der individuelle Beziehungen zwischen den einzelnen beteiligten Gesellschaftern zur Erreichung des Gesellschaftszweckes begründet. Für alle Personengesellschaften gelten folgende Grundsätze:

(1) Personengesellschaften haben keine eigene Rechtspersönlichkeit.

■ Was bedeutet das? Was sind Personengesellschaften demnach *nicht?* (Überlegen Sie!)

▷ Träger von Rechten und Pflichten ist nicht die Gesellschaft, sondern das sind die einzelnen Gesellschafter. Personengesellschaften sind also keine juristischen Personen! Speziell für die oHG und KG gibt es in dieser Hinsicht allerdings eine Besonderheit, auf die wir noch zu sprechen kommen.

(2) Grundsätzlich sind Personengesellschaften vom Bestand ihrer ursprünglichen Gesellschafter abhängig, d.h., nach der gesetzlichen Regelung wird die Gesellschaft aufgelöst durch Tod oder Kündigung eines Gesellschafters, sofern der Gesellschaftsvertrag nicht etwas anderes bestimmt.

(3) Grundsatz der Selbstorganschaft:
Das bedeutet, daß Geschäftsführung und Vertretung der Personengesellschaften regelmäßig von den Gesellschaftern persönlich vorgenommen werden, entweder von allen gemeinsam oder von den vertraglich dazu bestimmten.

(4) Für Verbindlichkeiten der Personengesellschaften haften die Gesellschafter als Gesamtschuldner, wobei grundsätzlich jeder Gesellschafter mit seinem ganzen persönlichen Vermögen haftet.

(5) Die Personengesellschaft tritt im Rechtsverkehr unter dem Namen der Gesellschafter auf; handelt es sich um eine Handelsgesellschaft, so führt sie eine Firma, für die im einzelnen § 19 HGB gilt, den Sie schon kennengelernt haben.

Das Privatrecht kennt vier Arten von Personengesellschaften, für die die eben genannten allgemeinen Grundsätze gelten. Bevor wir diese vier Gesellschaften, die BGB-Gesellschaft sowie die Handelsgesellschaften oHG, KG und stille Gesellschaft, im einzelnen etwas näher betrachten, prägen Sie sich die allgemeinen Grundsätze zu den Handelsgesellschaften anhand von Übersicht 11 ein.

Übersicht 11:

Die Handelsgesellschaften des HGB

Allgemeines

- Gesetzliche Regelung: §§ 105–237 HGB
  Handelsgesellschaften gibt es aber auch außerhalb des HGB: z.B. GmbHG, AktG.
- *»Gesellschaft«* im Sinne des Gesellschaftsrechts ist eine der Erreichung eines gemeinsamen Zweckes dienende organisierte Personenvereinigung, die durch privatrechtliche, rechtsgeschäftliche Vereinbarung, den sog. »Gesellschaftsvertrag«, zustandegekommen ist.
- Je nach Organisation, Zweck und Rechtsform unterscheidet man bei den Handelsgesellschaften Personengesellschaften und Kapitalgesellschaften (sowie sonstige körperschaftlich organisierte Vereinigungen). Die Handelsgesellschaften des *HGB* sind ...

Personengesellschaften

– *Gemeinsamkeiten aller Personengesellschaften* (P):

(1) P haben keine eigene Rechtspersönlichkeit, d.h., sie sind grundsätzlich *keine juristischen Personen !*

(2) Sofern Gesellschaftsvertrag nicht Sonderregelung erhält, sind P *von ihrem Bestand abhängig* = i.d.R. Auflösung der P bei Kündigung oder Tod eines Gesellschafters.

(3) *Grundsatz der Selbstorganschaft:* Geschäftsführung und Vertretung durch einen oder mehrere Gesellschafter persönlich.

(4) *Haftung* der Gesellschafter als Gesamtschuldner mit persönlichem Vermögen.

(5) P treten im Rechtsverkehr unter dem Namen aller Gesellschafter auf; wenn P *Handelsgesellschaften* sind: Firma nach § 19 HGB.

1. Die Gesellschaft des bürgerlichen Rechts (GbR) als organisatorischer Grundtyp

Die GbR wird häufig auch »BGB-Gesellschaft« genannt und stellt den organisatorischen Grundtyp aller Personengesellschaften dar. Bei der BGB-Gesellschaft handelt es sich um einen vertraglichen Zusammenschluß von Personen zur Erreichung eines gemeinsamen beliebigen Zweckes, wobei alle Gesellschafter für Verbindlichkeiten der Gesellschaft persönlich haften. Die gesetzliche Regelung der BGB-Gesellschaft findet sich in den §§ 705 bis 740 BGB. Da das Recht der Handelsgesellschaften des HGB weitgehend auf den Grundregeln der BGB-Gesellschaft aufbaut, wollen wir uns die wichtigsten Vorschriften der §§ 705 ff. BGB anhand einiger Übungsfälle etwas ausführlicher ansehen.

Übungsfall 7

Die drei Studenten der Rechtswissenschaft Adalbert Affenschnell (A), Benedikt Brunnenblau (B) und Casimir Catenhusen (C) verdienen sich in der vorlesungsfreien Zeit in ihrem Heimatort Ganshausen in der Eifel unter dem Namen »The Goosehouse Foxes« ein Zubrot mit fetziger Musik. Entsprechend ihrer mündlichen Vereinbarung bestreiten sie Anschaffungen und alle anderen Auslagen anteilig gemeinsam und teilen den erspielten Gewinn. Wer haftet für evtl. Schulden der »Goosehouse Foxes«?[122]

Die Anwort auf die Frage nach der Haftung der drei Musiker richtet sich danach, wie diese Band rechtlich zu qualifizieren ist. Möglich ist, daß A, B und C eine BGB-Gesellschaft gegründet haben. Dann müßten die Voraussetzungen des § 705 BGB (lesen!) erfüllt sein.

■ Welche drei Voraussetzungen müssen danach erfüllt sein, damit es sich bei den »Goosehouse Foxes« um eine Gesellschaft des Bürgerlichen Rechts handelt? (Lesen Sie § 705 BGB nochmals und versuchen Sie, die drei Voraussetzungen auf einem Zettel zu formulieren, bevor Sie weiterlesen!)

▷ (1) Abschluß eines Gesellschaftsvertrages durch mindestens zwei Gesellschafter.

(2) Gegenseitige Verpflichtung, die Erreichung eines gemeinsamen Zweckes zu fördern.

122 Fall und Lösung in Anlehnung an *Schwind/Hassenpflug/Nawratil,* S. 61 (Fall 76)

(3) Leistung von Beiträgen zur Förderung des Zweckes.
Unterstreichen Sie sich im Gesetzestext (von § 705 BGB) verschiedenfarbig die Worte »Gesellschaftsvertrag«, »gegenseitig« und »Erreichung eines gemeinsamen Zweckes« bzw. »Beiträge«!

Prüfen wir, ob diese drei Voraussetzungen in unserem Übungsfall erfüllt sind:

a) Gesellschaftsvertrag

Der Gesellschaftsvertrag bildet die Grundlage für die Entstehung einer Gesellschaft. Es handelt sich dabei um ein Rechtsgeschäft, das grundsätzlich formfrei[123] (also auch mündlich) getätigt werden kann. Zudem ist der Gesellschaftsvertrag gem. § 705 BGB nach der ausdrücklichen Formulierung des Gesetzes ein gegenseitiger Vertrag[124].

Für die Lösung von Fall 7 bedeutet das:

A, B und C haben durch mündlichen Gesellschaftsvertrag eine BGB-Gesellschaft i.S.d. §§ 705 ff. BGB gegründet.

b) Gemeinsamer Zweck

Neben dem Gesellschaftsvertrag ist konstitutives Merkmal für das Entstehen der BGB-Gesellschaft die Erreichung eines gemeinsamen Zweckes. Dieser Zweck kann ein dauernder oder ein vorübergehender sein[125]. Der gemeinsame Zweck ist neben dem Gesellschaftsvertrag Grundvoraussetzung für die Entstehung der Gesellschaft und zugleich wesentliches Abgrenzungskriterium zu anderen gegenseitigen Verträgen, insbesondere zu Austauschverträgen[126].

Da A, B und C als »Goosehouse Foxes« gemeinsam Musik machen und sich den erspielten Gewinn teilen wollen, haben sie sich zur Erreichung eines gemeinsamen Zweckes zusammengetan und sich gegenseitig verpflichtet, den Zweck zu fördern.

c) Förderung des Zweckes, insbesondere Leistung von Beiträgen

»Beitrag« i.S.d. § 705 BGB ist also nicht nur so zu verstehen, daß als solcher eine bestimmte Geldsumme zu zahlen ist, wie etwa der »Beitrag«

123 vgl. *Jauernig/Stürner,* § 705, Anm. 4a)
124 vgl. Bd. II, Teilbd. 1, S. 7 f.
125 *Palandt/Thomas,* § 705, Rdnr. 14
126 vgl. *Alpmann und Schmidt,* GR, S. 3

zu einem Sportverein. Der Beitrag, der gem. § 706 Abs. 1 BGB von jedem Gesellschafter grundsätzlich gleich zu leisten ist, kann, wie sich aus § 706 Abs. 3 BGB ergibt, auch in der Leistung von Diensten bestehen (§ 706 Abs. 1 und 3 BGB lesen!). Die Förderung des Gesellschaftszweckes muß allerdings nicht unbedingt in einem besonderen Beitrag, sie kann z.B. bei angesehenen und kreditwürdigen Gesellschaftern schon in der bloßen Beteiligung liegen.[127]

In Übungsfall 7 leisten die Gesellschafter A, B und C ihre Beiträge zur Förderung des gemeinsamen Zweckes dadurch, daß sie einerseits alle Anschaffungen und Auslagen anteilig tätigen und außerdem jeder seinen Musikbeitrag leistet.

Somit erfüllt unsere Band alle Voraussetzungen einer BGB-Gesellschaft, die deshalb entstanden ist, ohne daß A, B und C sich selbst ausdrücklich als solche bezeichnen müssen.

d) Haftung der Gesellschaft

Für die Haftung der Gesellschafter gilt § 708 BGB (lesen!).

Jeder Gesellschafter haftet für die Erfüllung seiner Verpflichtungen wie in eigenen Angelegenheiten. Daraus ergibt sich auch, daß für Schulden der Gesellschaft nicht nur das Gesellschaftsvermögen haftet, sondern gleichermaßen das Privatvermögen der einzelnen Gesellschafter. Wenn im Gesellschaftsvertrag nichts anderes vereinbart ist, haften die Gesellschafter (im Zweifel) als Gesamtschuldner[128]. Das ergibt sich aus dem Wesen der BGB-Gesellschaft i.V.m. einer Vorschrift des allgemeinen Schuldrechts, die Sie sich möglichst neben § 708 BGB vermerken und die Sie dann lesen müssen, nämlich § 427 BGB. Wie diese gesamtschuldnerische Haftung ausgestaltet ist, folgt aus § 421 BGB (Satz 1 – lesen!). Auf die BGB-Gesellschaft umformuliert bedeutet das, daß ein Gläubiger der Gesellschaft seine Forderung nach Belieben ganz von jedem einzelnen Gesellschafter verlangen kann.

■ *Zur Wiederholung:*
Welche Rechtsfolge tritt ein, wenn ein Gesellschafter die gesamte Gesellschaftsschuld alleine beglichen hat? (Überlegen Sie!)

▷ Er hat gegenüber den anderen Gesellschaftern einen Ausgleichsanspruch gem. § 426 Abs. 2 S. 1 BGB (auch diese Vorschrift nochmals lesen!).

127 *Jauernig/Stürner* § 705, Anm. 1
128 vgl. Bd. II, Teilbd. 1, S. 149

Die Antwort auf unsere Fallfrage lautet nach alledem: Da A, B und C (als »Goosehouse Foxes«) eine BGB-Gesellschaft bilden, haften sie für Verbindlichkeiten der Gesellschaft gem. § 708 BGB i.V.m. § 427 BGB als Gesamtschuldner.

e) *Geschäftsführung und Vertretung*

Ebenso wie die Gesellschafter gemeinsam haften, sind sie gemäß § 709 BGB gemeinschaftlich zur Geschäftsführung befugt, was allerdings, wie aus § 710 BGB folgt, per Gesellschaftsvertrag abgeändert werden kann (§§ 709 Abs. 1 und 710 BGB lesen!).
Ebenso kann im Vertrag die Vertretungsmacht abweichend von § 714 BGB (lesen!) geregelt werden.

■ Worin besteht der Unterschied zwischen Geschäftsführungsbefugnis und Vertretungsmacht? (Denken Sie nach!)

▷ Geschäftsführungsbefugnis betrifft das Innenverhältnis, Vertretungsmacht betrifft das Außenverhältnis. Für die Vertretungsmacht gelten mangels besonderer Vorschriften im Gesellschaftsrecht ohne Einschränkung die allgemeinen Vorschriften des BGB über die Stellvertretung.

■ Welche Vorschriften sind das? (Das müssen Sie wissen!)

▷ Die Antwort gibt Fußnote[129]!

f) *Gesamthänderisches Gesellschaftsvermögen*

Lesen Sie zunächst die »Fortsetzung« von Fall 7:

Übungsfall 8	
Nach vier Jahren ist Adalbert Affenschnell der Musik der »Goosehouse Foxes« überdrüssig, und da das Examen vor der Tür steht, beschließt er, seine zum Gesellschaftsvermögen gehörende Trompete, die er immer bei sich zu Hause hat, zu verkaufen. Er führt diesen Entschluß (»nomen est omen«) auch sofort aus und übereignet die Trompete an den gutgläubigen Tobias Tröht (T). Ist T Eigentümer der Trompete geworden?[130]	

■ Nach welcher sachenrechtlichen Vorschrift des BGB und wie das Eigentum an einer beweglichen Sache übertragen wird, wissen Sie hoffentlich noch!?

129 §§ 164 ff.!
130 in Anlehnung an *Schwind/Hassenpflug/Nawratil* S. 62

▷ Das Eigentum an beweglichen Sachen wird durch Einigung zwischen dem Eigentümer und dem Erwerber sowie durch Übergabe der Sache übertragen (§ 929 S. 1 BGB).

■ Was ist zunächst Voraussetzung dafür, damit A dem T das Eigentum an der Trompete verschaffen könnte?

▷ A müßte Eigentümer der Trompete sein!

Die Trompete gehört jedoch zum Gesellschaftsvermögen. Das Gesellschaftsvermögen der BGB-Gesellschaft wird in § 718 Abs. 1 BGB definiert (lesen!). Danach ist das Gesellschaftsvermögen, zu dem auch das Eigentum an beweglichen Sachen gehört, gemeinschaftliches Eigentum der Gesellschaft, oder, wie man das auch nennt, Gesamthandseigentum. Was diese etwas altertümliche Formulierung bedeutet, wird klar, wenn wir § 719 Abs. 1 BGB lesen!

Die »gesamthänderische Bindung« der Gesellschafter nach § 719 BGB bedeutet, daß ein Gesellschafter über seinen Anteil am Vermögen der Gesellschaft, sei es nun ein rechnerischer Anteil am Geldvermögen oder sein Anteil am Sachvermögen, nicht allein verfügen darf. Eine Verfügung über das Gesellschaftsvermögen kann nur von allen Gesellschaftern gemeinsam, oder, wie man das früher bildlich formulierte, zur »gesamten Hand«[131] vorgenommen werden.

Somit könnte die Verfügung des A über das Eigentum an der Trompete unwirksam sein, da er allein als Nichtberechtigter (§ 185 BGB – lesen!) verfügt hat. Da aber T »gutgläubig« war, d.h. nicht wußte oder wissen konnte, daß die Trompete dem A nicht gehörte, kann er das Eigentum an dem Instrument dennoch wirksam erworben haben.

■ Sie haben sicherlich (hoffentlich) sofort gewußt, welche Vorschrift des Sachenrechts des BGB dem T insofern »hilft«! (*Wenn nicht, sollten Sie Band III, S. 41–43 nachlesen!*).

▷ Die Trompete war der Gesellschaft, da A den unmittelbaren Besitz (§ 854 BGB) daran mit Willen seiner Mitgesellschafter ausübte, nicht »abhanden gekommen« (§ 935 BGB). Der gutgläubige T ist deshalb gem. §§ 929 S. 1, *932* BGB Eigentümer der Trompete geworden.[132]

Bevor wir uns nun den Personengesellschaften des HGB zuwenden, für die, wie wir wissen, alle Vorschriften über die BGB-Gesellschaft gleichermaßen gelten, sofern das HGB keine Sonderregelungen trifft, lösen wir zur BGB-Gesellschaft abschließend noch einen umfassenden Fall:

131 vgl. Bd. III, S. 183 (Erbengemeinschaft)
132 vgl. Bd. III, S. 41 ff.

Übungsfall 9

Affenschnell (A), Brunnenblau (B) und Catenhusen (C) bekamen trotz der eigenmächtigen Trompetenveräußerung keinen Streit, lösten aber die »Goosehouse Foxes« einvernehmlich auf, da das Examen nahte, welches von allen geschafft wurde. Nachdem das zweite Examen ebenfalls bestanden wurde und jeder auch seine Promotion zu Ende gebracht hatte, lassen die drei sich als Rechtsanwälte nieder und beschließen, sich zu einer Anwaltssozietät zusammenzutun. Die Büroeinrichtung, Miete und alle anderen Ausgaben sollen ebenso geteilt werden wie die Gewinne. Zu den Anschaffungen gehört folgendes Namensschild: » Rechtsanwälte
Dr. Affenschnell
Dr. Brunnenblau
Dr. Catenhusen«

Im Gesellschaftsvertrag wird unter »Geschäftsführung« u.a. folgender Passus aufgenommen: »Zum Abschluß der mit der Sozietät zusammenhängenden Geschäfte ist jeder Rechtsanwalt allein zu handeln berechtigt. Für die Eingehung von Verbindlichkeiten über 3.000,– DM bedarf es der Zustimmung aller übrigen Gesellschafter«. A möchte für 500,– DM einen luxuriösen telefonischen Anrufbeantworter anschaffen. B, dem die moderne Technik zuwider ist, ist dagegen; der Spruch »Am Apparat der Automat!« ist ihm zu unpersönlich. C äußert sich dazu nicht. A meint, die Zustimmung des B sei nicht erforderlich, da der erste Satz des zitierten Passus aus dem Gesellschaftsvertrag eindeutig für ihn spreche. Zur Ausstattung der gemeinsamen Bibliothek kauft B, der eine Schwäche für antiquarische Bücher hat, bei einem Buchantiquariat eine Ausgabe des Codex Maximilianaeus Bavaricus Civilis[133] aus dem Jahre 1756 günstig für 3.800,– DM. A und C meinen, dieser »alte Schinken« sei allenfalls als Staubfänger geeignet und verlangen die Rückgabe des Werkes an den Verkäufer. Der Buchantiquar verlangt Zahlung der 3.800,– DM von A, da er weiß, daß dieser schnell zu einem großen Privatvermögen gekommen ist ...

Dem C wurde die Arbeit in der Kanzlei schon nach kurzer Zeit zuviel, und er will seinen alten Freund Daniel Deppen (D), der ein »Einserexamen« vorweisen kann, in die Sozietät aufnehmen. A und B sind dagegen, da D nicht promoviert habe. Sie denken an das Namensschild vor der Tür, das bei Aufnahme des D lauten würde:

» Rechtsanwälte
Dr. Affenschnell
Dr. Brunnenblau
Dr. Catenhusen
Deppen«

Sie wollen einer Aufnahme des D erst zustimmen, wenn D promoviert habe!

Fragen:

1) Kann B sich der Anschaffung des automatischen Anrufbeantworters mit Recht widersetzen?
2) Muß A an den Buchantiquar zahlen? Falls ja, von wem kann er den Ausgleich verlangen? Falls nein, welchen Anspruch hat er?
3) Können A und B die Aufnahme des D in die Kanzlei verhindern?

133 vgl. Bd. I, S. 23 u. 26

Wir wollen die Antwort auf diese Fragen zwar nicht in Form eines vollkommenen Gutachtens erarbeiten, doch anhand einschlägiger Vorschriften, die uns die Antwort geben können, relativ ausführlich prüfen.

Zu Frage 1:
Kann B der Anschaffung des Telefonautomaten widersprechen?

Wenn Sie den ersten Satz des Passus in dem Gesellschaftsvertrag der Rechtsanwälte lesen und mit § 711 BGB (lesen!) vergleichen, können Sie die Frage schon beantworten.

■ Wie lautet die Antwort? (Überlegen Sie!)

▷ Wenn nach dem Gesellschaftsvertrag Einzelgeschäftsführung vereinbart ist, kann jeder einzelgeschäftsführungsberechtigte Gesellschafter der Geschäftsführung des anderen gem. § 711 S. 1 BGB widersprechen. Dies hat B getan. Somit muß das Geschäft des A gem. § 711 S. 2 BGB unterbleiben. A könnte seinen Willen nur durchsetzen, wenn im Gesellschaftsvertrag gem § 709 Abs. 2 BGB vereinbart wäre, daß entgegen § 709 Abs. 1 BGB für ein Geschäft nicht die Zustimmung *aller,* sondern nur der *Mehrheit* der Gesellschafter erforderlich wäre (§ 709 BGB ganz lesen).

Zu Frage 2:
Zunächst: Kann der Buchantiquar die 3.800,– DM für den »Codex Maximilianaeus« von A verlangen?

Die damit zusammenhängende Teilfrage, ob der Buchantiquar, sofern zwischen der Gesellschaft und ihm ein Vertrag zustandegekommen ist, den Kaufpreis ganz verlangen kann, können wir nach dem, was wir zur Haftung der Gesellschaft gehört haben (s.o.), vorab beantworten.

■ Wie lautet die Antwort? (Denken Sie nach!)

▷ Die Gesellschafter haften für Verbindlichkeiten der Gesellschaft als Gesamtschuldner (§§ 708, 427 BGB), so daß der Antiquar gem. § 421 S. 1 BGB jeden Gesellschafter wegen der Zahlung des gesamten Kaufpreises nach Belieben in Anspruch nehmen könnte.

Bleibt also zu prüfen, ob der Kaufvertrag, den B für die Gesellschaft mit dem Antiquar geschlossen hat, wirksam ist.

■ Unter welchen Voraussetzungen ist es möglich, daß ein BGB-Gesellschafter nach außen ein Rechtsgeschäft tätigt, durch das die Gesellschaft, also alle Gesellschafter gemeinsam, verpflichtet wird bzw. werden? (Die Antwort müßten Sie nach dem bisher Gelesenen selbst geben können!)

▷ Das ist nur möglich, wenn eine wirksame Vertretung i.S.d. §§ 164 ff. BGB vorlag. In unserem Fall ist die Geschäftsführungsbefugnis laut Gesellschaftsvertrag darauf begrenzt, daß B nur Geschäfte bis zu 3.000,– DM abschließen durfte. Die Geschäftsführung betrifft, wie wir festgestellt haben, zwar nur das Innenverhältnis, doch folgt aus der Begrenzung der Geschäftsführungsbefugnis zwangsläufig eine Begrenzung des Umfangs der Vertretungsmacht im Außenverhältnis. Das ergibt sich aus dem Wortlaut des § 714 BGB, den Sie nochmals lesen müssen.

■ Was bedeutet diese Vorschrift, insbesondere die Formulierung »im Zweifel«, für den Vertragspartner, der mit dem Gesellschafter verhandelt?

▷ Da sich »im Zweifel« der Umfang der Vertretungsmacht mit dem der Geschäftsführungsbefugnis deckt, muß der Vertragspartner, wenn er sicher sein will, ob der Geschäftsführer einer BGB-Gesellschaft in einem bestimmten Umfang zur Vertretung befugt ist, die Geschäftsführungsbefugnis nachprüfen!

Die BGB-Gesellschaft kennt keinen Verkehrsschutz bezüglich der Vertretungsmacht, wie er z.B. bei der Prokura besteht, da die BGB-Gesellschaft im Gegensatz zu den Handelsgesellschaften nicht ins Handelsregister eingetragen wird.[134]

Somit hat B in unserem Fall mit dem Kauf des Buches für 3.800,– DM seine Vertretungsmacht überschritten und deshalb als Vertreter ohne Vertretungsmacht gehandelt.

■ Welche Rechtsfolge tritt damit zunächst ein?

▷ B handelte als »Vertreter ohne Vertretungsmacht« i.S.d. § 177 BGB, so daß die Wirksamkeit des Vertrages von der Genehmigung durch A und C abhängt! Da A und C offensichtlich den Vertrag nicht genehmigen werden, kann der Antiquar sich mangels eines wirksamen Vertrages nicht an die Gesellschaft und damit auch nicht an A halten.

■ Auf welchen Anspruch bleibt der Antiquar in unserem Fall daher angewiesen? (Überlegen Sie!)

▷ Er muß sich an den vollmachtslosen Vertreter B halten, d.h., er kann von diesem wahlweise Erfüllung des Vertrages oder Schadensersatz gem. § 179 Abs. 1 BGB verlangen!

■ Welche Frage haben wir im Zusammenhang mit dem Buchkauf noch nicht beantwortet?

134 vgl. *Kraft/Kreutz* D, III, 3

▷ Für den Fall, daß A zahlen müßte, war nach einem Ausgleichsanspruch des A gefragt.

Da die Antwort »nein« heißt, bräuchten wir uns mit dieser Frage eingentlich nicht mehr beschäftigen. Wäre unser Fall aber in einer Klausur so gestellt worden, müßten Sie die gestellte Frage in einem »Hilfsgutachten« beantworten.

■ Die Anwort, an wen A sich auf Grund welcher Anspruchsgrundlage hätte halten können, falls er die 3.800,– DM gezahlt hätte, müßten Sie eigentlich geben können? (Denken Sie daran, daß A als Gesamtschuldner zahlt!)

▷ Wenn A den gesamten Betrag gezahlt hätte, hätte er einen Ausgleichsanspruch gegen seine Mitgesellschafter gem. § 426 Abs. 2 S. 1 BGB.

Zu Frage 3:
Können A und B die Aufnahme des Daniel Deppen in ihre Sozietät verhindern?

Über die Aufnahme eines neuen Gesellschafters in eine bestehende BGB-Gesellschaft werden Sie in den §§ 705 bis 740 BGB keine spezielle Vorschrift finden. Da die BGB-Gesellschaft von A, B und C aufgrund eines Gesellschaftsvertrages zustande gekommen ist, müssen wir uns deshalb an den allgemeinen Vorschriften, genauer: an den Vorschriften des Allgemeinen Teiles des BGB über das Zustandekommen von Verträgen, orientieren.

■ Welche Vorschriften sind das?

▷ Antwort: Fußnote[135]

Wenn Sie davon die erste Vorschrift lesen, haben Sie auch schon die Antwort auf unsere Frage: Nach § 145 ist jeder Vertragspartner an sein Vertragsangebot gebunden. Daraus folgt auch, daß er an einen danach wirksam zustandegekommenen Vertrag ebenfalls gebunden ist. »Verträge sind zu halten« heißt ein alter Rechtsgrundsatz, der schon im römischen Recht (»pacta sunt servanda«[136]) galt und so selbstverständlich ist, daß er in keinem unserer Gesetze wiedergegeben ist.

■ Was folgt daraus für den Gesellschaftsvertrag unserer BGB-Gesellschaft? (Überlegen Sie!)

135 §§ 145 ff. BGB!
136 vgl. Bd. I, S. 115, Fn. 66

▷ Der Gesellschaftsvertrag ist zwischen A, B und C geschlossen worden und bindet alle drei Gesellschafter gleichermaßen.

Ein einmal geschlossener Vertrag kann deshalb, mangels besonderer Rücktritts- oder Kündigungsvereinbarungen, nur durch einen neuen Vertrag aufgehoben werden. Wenn der Gesellschaftsvertrag über die Aufnahme eines neuen Gesellschafters keine Vereinbarung enthält, müßten A, B und C darüber eine Vertragsänderung *beschließen.* Mit anderen Worten: Wenn A und B nicht einverstanden sind, kann C die Aufnahme des D als neuen Sozius nicht erreichen. Die etwas unsachliche Begründung für die Ablehnung des D ist in diesem Falle unerheblich. Wenn dem C die Zusammenarbeit mit D wichtiger sein sollte als die Sozietät mit A und B, dann müßte er seine Zugehörigkeit zur Gesellschaft gem. § 723 Abs. 1 S. 1 BGB (lesen!) kündigen. Die Folge der Kündigung regelt § 736 BGB, den Sie abschließend auch noch lesen müssen, bevor wir uns das Wesen der BGB-Gesellschaft und die entsprechenden Vorschriften nochmals anhand der folgenden zusammenfassenden Übersicht (12) verdeutlichen.

Literatur zur Vertiefung (6. Kapitel III.1.):

Kraft/Kreutz	D
Kübler	§ 6
Medicus	§ 110

Übersicht 12:

Die BGB- Gesellschaft[137]
Die Gesellschaft des bürgerlichen Rechts (GbR) ist organisatorischer Grundtyp aller Personengesellschaften; auch genannt: »BGB-Gesellschaft«.
Gesetzliche Regelung: §§ 705–740
Wesen (§ 705): Zusammenschluß mindestens zweier Gesellschafter durch Gesellschaftsvertrag mit gegenseitiger Verpflichtung, Erreichung eines gemeinsamen Zweckes zu fördern und dazu »Beiträge« (§ 706) zu leisten.
Haftung der GST: § 708 i.V.m. § 427 = Haftung für Sorgfalt wie in eigenen Angelegenheiten, und zwar Haftung als Gesamtschuldner nach § 421 Abs. 1 S. 1; bei Inanspruchnahme eines Gesellschafters durch Gläubiger der GbR Ausgleichsanspruch des Gesellschafters nach § 426 Abs. 2.
Geschäftsführung (Innenverhältnis !): Grundsätzlich (§ 709) *gemeinschaftlich* – Änderung durch Gesellschaftsvertrag möglich (§ 710). Gegen Geschäft von Alleingeschäftsführer Widerspruchsrecht der anderen Gesellschafter (§ 711).
Vertretungsmacht (Außenverhältnis!): § 714: Gesetzliche Vermutung, daß Vertretungsmacht der Geschäftsführungsbefugnis entspricht. – Geltung der §§ 164 ff. (ggf. § 179!).
Entziehung von Geschäftsführungsbefugnis (§ 712) und Vertretungsmacht (§ 715) möglich, wenn grobe Pflichtverletzung durch Geschäftsführer.
Kontrollrecht jedes Gesellschafters, auch wenn von Geschäftsführung ausgeschlossen (§ 716).
Gewinnbeteiligung grundsätzlich nicht im Verhältnis der Beiträge (§ 722), sondern gleich
Gesellschaftsvermögen (§ 718) ist *Gesamthandseigentum* = »gemeinschaftliches Vermögen«, über das nur gemeinschaftlich (»zur gesamten Hand«) – § 719 – verfügt werden darf.
Gründe für die Auflösung der GbR: – Erreichung des Gesellschaftszweckes → § 726 – Tod eines Gesellschafters → § 727 – Konkurs eines Gesellschafters → § 728, sofern nicht Fortbestehen mit übrigen Gesellschaftern vereinbart (§ 736)

137 §§ ohne Bezeichnung auf dieser Übersicht sind solche des BGB

2. Die offene Handelsgesellschaft (oHG)

Die oHG ist eine Handelsgesellschaft des HGB (§§ 105–160) und wie die GbR eine Personengesellschaft und Gesamthandsgemeinschaft.

a) *Gesellschaftsvertrag*

Wie für die BGB-Gesellschaft ist auch für die Entstehung einer oHG ein Gesellschaftsvertrag Voraussetzung.

Im Gegensatz zur BGB-Gesellschaft ist jedoch zwischen der Entstehung im *Innenverhältnis* und der Entstehung im *Außenverhältnis* zu unterscheiden.

Der Gesellschaftsvertrag regelt das Rechtsverhältnis der Gesellschafter untereinander (lesen Sie § 109 HGB) und läßt die oHG zunächst im Innenverhältnis entstehen. Im Außenverhältnis entsteht sie unter den Voraussetzungen von § 123 Abs. 1 HGB, insbesondere mit Eintragung in das Handelsregister oder schon vorher durch Aufnahme des Geschäftsbetriebes (§ 123 Abs. 1 und 2 lesen).

Die Unterscheidung der Wirksamkeit der oHG im Innen- und Außenverhältnis ist bedeutsam im Hinblick auf den Verkehrsschutz: Erst wenn die Gesellschaft nach außen wirksam geworden ist, gilt das – mitunter recht strenge (insbes. hinsichtlich Vertretung und Haftung) – oHG-Recht in vollem Umfang.[138]

Bei Mängeln des Gesellschaftsvertrages liegt eine sog. *fehlerhafte Gesellschaft* vor. Unter den Voraussetzungen, daß

(1) Willenserklärungen auf einen fehlerhaften Gesellschaftsvertrag (z.B. wegen §§ 104 ff. BGB oder Verstoßes gegen ein gesetzliches Verbot – § 134 BGB[139] – oder gegen die guten Sitten – § 138 BGB –[140]) gerichtet sind,
(2) die Gesellschaft – z.B. durch Aufnahme von Tätigkeiten nach außen – bereits in Vollzug gesetzt worden ist und
(3) überwiegende Interessen einzelner oder der Allgemeinheit nicht entgegenstehen, wird die fehlerhafte Gesellschaft aus Gründen des Verkehrsschutzes vorerst als fehlerfreie Gesell-

138 vgl. *Kraft/Kreutz*, S. 113
139 *Falls Inhalt nicht mehr bekannt – Vorschrift ggf. nochmals lesen!*
140 *siehe Fußn. 139*

schaft behandelt. Der Nichtigkeitsgrund stellt einen Kündigungs- bzw. Auflösungsgrund dar.[141]

b) Gesellschaftszweck

Während eine BGB-Gesellschaft zur Erreichung jeden beliebigen Zweckes ideeller oder wirtschaftlicher Art (vgl. § 705 BGB) gegründet werden kann, kann die oHG gem. § 105 Abs. 1 HGB nur auf den Zweck des Betriebes eines Handelsgewerbes unter einer gemeinsamen Firma gerichtet sein. Nichtkaufleute (z.B. Freiberufler[142] oder Lohnhandwerker) und Minderkaufleute können deshalb nur eine BGB-Gesellschaft bilden.

c) Innenverhältnis

Soweit im Gesellschaftsvertrag nichts anderes vereinbart wurde, gelten gem. § 109 HGB für das Innenverhältnis die §§ 110–122 HGB. Im einzelnen ergeben sich daraus folgende Rechte und *Pflichten der Gesellschafter.*

aa) Ersatz für Aufwendungen und Verluste

Jeder Gesellschafter kann gem. § 110 Abs. 1 HGB (lesen!) von der Gesellschaft seine persönlichen, erforderlichen Leistungen, die er gegenüber Gesellschaftsgläubigern erbracht hat, zurückfordern. Gegenüber Mitgesellschaftern besteht ein gesamtschuldnerischer Ausgleichsanspruch nach § 426 BGB.

bb) Beitragspflicht

Jeder Gesellschafter einer oHG muß die im Gesellschaftsvertrag vereinbarten Beitragsleistungen erbringen, um den gemeinsamen Zweck zu

141 vgl. *Alpmann und Schmidt*, GR, S. 25

142 *Das Gesetz zur Schaffung von Partnerschaftsgesellschaften (BGBl. I, S. 1744) ermöglicht seit Juli 1995 eine neue Gesellschaftsform für Freiberufler. Die Partnerschaft ist eine Gesellschaft, in der sich ausschließlich Angehörige freier Berufe zur Ausübung ihrer Berufe zusammenschließen können. Sie übt kein Handelsgewerbe aus. Gesellschafter einer Partnerschaft können nur natürliche Personen sein. Die Partnerschaft (nicht der einzelne Gesellschafter) kann wie eine juristische Person Verträge schließen und als solche klagen und verklagt werden.*

fördern. Insofern gilt das bereits zur BGB-Gesellschaft Ausgeführte[143] entsprechend. Eine Besonderheit für die oHG ergibt sich aus § 111 HGB Abs. 1 (lesen), der eine Verzinsungspflicht für Geldeinlagen vorsieht.

cc) Wettbewerbsverbot

Gem. § 112 Abs. 1 HGB darf kein Gesellschafter ohne Einwilligung aller übrigen in dem Handelszweig der Gesellschaft Geschäfte machen oder als persönlich haftender Gesellschafter an einer anderen gleichartigen Handelsgesellschaft teilnehmen. Verstöße gegen dieses aus der *allgemeinen Treuepflicht* folgende Wettbewerbsverbot können Schadensersatzansprüche auslösen (vgl. § 113 Abs. 1 HGB).

dd) Geschäftsführung

Soweit im Gesellschaftsvertrag nichts anderes bestimmt ist, sind alle Gesellschafter nach § 114 Abs. 1 HGB geschäftsführungsbefugt und -verpflichtet. Der Umfang der Geschäftsführungsbefugnis erstreckt sich gem. § 116 Abs. 1 HGB auf alle Handlungen, die der gewöhnliche Betrieb des Handelsgewerbes mit sich bringt. Unter den Voraussetzungen von § 117 HGB (wie immer: lesen!) kann einem Gesellschafter die Geschäftsführungsbefugnis entzogen werden.

ee) Mitverwaltungsrechte

haben alle Gesellschafter, auch die, die von der Geschäftsführungsbefugnis ausgeschlossen sind. Im einzelnen sind dies *Informations- und Kontrollrechte* gem. § 118 HGB, das Stimmrecht nach § 119 HGB bei der Beschlußfassung, bei der der Grundsatz der Einstimmigkeit von Gesellschafterbeschlüssen gilt, sowie das Recht auf Gewinn- und Verlustbeteiligung i.S.d. §§ 120, 121 HGB und das Entnahmerecht gem. § 122 HGB.

143 *vgl. oben S. (84 f.)*

ff) Gesamthänderisches Gesellschaftsvermögen

Das Gesellschaftsvermögen ist bei der oHG – wie bei der BGB-Gesellschaft[144] – Gesamthandsvermögen (§§ 718, 719 BGB i.V.m. § 105 Abs. 2 HGB). Aufgrund der Tatsache, daß der oHG in § 134 Abs. 1 HGB (dazu nochmals sogleich unter d), aa)) eine »rechtliche Selbständigkeit« zugesprochen wird, geht die Verselbständigung des Gesellschaftsvermögens als Sondervermögen weiter als bei der BGB-Gesellschaft: So reicht aufgrund der Regelung von § 124 Abs. 2 HGB zur Zwangsvollstreckung in das Gesellschaftsvermögen ein vollstreckbarer Titel[145] nicht aus, sondern dieser muß gegen »die Gesellschaft« gerichtet sein.

■ Zwischenfrage: Sofern Ihnen in diesem Zusammenhang der Begriff »Titel« unbekannt ist, überlegen Sie einen Moment, was man darunter zu verstehen hat.

▷ »Titel« hat in diesem Kontext weder etwas mit Buchtitel noch dem Professoren- oder Doktortitel gemeinsam; es handelt sich vielmehr um einen Begriff aus dem Prozeßrecht und ist die abgekürzte Bezeichnung für »*Vollstreckungstitel*«. Als solcher muß er die Parteien, Inhalt, Art und Umfang der Zwangsvollstreckung enthalten. Die wichtigsten Vollstreckungstitel sind gerichtliche Entscheidungen wie Urteile, Beschlüsse, Prozeßvergleiche sowie vollstreckbaren Urkunden.[146]

Aus der Besonderheit des Gesellschaftsvermögens als Haftungsobjekt folgt auch, daß das Gesellschaftsvermögen der oHG *konkursfähig* ist (Einzelheiten hierzu regelt die Konkursordnung in den §§ 209 ff. KO, mit der Sie sich aber in diesem Rahmen ebensowenig befassen müssen wie mit § 130 a HGB ...).

d) Außenverhältnis

Das Außenverhältnis der oHG ist in den §§ 123 bis 130 b HGB geregelt. Dabei handelt es sich weitgehend um zwingendes Recht[147].

Voraussetzung für die Anwendung dieser Vorschriften ist, daß die oHG nach außen wirksam geworden ist, was sich – wie schon erwähnt – nach § 123 HGB richtet: Danach wird die oHG nach außen wirksam,

144 *vgl. oben S. 86 ff.*
145 *vgl. oben S. 87 ff.*
146 vgl. *Creifelds*, S. 1364
147 *vgl. dazu Bd. I, S. 165 ff.*

wenn sie entweder (Abs. 1) ins Handelsregister eingetragen ist oder (Abs. 2) ihre Geschäfte schon vor der Eintragung begonnen hat.

■ Was bedeutet in diesem Zusammenhang wohl der »soweit«-Halbsatz in § 123 Abs. 2 HGB? Lesen Sie § 2 HGB und überlegen Sie wieder einmal selbst, bevor Sie weiterlesen.

▷ Bei einem Gewerbe, das unter § 2 HGB fällt (z.B. Bauunternehmen) wirkt die Eintragung ins Handelsregister konstitutiv, weil das für die oHG erforderliche Handelsgewerbe erst durch die Eintragung entsteht. Im Außenverhältnis kann eine solche oHG also nur durch Eintragung wirksam werden.[148]

Zu den Geschäften, die vor der Eintragung aufgenommen wurden, können z.B. gehören: das Anmieten von Geschäftsräumen, der Kauf von Einrichtungsgegenständen, das Versenden von Werbematerial, die Aufnahme eines Kredits u.ä.[149]

aa) Die Firma als Anknüpfungspunkt für rechtliche Selbständigkeit der oHG

Die gemeinschaftliche Firma ist nach § 105 Abs. 1 HGB ein wesentliches Begriffsmerkmal der oHG. Sie führt nach § 19 HGB als Namen eine Personenfirma.[150] Die *Firma* ist im übrigen der maßgebende Anknüpfungspunkt zur Bestimmung der Rechtsnatur der oHG, der durch § 124 Abs. 1 HGB (lesen!) eine *rechtliche Selbständigkeit* verliehen wird, die der einer juristischen Person ähnelt. Dadurch, daß die oHG »unter ihrer Firma Rechte erwerben und *Verbindlichkeiten eingehen*« kann, »*Eigentum* und andere dringliche Rechte an *Grundstücken erwerben*« sowie »vor Gericht *klagen* und *verklagt werden* kann«, erwirbt sie eine *Teilrechtsfähigkeit*.

bb) Vertretung

Im Gegensatz zur BGB-Gesellschaft ist die Vertretungsmacht bei der oHG nicht an die Geschäftsführungsbefugnis gekoppelt.[151] Aufgrund

148 vgl. *Kraft/Kreutz*, S. 114, die zu Recht auf ein Redaktionsversehen hinweisen, da in § 123 Abs. 2 auch § 3 neben § 2 genannt sein müßte!

149 vgl. *Leuschel*, S. 158

150 *vgl. oben schon S. 20 f.*

151 vgl. *Leuschel*, S. 159; *Kraft/Kreutz*, S. 126

der aus § 124 Abs. 1 HGB folgenden rechtlichen Selbständigkeit der oHG werden nicht die einzelnen Gesellschafter durch die vertretungsberechtigten Gesellschafter vertreten, sondern *die Gesellschaft* als solche. Grundsätzlich ist gem. § 125 Abs. 1 HGB jeder Gesellschafter einzelvertretungsermächtigt, sofern der Gesellschaftsvertrag nichts anderes bestimmt. Der Umfang der Vertretungsmacht ist in § 126 Abs. 1 HGB geregelt und kann nicht mit Wirkung gegen Dritte beschränkt werden (§ 126 Abs. 2 HGB). Eine Entziehung der Vertretungsmacht ist – wie auch die Entziehung der Geschäftsführungsbefugnis (§ 117 HGB) – nur durch gerichtliche Entscheidung möglich (§ 127 HGB).

cc) Haftung der Gesellschafter und der Gesellschaft

Aufgrund der teilweisen Gleichstellung der oHG mit einer juristischen Person (§ 124 Abs. 1 HGB) wird für die Haftung der oHG § 31 BGB *analog* angewandt. Gem. § 128 HGB haften für die Verbindlichkeiten der Gesellschaft (wie bei der GbR) alle Gesellschafter den Gläubigern persönlich. Das bedeutet, daß Gläubiger der Gesellschaft zwei Zugriffsmöglichkeiten haben: Zum einen auf das Gesellschaftsvermögen, zum anderen auf das Privatvermögen der persönlich haftenden Gesellschafter. Alle Gesellschafter (ausgeschiedene, aktive und eintretende) haften unmittelbar gesamtschuldnerisch und unbegrenzt mit ihrem privaten Vermögen.[152] Zwar können die Gesellschafter im Innenverhältnis vertraglich andere Haftungsregeln vereinbaren, doch sind diese gem. § 128 Abs. 2 HGB Dritten gegenüber unwirksam. Die unbeschränkte Haftung der Gesellschafter mit ihrem Privatvermögen findet durch § 129 HGB einige Einschränkungen. So kann ein Gesellschafter z.B. *Einwendungen*[153], die von der Gesellschaft erhoben werden können, gleichermaßen geltend machen, wenn er wegen einer Verbindlichkeit der Gesellschaft in Anspruch genommen werden soll (§ 129 Abs. 1 HGB – lesen!).

152 vgl. *Leuschel*, S. 160

153 Unter den Begriff »Einwendungen«, der im Privatrecht nicht immer einheitlich verwendet wird (vgl. dazu Bd. I, S. 214f. mit Fn. 177), fallen auch sog. »Einreden«.

Beispiel: Gläubiger G hat eine Forderung gegen die Gesellschaft S-oHG, die am 31. Juli verjährt ist.

■ Als G gegen den Gesellschafter S am 1. August Klage erhebt, beruft sich dieser auf die Verjährung der Gesellschaftsschuld. Zu Recht?

▷ Die Antwort ergibt sich aus § 129 Abs. 1 HGB: Danach kann S sich zu Recht auf die Einrede der Verjährung berufen.

Typische »Einwendungen« der Gesellschaft, auf die sich ein Gesellschafter ggf. berufen kann, sind auch die Anfechtung[154] oder die Aufrechnung[155] (vgl. § 129 Abs. 2 und 3 HGB).

Aus der bereits öfter angesprochenen, in § 124 HGB normierten rechtlichen Selbständigkeit der oHG folgt die Regelung des § 129 Abs. 4 HGB: Ein gegen die *Gesellschaft* gerichteter vollstreckbarer Titel wirkt *nicht* automatisch gegen den Gesellschafter.

Andererseits liegt es im Wesen der Gesamthandsgemeinschaft (»mitgegangen, mitgefangen, mitgehangen«[156]), daß der in eine bestehende Gesellschaft eintretende Gesellschafter auch für die vor seinem Eintritt entstandenen Verbindlichkeiten der Gesellschaft mithaftet (vgl. § 130 Abs. 1 HGB).

e) *Beendigung*

Die Beendigung der oHG vollzieht sich in zwei Phasen, der *Auflösung* der Gesellschaft nach den §§ 131–144 HGB sowie der Auseinandersetzung bzw. *Liquidation* der Gesellschaft nach den §§ 145–158 HGB. Einen erschöpfend geregelten Katalog von Auflösungsgründen enthält § 131 HGB. Darüber hinaus können weitere Auflösungsgründe im Gesellschaftsvertrag vereinbart sein. Mit Eintritt eines Auflösungsgrundes wird die oHG zur Abwicklungsgesellschaft, für die das oHG-Recht weiter gilt. Erst der Abschluß des Auseinandersetzungsverfahrens führt zur endgültigen Beendigung der Gesellschaft. Näheres hierzu lesen Sie bei Bedarf bitte in der nachfolgend genannten Literatur zur Vertiefung nach.

154 vgl. Bd. I, S. 124 ff.
155 vgl. Bd. II, Teilbd. 1, S. 53 f.
156 *Simrock*, Nr. 7044

3. Die Kommanditgesellschaft (KG)

Die KG (§§ 161–177a HGB) ist ebenfalls eine handelsrechtliche Personengesellschaft, die sich von der oHG allein dadurch unterscheidet, daß bei einem Teil der Gesellschafter (= *Kommanditisten*) die Haftung gegenüber den Gesellschaftsgläubigern auf einen bestimmten Betrag (»Einlage«) begrenzt ist. Im übrigen müssen alle Voraussetzungen einer oHG erfüllt sein.[157] Die unbeschränkt bzw. persönlich (d.h. mit ihrem persönlichen Vermögen) haftenden Gesellschafter heißen *Komplementäre.* Soweit sich aus der Unterscheidung zwischen Komplementären und Kommanditisten nichts Besonderes ergibt, gelten alle Ausführungen zur oHG gleichermaßen für die KG. Gem. § 161 Abs. 2 HGB finden daher auf die KG alle Vorschriften des HGB über die oHG Anwendung, soweit in den §§ 162–177 a HGB nichts anderes vorgeschrieben ist. Diese Sondervorschriften tragen namentlich der Tatsache Rechnung, daß die Kommanditisten nur eingeschränkt haften und dementsprechend auch nur eingeschränkte Rechte haben können (z.B. keine Geschäftsführungsbefugnis – § 164 HGB – und keine Vertretungsmacht – § 170 HGB –).

Die wichtigsten Unterschiede der oHG und der KG zur BGB-Gesellschaft sind auf der nachfolgenden Übersicht (13) zusammengefaßt.

157 vgl. *Creifelds,* S. 670

Übersicht 13:

Besonderheiten der Handelsgesellschaftten oHG und KG zur BGB-Gesellschaft

BGB-Gesellschaft		oHG, KG
§§ 705-740 BGB	gesetzliche Regelung	§§ 105-160 und §§ 161-177a HGB
Erreichung jedes beliebigen Zwecks ideeller oder wirtschaftlicher Art (§ 705 BGB)	Zweck der Gesellschaft	Können nur auf den Zweck des Betriebes eines Handelsgewerbes gerichtet sein = §§ 105 Abs. 1; 161 Abs. 1 HGB. Nichtkaufleute (Freiberufler oder Lohnhandwerker) und Minderkaufleute können deshalb nur BGB-Gesellschaft bilden.
Mangels Rechtsfähigkeit (= keine juristische Person) nicht namensfähig, sondern tritt unter dem Namen aller Gesellschafter (GST) auf, mit dem Zusatz »als BGB-Gesellschaft (Ges.) vertreten durch (= Name des vertretungsberechtigten GST)	Name und Kaufmannseigenschaft	Führen als Namen eine *Personenfirma* nach § 19 HGB. Beide Handelsgesellschaften sind als solche Kaufleute nach § 6 Abs. 1 HGB. Ebenso sind die GST der oHG und der/die persönlich haftende/n GST der KG Vollkaufleute.

Übersicht 13 (Fortsetzung):

Keine eigene Rechtspersönlichkeit (s.o. = keine juristische Person); vertretungsberechtigter GST berechtigt und verpflichtet »die Gesellschafter« = § 714 BGB. Gesellschaft ist nicht konkursfähig = § 728 BGB.	← Rechtsnatur; Haftung →	Ebenfalls keine eigene Rechtspersönlichkeit (keine juristische Person), ***werden aber gem.*** *§ 124* (KG: § 161 Abs. 2 i.V.m. § 124) ***HGB so behandelt, als ob sie rechtsfähige juristische Personen wären!*** Für die Haftung der oHG wird daher § 31 BGB ***analog*** angewandt. Außerdem haften alle (bei der KG nur der/die Komplementär/e - § 161 Abs.1 HGB) Gesellschafter persönlich = § 128 HGB. Gläubiger hat daher zwei Zugriffsmöglichkeiten: 1) Gesellschaftsvermögen 2) Privatvermögen der persönlichen haftenden Gesellschafter. Im einzelnen ergeben sich aus der *Gleichstellung von oHG und KG mit der juristischen Person* weitere Besonderheiten: Sie können unter ihrer Firma (durch ihre Vertreter) rechtsgeschäftliche Erkärungen abgeben (Verträge schließen); — Eintragung als Eigentümerin oder Rechtsinhaberin eine Rechts an einem Grundstück (z.B. Hypothek) ins Grundbuch ist möglich; — oHG und KG können klagen und verklagt werden; — zur Zwangsvollstreckung ist »Titel« (z.B. Urteil; Gerichtsbeschluß) gegen die »Gesellschaft« nötig — vgl. § *124 Abs. 1 und 2 HGB.*
Wird in kein Register eingetragen, das über Rechtsverhältnisse Auskunft gibt. Dritte sind auf Auskünfte der GST angewiesen.	← Publizität →	Sind nach §§ 106-108, 162, 163 HGB mit den dort vorgeschriebenen Angaben zum HReg. anzumelden. Damit treten die Wirkungen der Eintragungen im HReg. nach §§ 5 und 15 HGB ein.

Übersicht 13 (Fortsetzung):

Geschäftsführungsbefugnis und Vertretungsbefugnis richten sich nach Gesellschaftsvertrag oder - falls dort keine Regelung - nach §§ 709 bzw. 714 BGB = Gemeinschaftliche G und V. — Beschränkungen mit Wirkung gegen Dritte zulässig, aber nur wirksam, wenn für Dritte erkennbar. » Im Zweifel«: § 714 BGB = Dritter muß sich überzeugen, ob gesetzliche Vermutung des § 174 BGB zutrifft; — kein »Verkehrsschutz« der BGB-Gesellschaft. Entziehung von Geschäftsführungs- und Vertretungsbefugnis aus wichtigem Grund möglich: §§ 712, 715 BGB.	← Geschäftsführung (G) und Vertretung (V) →	Geschäftsführungsbefugnis richtet sich nach Gesellschaftsvertrage (§ 109 HGB); fehlt vertragliche Regelung, so umfaßt die Geschäftsführungsbefugnis nach § 116 Abs. 1 HGB alle Handlungen, die der Betrieb des von der Gesellschaft betriebenen Handelsgewerbes mit sich bringt. Für außergewöhnliche Geschäfte ist Beschluß aller GST erforderlich (§§ 116 Abs. 2; 164 HGB für KG). Kraft Gesetzes besteht Einzelgeschäftsführungsbefugnis jedes GST (§§ 114, 161 Abs. 1 HGB). Umfang der Vertretungsbefugnis ist in § 126 Abs. 1 HGB geregelt und kann *nicht* mit Wirkung gegen Dritte beschränkt werden (§ 126 Abs. 2 HGB). Entziehung von Geschäftsführungs- und Vertretungsbefugnis nur durch gerichtliche Entscheidung (§§ 117, 127, 161 Abs. 2 HGB).
Aus wichtigem Grund durch Beschluß der GST, wenn vertraglich vereinbart oder wenn für den Fall der Kündigung durch einen GST das Fortbestehen der Gesellschaft unter den übrigen GST vereinbart ist (vgl. §§ 737, 736, 723 Abs. 1 S. 2 BGB).	← Ausschluß von Gesellschafter(n) →	Ausschluß eines GST aus wichtigem Grund nur durch gerichtliche Entscheidung auf Antrag der übrigen GST = §§ 140, 161 Abs. 2 HGB
Vgl. Übersicht 12 unten (=§§ 726 ff. BGB)	← Auflösungsgründe →	vgl. § 131 HGB

4. Die stille Gesellschaft

Begriff und Wesen der stillen Gesellschaft (der stille Gesellschafter ist nicht »Kaufmann«, da er kein – nach außen gerichtetes – Gewerbe betreibt[158]) ergeben sich aus § 230 HGB (lesen!). Danach handelt es sich bei der stillen Gesellschaft um eine Gesellschaft, bei der sich ein »stiller Teilhaber« an dem Handelsgewerbe eines anderen (=Kaufmann!) mit einer in das Vermögen dieses anderen übergehenden Einlage gegen Gewinn- und Verlustrechnung beteiligt. Im Gegensatz zu den anderen Gesellschaften wird kein gemeinsames Gesellschaftsvermögen gebildet, sondern die Einlage geht in das Eigentum des tätigen Teilhabers über.[159] Bei der stillen Gesellschaft handelt es sich um eine reine »Innengesellschaft«: Der Inhaber des Handelsgewerbes tritt nach außen weiterhin als Einzelkaufmann auf und wird gem. § 230 Abs. 2 HGB aus den geschlossenen Geschäften allein berechtigt und verpflichtet (vgl. Einzelheiten in §§ 230–237 HGB).

5. Die »Europäische wirtschaftliche Interessenvereinigung« (EWIV)

Mit der Einführung der EWIV am 1.7.1989 verfolgte der Ministerrat der EG das Ziel, durch eine Gesellschaftsform auf Gemeinschaftsebene die grenzüberschreitende Zusammenarbeit für Personen, Gesellschaften und andere juristische Einheiten zu erleichtern und damit die Errichtung und das Funktionieren eines europäischen Binnenmarktes zu fördern.[160]

Die EWIV ist eine ausgeprägte *Personengesellschaft* mit der Möglichkeit der Fremdorganschaft, deren Mitglieder unbeschränkt und persönlich als Gesamtschuldner haften.[161] Auf Einzelheiten soll im Rahmen dieses Überblicks nicht eingegangen, sondern insofern auf die Literatur zur Vertiefung verwiesen werden.

158 s.o., S. 5 ff.
159 vgl. *Creifelds*, S. 1118
160 vgl. *Kraft/Kreutz*, S. 191; *Alpmann und Schmidt*, S. 219
161 vgl. *Hakenberg*, S. 212

Literatur zur Vertiefung (6. Kapitel, III., 2.–5.):

Alpmann und Schmidt	GR, 3. Teil, Abschn. (EWIV)
Kraft/Kreutz	E. (oHG), F. (KG), G. (StG)
Kübler	I. (EWIV), §§ 6–9
Schmidt	GR, § 65 (EWIV)

IV. Kapitalgesellschaften

1. Begriff und Wesen

Die zweite große Gruppe der Gesellschaften bilden die bereits erwähnten Kapitalgesellschaften. Im Gegensatz zu den Personengesellschaften beruht die Organisation der Kapitalgesellschaften nicht auf einem schuldrechtlichen Vertrag, welcher individuelle Beziehungen zwischen den persönlich beteiligten Gesellschaftern begründet, sondern sie beruht auf der rechtsgeschäftlich vereinbarten Geltung einer Verfassung bzw. Satzung. In dieser sind insbesondere die Willensbildung sowie die Geschäftsführungsbefugnis und Vertretungsmacht der Kapitalgesellschaften geregelt.

■ Warum heißen diese Gesellschaften Kapitalgesellschaften? (Überlegen Sie!)

▷ Kapitalgesellschaften heißen sie deshalb, weil ihre Haftung auf das Gesellschaftskapital beschränkt ist; die Gesellschafter haften also niemals mit ihrem persönlichen Vermögen.

Neben der Haftungsbeschränkung auf das Gesellschaftsvermögen gelten für alle Kapitalgesellschaften folgende Gemeinsamkeiten:

(1) Kapitalgesellschaften sind fähig, Träger von Rechten und Pflichten zu sein, d.h., es handelt sich um juristische Personen.

(2) Kapitalgesellschaften sind sogenannte Körperschaften, die vom Bestand ihrer Gesellschafter bzw. Mitglieder unabhängig sind, d.h.: durch freien Austritt und Übertragung der Mitgliedschaft ist ein Gesellschafterwechsel möglich.

(3) Geschäftsführung und Vertretung werden von zwei verselbständigten Organen wahrgenommen, die nicht Mitglied der Gesellschaft sein müssen (»Fremdorganschaft«).

(4) Die Kapitalgesellschaft tritt im Rechtsverkehr unter einer Sachfirma auf, d.h., der Name der Gesellschaft bezieht sich regelmäßig auf den Gegenstand des Unternehmens.[162]

Die Kapitalgesellschaften sind durchweg nicht im Handelsgesetzbuch, sondern in Spezialgesetzen geregelt. In diesen »Grundbegriffen aus dem Handelsrecht« wird daher auf die Kapitalgesellschaften noch knapper eingegangen als auf die handelsrechtlichen Personengesellschaften. Im folgenden soll nur ein rascher Überblick über die bekanntesten Gesellschaftsformen gegeben werden. Auf ausführlichere Darstellungen zum Gesellschaftsrecht wird in der Literatur zur Vertiefung verwiesen.

2. Der rechtsfähige Verein als organisatorischer Grundtyp

So wie die BGB-Gesellschaft den organisatorischen Grundtyp der Personengesellschaften darstellt, verkörpert der rechtsfähige Verein des BGB den organisatorischen Grundtyp der Kapitalgesellschaften.

Der rechtsfähige Verein ist eine juristische Person, über deren Entstehung, Handlungsfähigkeit und Haftung *in Band I dieser »Grundzüge« (im Ersten Abschnitt, Zweites Kapitel)* relativ ausführlich berichtet wurde. Um den Rahmen *dieses* Grundrisses nicht allzusehr auszuweiten, sei daher auf dieses Kapitel in Band I verwiesen, dessen Kenntnis (ggf. dort nachlesen) hier vorausgesetzt werden muß.

3. Die Aktiengesellschaft

Wenn wir den rechtsfähigen Verein soeben als organisatorischen Grundtyp aller Kapitalgesellschaften bezeichnet haben, läßt sich die Aktiengesellschaft als die typische Kapitalgesellschaft schlechthin[163] bezeichnen.

Das Recht der Aktiengesellschaften war ursprünglich im HGB von 1897 mitgeregelt.[164] Seit 1937 gibt es ein eigenes Aktiengesetz (AktG), welches nach mehrfacher Änderung durch das AktG vom 6. 9. 1965[165]

162 vgl. oben, S. 21
163 *Leuschel*, S. 188
164 vgl. oben, S. 78
165 vgl. Beck-Texte im dtv Nr. 5010 – für Jurastudenten u.a., die eine Sammlung »*Schönfelder*« besitzen: vgl. dort Gesetz Nr. 51

ersetzt und seither (u.a. durch Anpassung an das Recht der Europäischen Gemeinschaft) mehrfach geändert wurde.

a) Wesen

Das Wesen der AG beschreibt § 1 AktG: Die AG hat eine *eigene Rechtspersönlichkeit*, ist also juristische Person (§ 1 Abs. 1 S. 1 AktG). Für die Verbindlichkeiten der AG *haftet* allein das *Gesellschaftsvermögen* (§ 1 Abs. 1 S. 2 AktG). Das sog. Grundkapital der AG ist in *Aktien* zerlegt (§ 1 Abs. 2 AktG).

■ Was würden Sie (als Wirtschaftswissenschaftler z.B.) antworten, wenn Sie gefragt würden: »Was ist eine Aktie«? (Denken Sie nach!)

▷ Eine Aktie ist ein Wertpapier, das die von seinem Inhaber (Aktionär) durch Übernahme eines Anteils am Grundkapital der AG erworbenen Rechte verbrieft.

Die Aktie muß auf einen Nennbetrag lauten (§ 6 AktG), der mindestens 50 DM (§ 8 Abs. 1 AktG) betragen muß (lesen Sie § 8 AktG möglichst einmal ganz durch). Im übrigen ist der Begriff Aktie mehrdeutig und wird vom Gesetz in dreifacher Bedeutung gebracht. Ihre Wertpapiereigenschaft folgt aus § 10 AktG. Daneben stellt sie einen ziffernmäßigen Bruchteil des Grundkapitals dar, und schließlich bezeichnet sie die Mitgliedschaft in der AG.[166]

Trotz ihrer Regelung außerhalb des HGB ist die AG eine Handelsgesellschaft (vgl. § 3 AktG).

b) Entstehung

Die AG entsteht nach ihrer Gründung durch *Eintragung in das Handelsregister*, zu der sie gem. § 36 AktG verpflichtet ist. Eine AG ist unabhängig vom Unternehmensgegenstand *Formkaufmann* i.S.v.§ 6 HGB.

Das Grundkapital muß auf einen Nennbetrag in DM lauten (§ 6 AktG) und nach § 7 AktG mindestens 100 000 DM betragen.

Gem. § 2 AktG sind mindestens fünf Personen zur *Gründung* einer AG durch Feststellung des *Gesellschaftsvertrags* erforderlich.

Gem. § 23 Abs. 1 AktG muß sich die AG eine *Satzung* geben, die notariell zu beurkunden ist. Einzelheiten zum Inhalt der Satzung ergeben sich aus § 23 Abs. 2 AktG. Für die *Firma* der AG gilt § 4 AktG.[167]. Mit

166 vgl. *Alpmann und Schmidt* GR, S. 196
167 vgl. oben, S. 21

der Übernahme der Aktien durch die Gesellschafter ist die AG errichtet (§ 29 AktG). Gem. § 30 AktG müssen der Gründer die Organe bestellen, insbesondere einen Aufsichtsrat, einen Vorstand und den Abschlußprüfer für das erste Geschäftsjahr. Nach § 32 AktG sind die Gründer zur Erstellung eines Gründungsberichts verpflichtet, der von Vorstand und Aufsichtsrat zu prüfen ist (§ 33 AktG). Sind Einlagen geleistet (vgl. §§ 36, 36 a AktG), kann und muß die AG zur Eintragung ins Handelsregister angemeldet werden.

c) *Organe*

Als juristische Person nimmt die AG am Rechtsverkehr durch Handlungen ihrer Organe teil:

aa) *Vorstand*

Die *Geschäftsführung und Vertretung* der AG werden vom *Vorstand* wahrgenommen, dessen Tätigkeitsfeld und Kompetenzen in den §§ 76–94 AktG geregelt sind. Nach § 76 Abs. 2 S. 1 AktG kann der Vorstand aus einer oder mehreren Personen bestehen. Ist letzteres der Fall, besteht Gesamtgeschäftsführung (§ 77 AktG) und Gesamtvertretung (§ 78 AktG). Gem. § 84 AktG wird der Vorstand, der eigenverantwortlich und weisungsgebunden handelt, vom *Aufsichtsrat* bestellt und abberufen.

bb) *Aufsichtsrat*

Der Aufsichtsrat (§§ 95–116 AktG) vertritt die AG gegenüber den Vorstandsmitgliedern. Neben der Bestellung und Abberufung des Vorstands obliegt ihm auch die Kontrolle des Vorstands. Der Aufsichtsrat besteht aus mindestens drei (§ 95 S. 1 AktG) und maximal (bei einem Grundkapital von mehr als 20 000 000 DM) 21 Mitgliedern (§ 95 S. 4 AktG). Für die Zusammensetzung des Aufsichtsrats gilt § 96 AktG.

cc) *Hauptversammlung*

Die Hauptversammlung (§§ 118–147 AktG) ist das oberste Organ der AG. Sie ist die Versammlung aller Aktionäre bzw. Anteilseigner der Gesellschaft, die dort ihre Rechte wahrnehmen können. Ihre wichtigste Aufgabe besteht in der Beschlußfassung. Dabei ist jeder Aktionär entsprechend dem Nennbetrag seiner Aktien stimmberechtigt (Einzelheiten vgl. §§ 133–137 AktG).

d) *Haftungsfragen*

Für Verbindlichkeiten der AG haftet den Gläubigern nur das Gesellschaftsvermögen (s.o. bzw. § 1 Abs. 1 S. 2 AktG). Eine Haftung der Organe oder einzelner Aktionäre mit ihrem Privatvermögen ist also ausgeschlossen (Ausnahmen: vgl. §§ 62 Abs. 2, 93 Abs. 5, 116 AktG).

Bei der Verletzung von Sorgfaltspflichten haften Vorstandsmitglieder der Gesellschaft gem. § 93 AktG. Für vertragliche oder deliktische Schadensersatzansprüche haftet die AG mangels separater Regelung im AktG wie der rechtsfähige Verein, also gem. § 31 BGB.

e) *Auflösung*

richtet sich nach den §§ 262 ff. AktG. Ist das Abwicklungsverfahren nach diesen Vorschriften beendet, ist die Gesellschaft im Handelsregister zu löschen (§ 273 Abs. 1 AktG). Mit dem Zeitpunkt der Löschung im Handelsregister ist die AG mit eigener Rechtspersönlichkeit endgültig »erloschen«.

4. Kommanditgesellschaft auf Aktien

Die KGaA ist eigentlich keine reine Kapitalgesellschaft, sondern eine Mischform, die Elemente der AG mit denen der KG verbindet.[168]. Wegen ihrer Einbindung in das Aktiengesetz (dort §§ 278–290) bietet es sich an, diese Gesellschaftsform im Anschluß an die AG vorzustellen. Sofern sich aus dem Mischformcharakter der KGaA nichts anderes ergibt, gelten die Vorschriften des ersten Buches des AktG für die KGaA gem. § 278 Abs. 3 AktG sinngemäß.

Auch die KGaA ist eine rechtsfähige Kapitalgesellschaft, bei der jedoch im Unterschied zur AG mindestens ein Gesellschafter den Gläubigern persönlich und unbeschränkt haftet (Komplementär), während die übrigen Gesellschafter ohne persönliche Haftung an dem in Aktien zerlegten Grundkapital beteiligt sind (Kommanditaktionäre) – vgl. § 278 Abs. 1 AktG.

168 vgl. *Kübler*, § 15, VII. 1.

Konsequenterweise gelten daher für das Rechtsverhältnis der persönlich haftenden Gesellschafter der KGaA gem. § 278 Abs. 2 AktG die Vorschriften für die KG (§§ 161–177 a HGB).

5. Gesellschaft mit beschränkter Haftung

Die GmbH ist eine Kapitalgesellschaft mit ähnlicher, aber einfacherer Struktur wie die Aktiengesellschaft, da sie weniger Formzwängen unterliegt als die AG und mehr Spielraum für die Gestaltung der Satzung läßt.[169]

a) Wesen und Entstehung

Das Wesen der GmbH ergibt sich aus ihrem in § 1 GmbHG[170] (das in seiner Erstfassung vom 20. April 1892 noch vor dem HGB entstanden ist) geregelten Zweck. Danach können Gesellschaften mit beschränkter Haftung nach Maßgabe des GmbHG zu jedem gesetzlich zulässigen Zweck durch eine oder mehrere Personen errichtet werden. Der Vorteil der GmbH, die kein Handelsgewerbe betreiben *muß*, liegt vor allem darin, daß die Gesellschafter bzw. die Kapitalgeber für Verbindlichkeiten der Gesellschaft nicht mir ihrem persönlichen Vermögen, sondern nur mit ihrer Einlage haften.

Auch die Gründung der GmbH setzt einen *Gesellschaftsvertrag* voraus, der notariell beurkundet werden muß (§ 2 GmbHG). Im einzelnen muß der Gesellschaftsvertrag nach § 3 Abs. 1 GmbHG enthalten:

(1) die Firma und den Sitz der Gesellschaft,
(2) den Gegenstand des Unternehmens,
(3) den Betrag des Stammkapitals,
(4) den Betrag der von jedem Gesellschafter auf das Stammkapital zu leistenden Einlage (Stammeinlage).

Das Stammkapital der GmbH muß gem. § 5 Abs. 1 GmbHG mindestens 50 000 DM, die Stammeinlage jedes Gesellschafters mindestens 500 DM betragen.

Die *Firma* der GmbH muß nach § 4 Abs. 1 GmbHG entweder vom Gegenstand des Unternehmens hergeleitet werden (*vgl. oben S. 21*) oder die Namen der Gesellschafter oder den Namen wenigstens eines Gesell-

169 vgl. *Leuschel*, S. 178 und *Jänsch/Zerres*, S. 189
170 vgl. Beck-Texte im dtv Nr. 5010 sowie Sammlung *Schönfelder* Nr. 51

schafters »mit einem das Vorhandensein eines Gesellschaftsverhältnisses andeutenden Zusatz enthalten« ...

■ Kommt Ihnen diese Formulierung nicht bekannt vor? In § 4 Abs. 1 *AktG* fehlt sie, aber wo haben Sie sie schon einmal gelesen? (Überlegen Sie!)

▷ Sie müßten diese Formulierung eigentlich schon *zwei*mal gelesen haben: Oben auf S. 20 und in § 19 Abs. 1 HGB!

Das belegt, daß wir uns mit *Handelsgesellschaften* befassen. Die Personengesellschaften sind im HGB geregelt, die Kapitalgesellschaften in eigenen Gesetzen! Die AG »steht« über allem »Persönlichen«; sie braucht keinen persönlichen Zusatz. Bei der »kleinen AG«[171], der GmbH, zählt auch vor allem das Kapital. Aber dennoch sind die *Personen* – anders als bei der AG – wichtiger ... Wenn man die GmbH einerseits als »kleine AG« bezeichnen kann, könnte man sie gleichermaßen als »große Personengesellschaft mbH« bezeichnen!

Als reine Kapitalgesellschaft hat die GmbH gem. § 13 Abs. 1 GmbHG als solche »selbständig Rechte und Pflichten«.

Gem. § 13 Abs. 3 GmbHG gilt die GmbH als Handelsgesellschaft im Sinne des HGB und ist nach dessen § 6 Form- und zugleich Vollkaufmann.

Mit ihrer Eintragung ins Handelsregister (vgl. § 7 GmbHG) ist sie entstanden und nach außen wirksam. Für den Rechtszustand vor der Eintragung gilt § 11 GmbHG.

b) Organe

Die GmbH ist wie der rechtsfähige Verein und die AG als juristische Person und Kapitalgesellschaft körperschaftlich aufgebaut und hat mindestens zwei *Organe*, deren Bezeichnung indessen mehr an die Personengesellschaften erinnert: Während Verein und AG einen Vorstand besitzen, hat die GmbH einen oder mehrere Geschäftsführer als leitende Organe (vgl. § 6 Abs. 1 GmbHG); daneben tritt die Gesamtheit der Gesellschafter (§§ 45 ff. GmbHG) sowie je nach Gesellschaftsvertrag ein Aufsichtsrat (§ 52 GmbHG).

Im einzelnen sind die Rechte und Pflichten der Geschäftsführer insbesondere in den §§ 35–44 GmbHG geregelt.

Gem. § 35 Abs. 1 GmbHG wird die GmbH durch die Geschäftsführer *gesetzlich vertreten*, so daß die Gesellschaft gem. § 36 Abs. 1

171 vgl. *Jänsch/Zerres*, S. 139

GmbHG durch die von den Geschäftsführern vorgenommenen Rechtsgeschäfte berechtigt und verpflichtet wird.

Oberstes Organ ist die Gesellschafterversammlung (§ 48 GmbHG), deren Beschlüsse für die Geschäftsführer bindend sind.

c) *Haftungsfragen*

Gemäß § 13 Abs. 2 GmbHG haftet den Gläubigern für Verbindlichkeiten der GmbH nur das Gesellschaftsvermögen.

Bei der Verletzung von Sorgfaltspflichten haften die Geschäftsführer der Gesellschaft solidarisch für den entstandenen Schaden (vgl. § 43 Abs. 1 und 2 GmbHG). Die Haftung der Gesellschaft für das Handeln ihrer Geschäftsführung ergibt sich gegebenenfalls aus § 31 BGB.

d) *Auflösung*

Für die Beendigung der GmbH gilt im wesentlichen dasselbe wie für die AG. Die Auflösungsgründe sind in § 60 GmbHG geregelt. Im Gegensatz zu den für die AG geltenden Auflösungsvorschriften enthält § 60 GmbHG keine abschließende Regelung der Auflösungsgründe, sondern gem. § 60 Abs. 2 GmbHG können im Gesellschaftsvertrag gesetzlich nicht vorgesehene Auflösungsgründe vereinbart werden.[172] Und anders als das AktG sieht § 61 GmbHG die Auflösung der Gesellschaft durch richterliches Gestattungsurteil aufgrund einer Auflösungsklage vor.[173]

Hier zeigt sich also wieder eine Ähnlichkeit zu den Personengesellschaften (vgl. § 133 für die oHG).

6. Die eingetragene Genossenschaft

Die Genossenschaft ist ein *Verein mit eigener Rechtspersönlichkeit* mit *freier Mitgliederzahl*, dessen *Zweck* darauf gerichtet ist, den *Erwerb oder die Wirtschaft der Mitglieder* (Genossen) mittels eines gemeinschaftlichen Geschäftsbetriebs *zu fördern* (vgl. § 1 Abs. 1 GenG). Der Begriff der Genossenschaft klingt nicht nur altmodisch[174], er ist auch

172 vgl. *Kübler*, § 17, VII. 1.
173 dort, § 17, VII. 2.
174 vgl. *Leuschel*, S. 200

sehr alt: Das Genossenschaftsgesetz wurde bereits am 1. Mai 1889[175] verabschiedet und hat seither einige Novellierungen erfahren. Ihren Ursprung hatten die Genossenschaften im Bereich der Landwirtschaft: Um gegenüber Großgrundbesitzern konkurrenzfähig bleiben zu können, schlossen sich bäuerliche Kleinbetriebe zusammen. Im Vordergrund des Wirkens der Genossenschaft steht nicht die Gewinnerzielung als solche, sondern das Wohl ihrer Mitglieder. Deren *Haftung* ist wie bei der AG und GmbH *auf die Einlagen beschränkt*, d.h. für die Verbindlichkeiten der Genossenschaft haftet den Gläubigern gem. § 2 GenG das Genossenschaftsvermögen. Die Genossenschaft entsteht gem. §§ 10 und 13 GenG mit Eintragung ins Genossenschaftsregister, sie ist *juristische Person* (§ 17 Abs. 1 GenG) und gem. § 17 Abs. 2 GenG Kaufmann i.S.d. HGB. Typische Genossenschaften sind z.B. Kreditgenossenschaften, Winzergenossenschaften (die ganz besonders um das »Wohl« ihrer Genossen bemüht sein werden), Einkaufsgenossenschaften und Wohnungsbaugenossenschaften.

Während das Genossenschaftsrecht rund 100 Jahre relativ bedeutungslos war, hat sich dies seit der Wiedervereinigung Deutschlands etwas geändert: Rund 1450 Agrargenossenschaften der ehemaligen DDR, dort »LPGen« (landwirtschaftliche Produktionsgenossenschaften) mußten umgewandelt werden. Die Beantwortung der Frage, welche Rechtsform – die eingetragene Genossenschaft i.S.d. GenG, die GmbH oder die GbR – sich für dieses ehemals sozialistische Gebilde am besten eignet, bringt manche Probleme mit sich, über deren Lösung sich die Experten nicht einig sind.[176]

Literatur zur Vertiefung (6. Kapitel, IV):

Alpmann und Schmidt	GR, 2. Teil
Kraft/Kreutz	K, I – IV; L; M, I – V und N, I
Kübler	§§ 14–17 sowie § 13
Steding	ZRP 1995, 403 ff.

Wir wollen uns die wichtigsten Kapitalgesellschaften nochmals auf der folgenden Gesamtübersicht (14) ansehen, auf der die behandelten Personengesellschaften kurz gegenübergestellt werden:

175 vgl. Sammlung *Schönfelder* Nr. 53
176 *für Interessierte*: vgl. *Steding*, NL-BZAR 7/93, 7 ff.

Gesellschafters einer jeden Gesellschaft unterliegen außerdem der Einkommensteuer (§ 1 EStG). Der Gewinn einer Personengesellschaft dagegen, die nicht juristische Person ist, unterliegt nicht der Körperschaftsteuer. Das konnte zu einer nicht unerheblichen steuerlichen Doppelbelastung führen. Dazu ein stark vereinfachtes

»Rechenbeispiel«:
A, B und C sind mit je 30.000,– DM Einlage Gesellschafter einer GmbH, deren Grundkapital somit 90.000,– DM beträgt. Macht die GmbH 30.000,– DM Gewinn, ist dieser nach KStG und EStG wie folgt zu versteuern:

GmbH
Grundkapital: 90.000,– DM davon je 1/3 = 30.000,– DM von Gesellschaftern A, B, C

GmbH-Gewinn: → *56 % Körperschaftsteuer*
30.000,– DM (§ 23 KStG)

je 1/3 Gewinnanteil

A:	10.000,– DM	*Einkommensteuer*
B:	10.000,– DM	
C:	10.000,– DM	

Somit steuerliche Doppelbelastung für 30.000,– DM.

Bei einer GmbH & Co. KG reduzierte sich die steuerliche Doppelbelastung in diesem Beispiel auf fast die Hälfte:

GmbH & Co. KG

Grundkapital: 90.000,– DM
davon

50.000,– DM *GmbH*
(je 1/3 A, B, C) } Komplementär

40.000,– DM je 1/3 Kommanditisten A, B, C

KG-Gewinn:
30.000,– DM

5/9 Anteil GmbH		ca.	16.666,– DM	→	*Körperschaftsteuer*
davon je 1/3 Anteil	A:	ca.	5.555,– DM	}	*Einkommensteuer*
	B:	ca.	5.555,– DM		
	C:	ca.	5.555,– DM		

Somit steuerliche Doppelbelastung für ca. 16.666,– DM.
Rest : 4/9 von 30.000,– DM = ca. 13.333,– DM.

davon je 1/3 Anteil	A:	ca.	4.444,– DM	}	*Einkommensteuer*
	B:	ca.	4.444,– DM		
	C:	ca.	4.444,– DM		

Dieser Vorteil gegenüber der GmbH ist inzwischen, wie gesagt, entfallen; denn das neue Einkommensteuergesetz sieht für die Gesellschafter einer GmbH nun das sogenannte Anrechnungsverfahren vor, d.h., die von den Gesellschaftern für die GmbH gezahlte Körperschaftsteuer wird ihnen auf ihre Einkommensteuerschuld angerechnet (§ 36 Abs. 2 Nr. 3 EStG).

Der steuerliche Vorteil hinsichtlich der Vermögensteuer verbleibt der GmbH & Co. KG gegenüber der GmbH nach wie vor.[177] Hier unterliegt einerseits das Vermögen der GmbH als juristischer Person und außerdem das Vermögen der einzelnen Gesellschafter der Vermögensteuer (§ 1 VStG), ohne daß ein Anrechnungsverfahren vorgesehen ist.

Die GmbH & Co. KG ist insgesamt keine juristische Person und unterliegt somit nicht als selbständiges Vermögenssubjekt der Vermögensteuer, sondern es sind nur die Anteile der einzelnen Gesellschafter (der GmbH als Komplementär und der Kommanditisten) zu veranlagen, wobei für natürliche Personen gegenüber juristischen Personen ein günstigerer Steuersatz gilt.

2. Der Versicherungsverein auf Gegenseitigkeit

Dabei handelt es sich um eine Vereinigung von Personen, deren Beteiligung im Verein mit einem Versicherungsverhältnis verbunden ist. Das Versicherungsverhältnis begründet zugleich die Mitgliedschaft in diesem Verein. Rechtsgrundlage für den VVaG ist das »Gesetz über die Beaufsichtigung der privaten Versicherungsunternehmen und Bausparkassen« vom 6.6.1931, kurz »Versicherungsaufsichtsgesetz« bzw. VAG genannt. Der VVaG ist juristische Person, die ein privates Versicherungsunternehmen betreibt, deren Mitglieder am Gewinn und am Verlust des Vereins beteiligt sind. Organe der VVaG sind der Vorstand, Aufsichtsrat und als »oberste Vertretung« die Mitgliederversammlung. Gem. §§ 34 bis 36 VAG finden die Vorschriften des Aktiengesetzes entsprechende Anwendung.

Prägen Sie sich diese beiden beschriebenen Unternehmensformen nochmals an der folgenden Übersicht (15) ein:

Literatur zur Vertiefung (6. Kapitel, V.):

Kübler	§ 21
Schmidt	GR, § 42

177 vgl. *Kübler,* § 21, I. 2 a) aa)

Übersicht 15:

Besondere Unternehmensformen

GmbH & Co. KG

Sonderform der KG, also grundsätzlich Personengesellschaft, deren Gesellschafter eine juristische Person (GmbH = Komplementär) und eine oder mehrere natürliche Personen (= Kommanditisten) sind. GmbH *haftet* voll mit ihrem ganzen (Gesellschafts-) Vermögen; Kommanditisten haften mit ihrer Einlage = Personengesellschaft mit beschränkter Haftung = *Vorteil gegenüber normaler KG* (Komplementäre haften dort auch mit Privatvermögen).

Vorteil gegenüber GmbH: Keine Doppelbelastung mit Vermögensteuer; seit Änderung der Einkommensteuergesetzgebung kein Vorteil mehr gegenüber GmbH bezüglich Doppelbelastung mit Körperschaftsteuer und Einkommensteuer, da die für GmbH gezahlte Körperschaftsteuer bei einzelnen Gesellschaftern auf Einkommensteuerschuld angerechnet wird.

Versicherungsverein auf Gegenseitigkeit (VVaG)

Gesetzliche Regelung: »Gesetz über die Beaufsichtigung der privaten Versicherungsunternehmen und Bausparkassen v. 6.6.1931« (VAG)

VVaG ist Vereinigung von Personen, deren Beteiligung im Verein mit Versicherungsverhältnis verbunden ist = juristische Person, die privates Versicherungsunternehmen betreibt. Mitglieder sind am Gewinn und Verlust beteiligt.

Organe: Aufsichtsrat, Vorstand und – als »oberste Vertretung« – Mitgliederversammlung

Gem. §§ 34–36 VAG finden Vorschriften des AktG auf den VVaG entsprechende Anwendung.

7. Kapitel: Handelsbücher

Wenn Sie nun wieder einmal das Inhaltsverzeichnis Ihres Gesetzestextes aufschlagen, werden Sie feststellen, daß wir bisher nur das 1. und 2. Buch des HGB sowie einige Paragraphen des 4. Buches behandelt haben. Das 3. Buch, das mit der Überschrift »Handelsbücher« versehen ist, wurde zur Harmonisierung des Gesellschaftsrechts in den Europäischen Gemeinschaften erst durch das sogenannte Bilanzrichtlinien-Gesetz vom 19.12.1985 (BiRiLiG) eingefügt. Bis dahin wurden die »Handelsbücher« im Vierten Abschnitt des Ersten Buches in den alten §§ 38–47 b HGB abgehandelt. Diesen Vorschriften entsprechen in der Neuregelung des Dritten Buches nun im wesentlichen die §§ 238–240 und 257 HGB, die sich u. a. mit der Buchführungs-, Inventarisierungs- und der Bilanzierungspflicht von Kaufleuten befassen. Sie enthalten, wie man angesichts der Überschrift zum Dritten Buch annehmen könnte, nicht nur Regelungen für die Handelsbücher im engeren Sinn, sofern betreffen das gesamte kaufmännische Rechnungswesen.

I. Bedeutung und rechtliche Grundlagen

Sinn und Zweck der Vorschriften des Dritten Buches ist es, zum einen die Interessen der Allgemeinheit und zum anderen die Interessen der Gläubiger des Kaufmanns zu schützen. Durch die Offenlegung der Bücher wird ermöglicht, daß man sich einen Überblick über die Zahlungsfähigkeit und Bonität eines kaufmännischen Unternehmens machen kann. Dies ist namentlich bei Kapitalgesellschaften von Bedeutung, für deren Verbindlichkeiten bekanntlich kein Gesellschafter persönlich haftet, sondern das »anonyme« Gesellschaftsvermögen.

Das (neue) Dritte Buch des HGB ist nach der übersichtlichen sog. »Klammer-Methode«, die wir schon vom (gesamten) BGB und dem Zweiten Buch des BGB kennen[178], aufgebaut:

So finden sich zunächst im Ersten Abschnitt, sozusagen im »Allgemeinen Teil« dieses Buches, Vorschriften (§§ 238–263 HGB), die für *»alle* Kaufleute« gelten. Der zweite Abschnitt enthält Vorschriften für

178 vgl. dazu Band I, Erster Teil, 4. Kapitel (ohne Exkurs)

Kapitalgesellschaften und Konzerne (§§ 264–335 HGB), während der Dritte Abschnitt ergänzende Sonderregelungen (§§ 336–339 HGB) für eingetragene Genossenschaften enthält. Im vierten Abschnitt folgen schließlich ergänzende Vorschriften (§§ 340–341 o HGB) für Kreditinstitute.

II. Buchführungspflicht

1. Inhalt

Die Buchführungspflicht ergibt sich unmittelbar aus § 238 Abs. 1 S. 1 HGB (lesen Sie § 238 Abs. 1 ganz!). Gegenstand der Buchführungspflicht sind danach Handelsbücher im engeren Sinn, womit die fortlaufenden Aufzeichnungen der Handelsgeschäfte des Kaufmanns und seiner Vermögenslage gemeint sind. Zu diesen Handelsbüchern gehören insbesondere das *Grund*buch[179] (Journal) und Nebenbücher, wie z.B. Kassen-, Einkaufs- und Verkaufsbuch.[180] Von den Handbüchern im weiteren Sinn werden, wie oben angedeutet, das gesamte kaufmännische Rechnungswesen einschließlich der Inventare, der Bilanzen, der Sammlungen der Geschäftskorrespondenz sowie Buchungsbelege (vgl. § 257 Abs. 1 HGB) umfaßt[181]. Wenn § 238 Abs. 1 HGB die Buchführungspflicht auf die »Handelsgeschäfte« des Kaufmanns bezieht, so sind damit nicht nur einzelne Geschäftsabschlüsse, sondern *alle* Geschäftsvorfälle angesprochen.[182]

Die Buchführungspflicht ist gem. § 238 Abs. 1 S. 1 HGB, die Pflicht zur *ordnungsmäßigen* Buchführung!

■ Was unter dem – subjektiv sicherlich vieldeutigen – Begriff der »ordnungsmäßigen Buchführung« objektiv und nach der Absicht des Gesetzgebers zu verstehen ist, sollten Sie selbst beantworten können, wenn Sie dieses Kapitel bisher aufmerksam gelesen bzw. »studiert« haben! Denken Sie nach, bevor Sie weiterlesen!

▷ Sie wurden »einige Zeilen zuvor« aufgefordert, § 238 Abs. 1 HGB »ganz« zu lesen! Lesen Sie nun nochmals Abs. 1 S. 2: Danach muß also die ordnungsmäßige »Buchführung so beschaffen sein, daß sie ei-

179 *nicht zu verwechseln mit dem Grundbuch i.S. der Grundbuchordnung und des Sachenrechts des BGB*

180 vgl. *Brox*, HR, Rdnr. 189

181 a.a.O.

182 ebenda

nem sachverständigen Dritten innerhalb einer angemessenen Zeit einen Überblick über die Geschäftsvorfälle und über die Lage des Unternehmens vermitteln kann.«

Diese Konkretisierung der »Generalklausel«[183] des § 238 Abs. 1 S. 1 HGB wird in Abs. 1 S. 3 durch die Bestimmung verstärkt, daß die Geschäftsvorfälle sich in ihrer Entstehung und Abwicklung verfolgen lassen müssen.

Des weiteren wird diese Generalklausel konkretisiert durch Gewohnheitsrecht und »gute Handelsbräuche«[184], die sich bei vergleichbaren Unternehmen herausgebildet haben.[185]

2. Arten der Buchführung

Auf welche Art und Weise die Buchführung vorzunehmen ist, ist im Gesetz nicht vorgeschrieben. Man unterscheidet zwischen *einfacher* und *doppelter Buchführung*.

a) Einfache Buchführung

Bei der einfachen Buchführung gibt es ein Kassenbuch (Grundbuch), in dem Ein- und Ausgänge von Geld erfaßt werden und Personenkonten, d.h. für jeden Abnehmer oder Lieferanten besteht ein Konto. Bei diesen Kundenkonten werden links die Warenlieferungen und rechts die Zahlungseingänge »gut geschrieben«.

183 vgl. *Brox*, HR, Rdnr. 190

184 *vgl. zum Handelsbrauch auch unten S. 135 f.*

185 *Brox*, HR, a.a.O.

Beispiel:[186]

Konto: Karl Knete					
Soll		DM	Haben		DM
12.1.1996	Warenlieferung gem. Rechnung Nr. 0007/96	2000,--			
			30. 1. 1996	Banküberweisung für Rechnung Nr. 0007/96	2 000,--

Abb. 3

b) Doppelte Buchführung

Die einfache Buchführung kann gestiegenen und permanent steigenden Anforderung des kaufmännischen Geschäftsverkehrs nicht genügen und ist nur für Kleinbetriebe (des Einzelhandels) oder für Handwerksbetriebe (die den Vorschriften des HGB ohnehin nur bedingt unterworfen sind) geeignet.

Handelsrechtliche Bedeutung hat daher weit überwiegend nur noch die doppelte Buchführung. Dabei wird jeder Geschäftsgang mindestens zweimal (doppelt) sowohl im Soll als auch im Haben verbucht. Ihren Sinn erhält die doppelte Buchführung aus der Bilanz.

■ Frage an »Wirtschaftswissenschaftler« bzw. solche, die es werden wollen: Was ist eine »Bilanz«? (Nachdenken!)

▷ Eine Bilanz ist eine auf einen bestimmten Zeitpunkt (Bilanzstichtag) bezogene Gegenüberstellung des Vermögens (Aktiva) und des Kapitals (Passiva) eines Unternehmens. Während die linke Seite der Bilanz angibt, in welchen konkreten Werten das Kapital angelegt ist, zeigt die rechte Seite, woher das Kapital stammt (Eigen- bzw. Fremdkapital). Der Unterschied (Saldo) zwischen Vermögen und Kapital bildet den Erfolg. Ist die linke Seite größer als die rechte, liegt ein Verlust vor. Woher Gewinn oder Verlust im einzelnen stammen, ergibt die

186 ähnlich *Hübner*, Rdnr. 62

Gewinn- und Verlustrechnung.[187] (Sprachliche Herkunft: »bilanx«[188] – »zwei Waagschalen habend«[189]).

Rechtlich erfaßt ist die Bedeutung und der Aufbau der Bilanz in § 266 HGB (*sehen Sie sich* diese Vorschrift *an*, aber *lesen* Sie nur hier weiter ...). Grob vereinfachend läßt sich diese Vorschrift (mit *Hübner*[190]) wie folgt zusammenfassen:

Die *Aktivseite* bezeichnet die *Verwendung* der Mittel, wobei nach der Länge der Bindung zwischen Anlage- und Umlaufvermögen unterschieden wird.

Die *Passivseite* nennt die *Herkunft* der Mittel und gliedert sich grob in das Eigen- und Fremdkapital (Schulden). Das ergibt folgendes *Grundschema*[191]:

Aktiva	Passiva
I. Anlagevermögen 1. Immaterielle Vermögensgegenstände (Rechte und Werte) 2. Sachanlagen (Grundstücke) 3. Finanzanlagen (Beteiligungen) II. Umlaufvermögen 1. Vorräte (Sachen) 2. Forderungen und sonstige Vermögensgegenstände 3. Wertpapiere 4. Flüssige Mittel (Kasse, Bankguthaben)	I. Eigenkapital 1. Gezeichnetes Kapital 2. Rücklagen 3. Gewinnvortrag/Verlustvortrag* II. Rückstellungen III. Fremdkapital (Verbindlichkeiten) IV. Rechnungsabgrenzungsposten
* alternativ: Bilanzgewinn/Bilanzverlust (§ 268 Abs. 1 HGB)	

Abb. 4

187 vgl. Bank- und Börsenlexikon, 3. Aufl. 1965, Hrsg. *Seidenzahl*, Rudolf Haufe Verlag – Freiburg i.Br., S. 89 – (nicht im Literaturverzeichnis)
188 lat.
189 vgl. *Duden*, S. 67 (= frz. *balance*; it. *bilancia*)
190 *dort* Rdnr. 63
191 vgl. *Hübner*, a.a.O.

c) *Führung der Handelsbücher*

Hier ist § 239 HGB einschlägig, der u.a. verlangt, daß bei der Buchführung eine lebende Sprache verwendet wird und die Eintragungen vollständig, richtig, zeitgerecht und geordnet vorgenommen werden. Lesen Sie § 239 HGB hierzu einmal ganz durch!

III. Inventarisierungspflicht

Gem. § 240 HGB wird die Buchführungspflicht durch die Pflicht zur Inventarerrichtung ergänzt. Inventar im handelsrechtlichen Sinn ist ein genaues Verzeichnis aller Vermögensgegenstände (Aktiva) und Schulden (Passiva) eines Kaufmanns, das zu Beginn des Handelsgewerbes und zum Schluß eines jeden Geschäftsjahres aufzustellen ist und die Grundlage für Eröffnungsbilanz und Jahresabschluß darstellt[192] (lesen Sie dazu § 240 HGB genau!). Gem. § 240 Abs. 2 HGB darf also das Geschäftsjahr 12 Monate nicht übersteigen. Einzelheiten sind in § 241 HGB (»Inventurvereinfachungsverfahren«) geregelt

IV. Weitere Pflichten

1. Erstellung des Jahresabschlusses

Aus § 242 Abs. 1 HGB ergibt sich für den Kaufmann die Pflicht, eine *Eröffnungsbilanz* und einen *Jahresabschluß* zu erstellen. Dieser besteht nach § 242 Abs. 3 HGB aus der *Bilanz* und der *Gewinn- und Verlustrechnung* (§ 242 ganz durchlesen!).

Im einzelnen sind die Grundsätze für die Aufstellung des Jahresabschlusses allgemein in den §§ 243–245 HGB und im besonderen in den §§ 246–256 HGB geregelt. Sie brauchen diese Vorschriften nun nicht lesen, sondern sollten sich für den Bedarfsfall nur merken, »wo es steht« ...

2. Aufbewahrungs- und Vorlagepflicht

Gem. § 257 HGB ist der Kaufmann verpflichtet, bestimmte Unterlagen (z.B. Handelsbücher, Inventare und Bilanzen) zehn Jahre bzw.

192 vgl. *Creifelds*, S. 622

(z.B. Handelsbriefe und Buchungsbelege) sechs Jahre aufzubewahren. Bei einem Rechtsstreit hat er sie dem Gericht vorzulegen (vgl. § 258 HGB).

3. Offenlegungspflicht

Gem. §§ 325 ff. HGB (nicht lesen = siehe oben: es reicht, wenn Sie wissen, »wo es steht«...) sind *Kapitalgesellschaften* verpflichtet, bestimmte *Unterlagen offenzulegen.*

Aus Gründen der Rechtssicherheit sind diese Unterlagen (z.B. der Jahresabschluß) beim Handelsregister einzureichen und im »Bundesanzeiger« bekanntzumachen.[193] Die Pflicht zur Offenlegung ist in § 339 HGB ähnlich für eingetragene Genossenschaften normiert.

Aus der Tatsache bzw. der Formulierung des Gesetzgebers, daß einige der hier genannten Pflichten für »den Kaufmann« (also für *alle* Kaufleute) bestehen, während die Offenlegungspflicht nur gesondert für Kapitalgesellschaften und Genossenschaften geregelt ist, können wir unschwer (?) schließen, daß Einzelkaufleute und Personengesellschaften grundsätzlich nicht verpflichtet sind, den Jahresabschluß und den Geschäftsbericht offenzulegen (= im Handelsregister einzureichen und zu veröffentlichen)[194].

V. Pflichtverletzungen und ihre Folgen

»Die« Verpflichtung zur Führung von *Handelsbüchern* – mit dem sich im HGB ein ganzes »Buch« und in diesem Buch ein ganzes Kapitel befaßt –, enthält also eine *Vielzahl von Einzelpflichten der Kaufleute.* Zum Teil haben Einzelkaufmann, Personengesellschaften und Kapitalgesellschaften gleiche, zum Teil unterschiedliche Pflichten, wie Sie gelesen (und hoffentlich behalten) haben:

Jeder Kaufmann ist zur *Buchführung, Inventarisierung* und zur *Aufstellung des Jahresabschlusses* verpflichtet (vgl. §§ 238, 240, 242 HGB[195]),

193 vgl. hierzu oben, 4. Kapitel (zum »Bundesanzeiger« dort S. 33, Fn. 61)
194 vgl. *Brox*, HR, Rdnr. 194 (und dem folgend *Jänsch/Zerres*, VII, 4)
195 siehe *Brox*, HR, Rdnr. 195

sofern er *nicht Minderkaufmann* (§ 4 Abs. 1 HGB) *oder Fiktiv- oder Scheinkaufmann* ist.[196]

Darüber hinausgehende Pflichten (Offenlegung) haben *Kapitalgesellschaften (und Konzerne)* sowie Genossenschaften.

Was aber gilt, wenn ein Kaufmann eine dieser Pflichten verletzt, die in vielen großen Lehrbüchern[197] nicht im Kapitel »Handelsbücher«, sondern unter einem Abschnitt »Rechnungslegungspflichten« abgehandelt werden?

Es »passiert« zunächst relativ wenig: Weder das HGB noch das BGB sehen zivilrechtliche Sanktionen bei der Verletzung von »Rechnungslegungspflichten« vor (Ausnahme: § 335 HGB für die Kapitalgesellschaften, wonach das Registergericht bei Nichtbefolgung bestimmter Pflichten – »überfliegen« Sie § 335 HGB – Zwangsgeld festsetzt ...). Die fehlerhafte oder fehlende Buchführung, vorsätzlich oder auch nur fahrlässig veranlaßt, kann gegebenenfalls jedoch den Tatbestand der Steuerhinterziehung nach § 370 Abs. 1 Nr. 1 AO[198] oder zumindest eine Ordnungswidrigkeit i.S.v. § 379 Abs. 1 Nr. 2 AO[199] darstellen.

196 a.a.O. und Rdnr. 85 ff.

197 z.B. *Schmidt*, HR, § 15; *Canaris*, Fünfter Abschn.

198 § 370 AO – Steuerhinterziehung

»(1) Mit Freiheitsstrafe bis zu 5 Jahren oder mit Geldstrafe wird bestraft, wer

1. den Finanzbehörden oder anderen Behörden über steuerlich erhebliche Tatsachen unrichtige oder unvollständige Angaben macht,
2. die Finanzbehörden pflichtwidrig über steuerlich erhebliche Tatsachen in Unkenntnis läßt oder
3. pflichtwidrig die Verwendung von Steuerzeichen oder Steuerstemplern unterläßt

und dadurch Steuern verkürzt oder für sich oder einen anderen nicht gerechtfertigte Steuervorteile erlangt.

(2) Der Versuch ist strafbar ...«

199 § 379 AO – Steuergefährdung

»(1) Ordnungswidrig handelt, wer vorsätzlich oder leichtfertig

1. Belege ausstellt, die in tatsächlicher Hinsicht unrichtig sind, oder
2. nach Gesetz buchungs- oder aufzeichnungspflichtige Geschäftsvorgänge nicht oder in tatsächlicher Hinsicht unrichtig verbucht oder verbuchen läßt

und dadurch ermöglicht, Steuern zu verkürzen oder nicht gerechtfertigte Steuervorteile zu erlangen ...«

Auch die §§ 283 a–d StGB (»Konkursstraftaten«) können zu einer Bestrafung bei einer Verletzung der Buchführungspflichten führen, wenn dadurch auch nur fahrlässig einer der dort erfaßten Konkurstatbestände erfüllt wird. Lesen Sie hierzu z.B. den unter Fußnote[200] wiedergegebenen Auszug aus § 283 b StGB.

Literatur zur Vertiefung (7. Kapitel):

Brox	HR, § 11
Canaris	§§ 12, 13
Hofmann	E
Hübner	§ 4
Roth	II, D (§§ 20, 21)

200 **§ 283 b StGB – Verletzung der Buchführungspflicht**
»(1) Mit Freiheitsstrafe bis zu zwei Jahren oder mit Geldstrafe wird bestraft, wer
1. Handelsbücher, zu deren Führung er gesetzlich verpflichtet ist, zu führen unterläßt oder so führt oder verändert, daß die Übersicht über seinen Vermögensstand erschwert wird,
2. Handelsbücher oder sonstige Unterlagen, zu deren Aufbewahrung er nach Handelsrecht verpflichtet ist, vor Ablauf der gesetzlichen Aufbewahrungsfristen beiseite schafft, verheimlicht, zerstört oder beschädigt und dadurch die Übersicht über seinen Vermögensstand erschwert,
3. entgegen dem Handelsrecht
   a) Bilanzen so aufstellt, daß die Übersicht über seinen Vermögensstand erschwert wird, oder
   b) es unterläßt, die Bilanz seines Vermögens oder das Inventar in der vorgeschriebenen Zeit aufzustellen.

(2) Wer in den Fällen des Absatzes 1 Nr. 1 oder 3 fahrlässig handelt, wird mit Freiheitsstrafe bis zu einem Jahr oder mit Geldstrafe bestraft.«

8. Kapitel: Handelsgeschäfte

Den Handelsgeschäften des Kaufmanns ist das Vierte Buch des HGB (§§ 343–473) gewidmet. Dieses Vierte Buch ist in sich systematisch aufgebaut wie das BGB[201]. Der Erste Abschnitt (§§ 343–372 HGB) ist sozusagen der »Allgemeine Teil« des Buches »Handelsgeschäfte«, bevor im Zweiten bis Siebten Abschnitt »besondere« Handelsgeschäfte wie der Handelskauf u.a. geregelt werden. Entsprechend dieser Ausklammerungsmethode werden auch in diesem Kapitel die »Allgemeinen Vorschriften« im ersten Abschnitt (A) behandelt und die besonderen Handelsgeschäfte im zweiten Abschnitt (B) zusammengefaßt.

A. Allgemeine Vorschriften

I. Begriff und Arten des Handelsgeschäfts

1. Begriff

»Handelsgeschäfte« sind gem. § 343 Abs. 1 HGB alles Geschäfte eines Kaufmanns, die zum Betriebe seines Handelsgewerbes gehören.

Wie bereits angedeutet[202], wird der Begriff des Handelsgeschäfts im HGB (vgl. § 22) darüber hinaus auch zur Bezeichnung des Betriebes bzw. Unternehmens eines Kaufmanns verwendet.

Hier sind nun die Rechtsgeschäfte eines Kaufmanns gemeint, für die das HGB im Vierten Buch einige Sonderregelungen aufstellt, die neben den Vorschriften des BGB gelten bzw. gegebenenfalls Vorrang vor diesen haben.

In § 343 Abs. 1 HGB sollten Sie sich nunmehr unbedingt die Wort *»zum Betrieb seines Handelsgewerbes«* unterstreichen.

■ Was folgt daraus? (Überlegen Sie!)

▷ Für *Privat*geschäfte eines Kaufmanns gelten die HGB-Vorschriften nicht!

201 *vgl. Bd. I, 4. Kapitel*
202 *vgl. oben, S. 24*

Wenn z.B. der Lebensmittelhändler X für seine private Wohnung eine Hausratsversicherung abschließt, ist das für ihn kein Handelsgeschäft, wohl aber für den Versicherer (= einseitiges Handelsgeschäft). Sofern Zweifel daran bestehen, ob ein bestimmtes Rechtsgeschäft eines Kaufmanns privater Natur ist oder zu einem Handelsgewerbe gehört, spricht § 344 HGB allerdings eine gesetzliche (widerlegbare) Vermutung für letzteres aus (§ 344 HGB lesen!).

Um festzustellen, ob ein

Handelsgeschäft i.S.v. § 343 Abs. 1 HGB

vorliegt, prüft man systematisch folgende

Voraussetzungen

↓

- (1) Vorliegen eines Rechtsgeschäfts
- (2) Beteiligung eines *Kaufmanns*
- (3) Zugehörigkeit des Rechtsgeschäfts zum Betrieb des Handelsgewerbes (»Betriebszugehörigkeit«)

zu (1): Der Begriff des Rechts*geschäfts* ist weit auszulegen[203]: Dazu gehören nicht nur Geschäfte wie einseitig verpflichtende Rechtsgeschäfte und Verträge, sondern auch *geschäftsähnliche Handlungen* (wie Mahnungen und Fristsetzungen) und *Realakte*[204] (wie z.B. Verbindung, Vermischung, Verarbeitung).

zu (2): Kaufmann ist grundsätzlich auch der Minderkaufmann i.S.v. § 4 HGB!

zu (3): Für die Betriebszugehörigkeit stellt § 344 HGB, wie Sie oben bereits gelesen haben, eine gesetzliche Vermutung auf, die der Kaufmann im Streitfall widerlegen muß!

203 vgl. *Brox*, HR, Rdnr. 278

204 vgl. zu diesen Begriffen Bd. I, S. 93

2. Arten

a) Einseitiges Handelsgeschäft

Von einem einseitigen Handelsgeschäft spricht man, wenn *nur einer der Vertragspartner Kaufmann* ist und dieses Geschäft zu seinem Handelsgewerbe gehört, oder wenn zwar beide Vertragsparteien Kaufleute sind, aber für einen von ihnen ein Privatgeschäft vorliegt.

Beispiel: Verkauft der Teppichhändler T dem Kaufmann K für dessen Privatwohnung einen Orientteppich, hat T ein (einseitiges) Handelsgeschäft getätigt.

Grundsätzlich kommen gem. § 345 HGB bei einem einseitigen Handelsgeschäft die Vorschriften über die Handelsgeschäfte für *beide* Vertragsteile zur Anwendung, auch wenn der andere nicht Kaufmann ist.

In manchen Vorschriften verlangt das HGB ausdrücklich, daß eine bestimmte Person Kaufmann ist, z.B. muß gem. § 350 HGB der *Bürge Kaufmann* sein.

Gem. § 351 HGB finden die *§§ 348–350 HGB keine Anwendung auf den Minderkaufmann* i.S.v. § 4 HGB.

b) Beiderseitiges Handelsgeschäft

Ein beiderseitiges Handelsgeschäft liegt vor, wenn beide Vertragsparteien Kaufleute sind und das Geschäft jeweils zum Betrieb ihres Handelsgewerbes gehört.

Im einzelnen gelten einige besondere Vorschriften des HGB *nur* für beiderseitige Handelsgeschäfte, während andere *auch* für einseitige Handelsgeschäfte gelten, und zwar

nur **für beiderseitige Handelsgeschäfte:**	***auch*** **für einseitige Handelsgeschäfte:**
§ 346 HGB – Handelsbrauch § 352 Abs. 1 HGB – gesetzlicher Zinssatz § 353 HGB – Fälligkeitszinsen §§ 369 ff. HGB – Kaufmännisches Zurückbehaltungsrecht §§ 377 ff. HGB – Untersuchungs- und Rügepflicht beim Handelskauf	§ 347 HGB – Sorgfaltspflicht des Kaufmanns § 348 HGB – Vertragsstrafe § 349 HGB – Keine Einrede der Vorausklage § 350 HGB – Formfreiheit bei Bürgschaft, Schuldversprechen und Schuldanerkenntnis § 354 HGB – Provision etc. § 366 HGB – Erweiterter Gutglaubensschutz § 373 – 376 HGB – Allgemeine Handelskaufvorschriften §§ 383 ff. HGB – Kommissionsgeschäfte §§ 407 ff. HGB – Speditionsgeschäfte §§ 416 ff. HGB – Lagerhaltungsgeschäfte §§ 425 ff. HGB – Frachtgeschäfte §§ 453 ff. HGB – Eisenbahnbeförderung

Abb. 5

Wir gehen auf einige dieser Vorschriften später an verschiedenen Stellen nochmals ein!

II. Handelsbräuche

Gem. § 346 HGB (lesen!) haben Kaufleute auf *Handelsbräuche*, d.h. »auf die im Handelsverkehr geltenden Gewohnheiten und Gebräuche Rücksicht zu nehmen.« Handelsbräuche (auch: -usancen, -gewohnheiten, -sitten) sind also *kaufmännische Verkehrssitten*, die sich vom Gewohnheitsrecht[205] dadurch unterscheiden, daß sie zwar auch langjährige Übung, aber keinen allgemeinen Rechtsgeltungswillen voraussetzen, also keinen Gesetzescharakter wie das Gewohnheitsrecht haben.[206] Sie sind allerdings in den jeweiligen Branchen oder Regionen für Kaufleute verbindlich, auch wenn sie ihnen unbekannt sind, und werden von der Rechtsprechung berücksichtigt. Will ein Kaufmann sich Handelsbräuchen nicht unterwerfen, muß er sich ggf. bei den örtlichen (in- oder aus-

205 vgl. Bd. I, S. 5
206 *Brox*, HR, Rdnr. 13; *Alpmann und Schmidt*, HR, S. 93

ländischen) Industrie- und Handelskammern nach ihrem Bestehen erkundigen und ausdrücklich ihren Ausschluß vereinbaren (§ 346 HGB ist dispositiv!).

Wo sie gelten, spielen Handelsbräuche in der Praxis eine wichtige Rolle und sind (auch unter Berücksichtigung von §§ 157, 242 BGB – lesen, falls nicht – mehr – bekannt!) bei der Auslegung und Ergänzung eines Handelsgeschäfts zu berücksichtigen.[207] Handelsbräuche haben u.a. zur Anerkennung der Grundsätze über das *kaufmännische Bestätigungsschreiben* (unter den Voraussetzungen von § 362 HGB[208] »analog«) geführt, und aus ihnen haben sich insbesondere nationale und internationale *Handelsklauseln* entwickelt.

Angesichts der ständig wachsenden grenzüberschreitenden Wirtschaftsbeziehungen haben Handelsklauseln (wie auch internationale Kaufverträge) für die Praxis zunehmend an Bedeutung gewonnen. Dem tragen viele Hochschulen Rechnung, indem sie internationale bzw. europäisch (»European Business«) organisierte Studiengänge eingeführt haben. Es kann also angehenden Wirtschaftswissenschaftlern, die vielleicht einmal im Außenhandel (z.B.) tätig sein werden, nicht schaden, ein wenig über die rechtliche (und wirtschaftliche) Bedeutung der Handelsklauseln zu erfahren.

Diesem Thema ist der folgende Exkurs gewidmet, den Sie nicht lesen müssen, wenn Sie nur für Ihre Prüfung zur Vorlesung »Überblick über das Handelsrecht« lernen wollen ...

Exkurs:

Handelsklauseln im nationalen und internationalen Warenverkehr

I. Begriff der Handelsklauseln

Der lange Sprüche scheuende Handelsverkehr verwendet gern Abkürzungen. Handelsklauseln sind häufig durch Abkürzungen ausgedrückte Formeln und Begriffe, die im Handelsverkehr für bestimmte vertragliche Vereinbarungen verwendet werden. Ihre Verwendung dient der Rechtsklarheit und der Vereinfachung des Handelsverkehrs. Dies allerdings nur, wenn beide Vertragsparteien die wirtschaftliche Bedeutung und die Rechtsfolgen der Klauseln kennen.

207 vgl. *Brox*, HR, Rdnr. 14

208 *was oben, S. 4, auf Übersicht 1 bereits angedeutet und unten unter III, 1 noch erläutert wird (vgl. S. 153 f.)*

II. Anwendungsbereich von Handelsklauseln

Im Mittelpunkt des Anwendungsbereichs steht der Kaufvertrag (§ 433 BGB). Für den sog. Handelskauf enthält das HGB Sondervorschriften (in den §§ 373–382), auf die unten[209] näher eingegangen wird.

Der nationale und internationale Warenhandel bringen es mit sich, daß Güter vom Verkäufer zum Käufer zu transportieren sind. Es handelt sich also vornehmlich um sog. »Distanzgeschäfte«. Üblicherweise wird im Kaufvertrag vereinbart, nach welchen Modalitäten der Warentransport abzuwickeln ist. Die Lieferungs- und anderen Vertragsbedingungen können dabei individuell vereinbart werden, je nachdem, ob die Waren per Lkw, Bahn, Schiff oder Flugzeug transportiert werden. Viel häufiger jedoch werden die Details mit Hilfe von marktüblichen, standardisierten Vertragsbedingungen geregelt. Sie teilen die Pflichten und Rechte von Verkäufer und Käufer nach festgelegten Kriterien auf, die sich in einer Vielzahl von Handelsklauseln manifestiert haben.

III. Arten der Handelsklauseln

Je nach Vertragspflicht lassen sich die Handelsklauseln grob in drei Gruppen einteilen:

Lieferklauseln
Zahlungsklauseln und
Befreiungsklauseln.

1. Lieferklauseln

a) Regelungsinhalte

Bei der Anwendung von Lieferklauseln bei Distanzkäufen geht es vor allem um zwei Fragen, die für Verkäufer und Käufer gleichermaßen von Bedeutung sind, nämlich,

(1) wer trägt die Transport- (bzw. Beförderungs)kosten

und

(2) wer trägt die Gefahr des zufälligen (also von keiner Partei verschuldeten) Untergangs oder der zufälligen Verschlechterung der Ware?

Typisches Beispiel für den zufälligen Untergang (dies im wahrsten Sinne des Wortes) der Ware, z.B. beim Seetransport, ist der Container, der bei Sturm über Bord gespült wird. Beispiel für die Verschlechterung ist das Einwirken von Seewasser auf die Ware.

209 *B I, S. 167 ff.*

b) Bedeutung im nationalen Warenhandel

aa) Kosten- und Gefahrtragung nach dem BGB

Um die Bedeutung der Lieferklauseln für die Kosten- und Gefahrtragung verstehen zu können, muß man grob die nationalen gesetzlichen Regelungen kennen, die mangels Sonderregelungen durch das HGB dem BGB zu entnehmen sind.

Zur Kostentragung enthält das BGB in § 448 eine klare Regelung. Danach trägt der Verkäufer die Kosten der Übergabe, während dem Käufer die Kosten der Abnahme und des Versands zur Last fallen. Die Gefahrtragung ist in den §§ 446 und 447 BGB (lesen!) geregelt. Mit Gefahr ist in diesen Vorschriften die sog. »Preisgefahr« gemeint. Preisgefahr bedeutet für den Käufer das Risiko, den vollen Kaufpreis zahlen zu müssen, obwohl er die Ware nicht oder nur in mangelhaftem Zustand erhält.

Beim alltäglichen Ladenkauf, der für dieses Thema nicht von Bedeutung ist, geht diese Gefahr gem. § 446 BGB sinnvollerweise mit der Übergabe der Sache auf den Käufer über.

Anders beim Versendungskauf! Ein solcher liegt gem. § 447 BGB vor, wenn der Verkäufer auf Verlangen des Käufers die verkaufte Ware an einen anderen Ort als den Erfüllungsort versendet. Gem. § 269 BGB ist dies der Wohnsitz des Schuldners bzw. der Ort der Niederlassung des Verkäufers der geschuldeten Ware. Der Käufer müßte sich die Ware normalerweise beim Verkäufer holen; es handelt sich um also eine Holschuld. Der Verkäufer übernimmt beim Versendungskauf mehr, als er normalerweise tun müßte. Eben die Verpflichtung, für die Versendung der Ware an den vom Käufer gewünschten Ablieferungsort zu sorgen! Daher muß der Käufer, auf dessen Verlangen die Ware versandt wird, das dadurch erhöhte Risiko ordnungsgemäßer Erfüllung tragen, insbesondere für Transportschäden oder Verlust der Ware. Die Gefahr geht gem. § 447 BGB deshalb auf den Käufer über, wenn der Verkäufer die Ware an einen Beförderer übergeben hat.

bb) Abdingbarkeit der gesetzlichen Regelungen durch Handelsklauseln

§ 447 wie auch § 448 BGB sind abdingbar, d.h., von ihrer Regelung kann durch vertragliche Einzelvereinbarung, durch Allgemeine Geschäftsbedingungen oder durch Handelsbrauch und insbesondere durch Handelsklauseln abgewichen werden.

Im nationalen Binnenhandel wird der Warenverkehr nach sog. »National Trade Terms« abgewickelt. Dies sind Lieferungsbedingungen des jeweiligen Landes, die auf nationalem Recht basieren. Die nationalen Trade Terms wurden von der internationalen Handelskammer Paris sozusagen als »Weltsprache des

Warenhandels«[210] erstmals 1923 und nochmals 1953 aufgezeichnet und nach Länder und Ländergruppen geordnet.

cc) Einzelne nationale Lieferklauseln (National Trade Terms)

Die gebräuchlichsten Lieferklauseln sind z.B. »ab Werk/Lager«, »ab Bahnhof«, »frei Waggon«, »frei Haus«. Diese Klauseln sehen zwar bezüglich der *Gefahrtragung* grundsätzlich keine Abweichung vom Versendungskauf vor, enthalten aber eine jeweils unterschiedliche Regelung der Kostentragung für Verpackung und Transport zu Lasten des Verkäufers. Die folgende *Abbildung* (6) wird dies verdeutlichen:

210 vgl. *Schmidt*, HR, § 30, I.3.b)

Darstellung der Gefahr- und Kostentragungen
nach den deutschen National Trade Terms

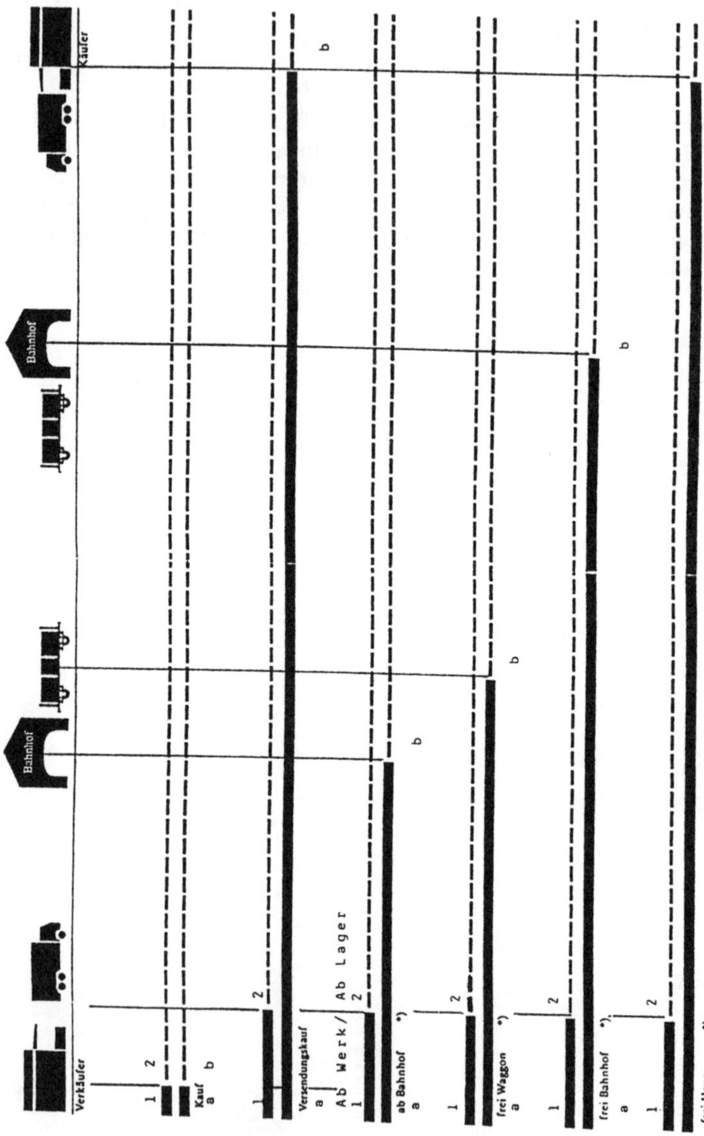

Abb. 6

*) Mitunter kann dieser Klausel auch die Bedeutung einer Gefahrtragungsvereinbarung zu Lasten des Verkäufers zukommen.

1	Gefahrtragung des Verkäufers
2	des Käufers
a	Kostentragung des Verkäufers
b	des Käufers

Erläuterungen zu Abb. 6:

* Einfacher Kauf:
Gefahr- und Kostentragung ab Übergabe am Wohnsitz des Verkäufers beim Käufer (vgl. § 446 BGB).

* Versendungskauf:
Gefahr- und Kostentragung ab Übergabe an den Beförderer beim Käufer (vgl. § 447 Abs. 1 BGB).

* »Ab Werk/ab Lager«
vermindert die Verpflichtung des Verkäufers gegenüber dem Versendungskauf noch: seine Verpflichtung besteht nur darin, die Ware auf seinem Grundstück zur Abholung zur Verfügung zu stellen.

* »Ab Bahnhof«
bedeutet, daß der Verkäufer Transportkosten bis zum Verladebahnhof übernimmt.

* »Frei Waggon«:
Hier kommen die Kosten für die Verladung hinzu.

* »Frei Bahnhof«
heißt: Kostenübernahme des Verkäufers bis zur Ankunft der Ware am Bestimmungsbahnhof.

* »Frei Haus«
schließlich bedeutet die Kostenübernahme des Verkäufers bis zur Übergabe im Haus bzw. in der Niederlassung des Käufers.

c) *Bedeutung im internationalen Warenhandel*

aa) Nachteile der National Trade Terms

Wenngleich die National Terms der verschiedenen Länder zwar formal angeglichen sind und als »Weltsprache des Warenhandels« verstanden werden, erfahren sie indessen eine unterschiedliche Auslegung. Das kann zu Mißverständnissen zwischen den Handelspartnern verschiedener Nationalität führen.

Darüber hinaus kann bei internationalen Geschäften zweifelhaft sein, welche nationalen National Trade Terms im Einzelfall anzuwenden sind. Im Sinne der für den Handelsverkehr notwendigen Rechtsklarheit und Rechtsvereinheitlichung sind die National Trade Terms im internationalen Warenverkehr letztlich nur wenig hilfreich.

bb) International Rules for the Interpretation[211]

Die Industrie- und Handelskammer (IHK) Paris hat erstmals 1953 sog. »International Rules for the Interpretation of Trade Terms« bzw. »International Commercial Terms« – kurz: *Incoterms* – zusammengestellt, die (wie z.B. auch AGB) nur aufgrund ausdrücklicher Bezugnahme der Parteien Vertragsbestandteil werden.

(1) Incoterms als Auslegungsregeln

Die Incoterms enthalten internationale Regeln zur Auslegung der gebräuchlichsten Lieferklauseln in Außenhandelsverträgen. Die neueste Fassung der Incoterms datiert von 1990 und enthält Auslegungsregeln für nunmehr dreizehn[212] Klauseln, die aus der folgenden Übersicht (*Abbildung 7*) zu ersehen sind:

211 Internationale Auslegungsregelungen

212 Die Klausel »FCA« wird als eine gezählt!

Incoterms 1990 im Überblick		
Incoterms 1990, Transportart und geeignete Lieferklausel		
Allgemeine Transportarten einschl. multimodaler Transport (Combinded Transport)	**EXW**	Ex Works ... (named place) Ab Werk ... (benannter Ort)
	FCA	Free Carrier ... (named place) Frei Frachtführer ... (benannter Ort)
	CPT	Carriage Paid To ... (named point of destination) Frachtfrei ... (benannter Bestimmungsort)
	CIP	Carriage and Insurance Paid to ... (namend point of destination) Frachtfrei ... versichert (benannter Bestimmungsort)
	DAF	Delivered At Frontier ... (named point) Geliefert Grenze ... (benannter Ort)
	DDU	Delivered Duty Unpaid ... (named point) Geliefert unverzollt ... (benannter Ort)
	DDP	Delivered Duty Paid ... (named point) Geliefert verzollt ... (benannter Ort)
Lufttransport[213]	**FCA**	Free Carrier ... (named place) Frei Frachtführer ... (benannter Ort)
Eisenbahntransport[213]	**FCA**	Free Carrier ... (named place) Frei Frachtführer ... (benannter Ort)
See- und Binnenschiffstransport[214]	**FAS**	Free Alongside Ship ... (named port of shipment) Frei Längsseite Seeschiff ... (benannter Verschiffungshafen)
	FOB	Free On Board ... (named port of shipment) Frei an Bord ... (benannter Verschiffungshafen)
	CFR	Cost und Freight ... (named port of destination) Kosten und Fracht ... (benannter Bestimmungshafen)
	CIF	Cost, Insurance and Freight ... (named port of destination) Kosten, Versicherung und Fracht ... (benannter Bestimmungshafen)
	DES	Delivered Ex Ship ... (named port of destination) geliefert ab Schiff ... (benannter Bestimmungshafen)
	DEQ	Delivered Ex Quay (duty paid) ... (named port of destination) Geliefert ab Kai (verzollt) ... (benannter Bestimmungshafen)

Abb. 7

213 Auch möglich: CTP/CIP oder DDU/DDP

214 Im Container- oder Roll-on/Roll-off-Verkehr sind anstelle von FOB oder CFR/CIF die Klauseln FCA bzw. CTP/CIP vorzuziehen.

(2) Bedeutung der Incoterms

In diesem Rahmen soll die rechtliche und wirtschaftliche Bedeutung, insbesondere bezüglich des Transportrisikos und der Kostenregelung, anhand einer der beiden wichtigsten Klauseln, die beim Überseekauf verwendet werden, exemplarisch dargestellt werden. Dies sind die Klauseln FOB und CIF, von denen FOB im folgenden erläutert wird.

FOB bedeutet zunächst, daß zur Lieferpflicht des Verkäufers auch die Verladung gehört, allerdings ist es Sache des Käufers, für den erforderlichen Frachtraum zu sorgen.

Im einzelnen lassen sich die Pflichten und Rechte von Verkäufer und Käufer anhand eines Auszugs[215] aus den offiziellen Auslegungsregeln zu den »Incoterms« wie folgt (Abb. 8) beschreiben:

215 (ohne A 6–10 und B 6–10)

FOB Frei an Bord
(... benannter Verschiffungshafen)

»Frei an Bord« bedeutet, daß der Verkäufer seine Lieferverpflichtung erfüllt, wenn die Ware die Schiffsreling in dem benannten Verschiffungshafen überschritten hat. Dies bedeutet, daß der Käufer von diesem Zeitpunkt an alle Kosten und Gefahren des Verlusts oder der Beschäftigung der Ware zu tragen hat.

A DER VERKÄUFER HAT

A 1 Lieferung vertragsgemäßer Ware

Die Ware in Übereinstimmung mit dem Kaufvertrag zu liefern sowie die Handelsrechnung oder die entsprechende elektronische Mitteilung und alle sonstigen vertragsgemäßen Belege hierfür zu erbringen.

A 2 Lizenzen, Genehmigungen und Formalitäten

Auf eigene Gefahr und Kosten die Ausfuhrbewilligung oder andere behördliche Genehmigung zu beschaffen sowie alle Zollformalitäten zu erledigen, die für die Ausfuhr der Ware erforderlich sind.

A 3 Beförderungs- und Versicherungsvertrag

a) Beförderungsvertrag
Keine Verpflichtung.
b) Versicherungsvertrag
Keine Verpflichtung.

A 4 Lieferung

Die Ware an Bord des vom Käufer benannten Schiffs im benannten Verschiffungshafen in dem vereinbarten Zeitpunkt oder innerhalb der vereinbarten Frist und dem Hafenbrauch entsprechend zu liefern.

A 5 Gefahrenübergang

Vorbehaltlich der Bestimmungen von B.5, alle Gefahren des Verlusts oder der Beschädigung der Ware so lange zu tragen, bis sie die Schiffsreling im benannten Verschiffungshafen überschritten hat.

FOB Frei an Bord
(... benannter Verschiffungshafen)

Die FOB-Klausel verpflichtet den Verkäufer, die Ware zur Ausfuhr freizumachen. Diese Klausel kann nur für den See- oder Binnenschiffstransport verwendet werden. Hat die Schiffsreling keine praktische Bedeutung, wie bei Ro-Ro- oder Containertransporten, ist die FCA-Klausel geeigneter.

B DER KÄUFER HAT

B 1 Zahlung des Kaufpreises

Den Preis vertragsgemäß zu zahlen.

B 2 Lizenzen, Genehmigungen und Formalitäten

Auf eigene Gefahr und Kosten die Einfuhrbewilligung oder andere behördliche Genehmigung zu beschaffen sowie alle erforderlichen Zollformalitäten für die Einfuhr der Ware und gegebenenfalls für ihre Durchfuhr durch ein drittes Land zu erledigen.

B 3 Beförderungsvertrag

Auf eigene Kosten den Vertrag über die Beförderung der Ware vom benannten Verschiffungshafen abzuschließen.

B 4 Abnahme

Die Ware gemäß A.4 abzunehmen.

B 5 Gefahrenübergang

Alle Gefahren des Verlusts oder der Beschädigung der Ware von dem Zeitpunkt an zu tragen, in dem sie die Schiffsreling im benannten Verschiffungshafen überschritten hat.

Abb. 8

Zur Gefahr- und Kostentragung bei FOB folgender *Fall*:

> Käufer Bodo Bayer (B) aus Hamburg bestellt bei Peter Sellers (S) in London drei Kisten jeweils gleichen Inhalts mit hochwertigen elektronischen Geräten. Als Lieferklausel im Kaufvertrag wurde »FOB« vereinbart. Die Verladung der drei schweren Kisten erfolgt mit einem Krangreifer, der die erste Kiste ordnungsgemäß an Bord des Versandschiffes »Good Hope« in London absetzt. Die zweite Kiste rutscht aus dem Greifer heraus und fällt auf die an Bord der »Good Hope« stehende erste Kiste. Beide Kisten samt Inhalts werden zerstört. Die dritte Kiste rutscht ebenfalls aus dem Greifer, stürzt zwischen Kai und Reling ins Wasser und versinkt für ewig.
> *Frage*: Welche Kisten muß B bezahlen bzw. welche Kisten muß S evtl. nachliefern?

■ Versuchen Sie, die Frage (ohne juristische Begründung) selbst zu beantworten!

▷ Die Antwort ist relativ einfach: Kiste eins und Kiste zwei befanden sich bereits an Bord, als sie zerstört wurden. Sie wurden »free on board« geliefert und müssen von B bezahlt werden, ohne daß er (von S!) dafür Ersatz bekommt. Kiste drei wurde noch nicht »free on board« geliefert: S muß eine neue Kiste liefern, bevor B bezahlen muß!

2. Zahlungsklauseln

a) Bedeutung im nationalen Warenhandel

Die Lieferpflicht des Verkäufers und die Zahlungspflicht des Käufers sind eng aufeinander bezogen: Jeder Vertragsteil leistet nur, um die Gegenleistung des anderen Teils zu erhalten. Beide Parteien haben daher ein Interesse daran, ihre Leistung nicht vorzeitig ganz aus der Hand zu geben. Ihre Interessen sind ausgeglichen, wenn der Leistungsaustausch *gleichzeitig* erfolgt. Diesem Gedanken trägt grundsätzlich § 320 Abs. 1 S. 1 BGB Rechnung (lesen!), denn im Ergebnis soll die dort verankerte Einrede des nicht erfüllten Vertrages die Funktion haben, den gleichzeitigen Leistungsaustausch zu bewirken. Dieser Gedanke wird der Praxis indessen nur dann gerecht, wenn es sich um einen alltäglichen Ladenkauf handelt. Bei Distanzgeschäften kann diese Vorschrift ihre Funktion *nicht* erfüllen! Denn in der Praxis ist die Lieferung des Verkäufers ein Prozeß, der von der Produktion über die Aussonderung, die Verpackung und den Transport bis zur Übereignung verläuft, und jeder einzelne dieser Leistungsschritte ist mit Risiken und Kosten verbunden.

Es muß sich deshalb eine der Vertragsparteien zur Vorleistung entschließen, wenn die Vertragsdurchführung überhaupt in Gang kommen soll.

Daraus entstand das Bedürfnis, Zahlungsklauseln zu entwickeln, die möglichst dem Verkäufer die Sicherheit geben, daß er den Kaufpreis bekommt, und dem Käufer die größtmögliche Sicherheit, daß er die Ware tatsächlich erhält oder den Kaufpreis nicht vergeblich vorgeleistet hat.

Von den hier üblichen Handelsklauseln können nur einige wenige abrißartig dargestellt werden:

- ⇨ »Barzahlung« bedeutet in der Regel nur »Zahlung sofort«, schließt also bargeldlose Zahlung nicht aus.
- ⇨ »Rein netto« = ohne Skonto.
- ⇨ »2% oder 3% Skonto« bei Zahlung innerhalb kurzer Zeit, z.B. zwei Wochen.
- ⇨ »Nachnahme«. Käufer muß zahlen, ohne die Ware zuvor untersuchen zu können; ähnliches gilt für die in vielen National Trade Terms verwendete Klausel »c.o.d.« (cash on delivery).

Wichtig ist schließlich die Klausel

- ⇨ »Kasse gegen Dokumente« (»cash against documents«). Im Rahmen von Handelsgeschäften werden als Dokumente alle Papiere bezeichnet, die den Versand oder die Lagerung von Handelsgütern und deren Versicherung, die vertragsgemäße Lieferung und die Beachtung vereinbarter (inkl. Handels-)Klauseln oder behördlich vorgeschriebener Einzelheiten belegen. Unter wirtschaftlichen Gesichtspunkten können die Dokumente unterteilt werden in:
  Warenpapiere, Versicherungspapiere und *Begleitpapiere*.
  Unterstellt, daß alle Dokumente ordnungsgemäß sind, ist im Normalfall davon auszugehen, daß der Käufer die Ware auch ordnungsgemäß erhält. Ist daher die Klausel »Kasse gegen Dokumente« vereinbart, ist der Käufer verpflichtet, gegen Übernahme der Dokumente den Kaufpreis zu zahlen. Die Klausel begründet für beide Seiten eine teilweise Vorleistungspflicht. Während der Käufer schon vor Erhalt der Ware zahlen muß, muß der Verkäufer die Ware schon zum Versand gebracht haben, da er andernfalls die Dokumente nicht bekommen hätte, die er dem Käufer vorlegt.

b) Bedeutung im internationalen Warenhandel

aa) »Kasse gegen Dokumente«

Von den international verwendeten Zahlungsklauseln ist die Klausel »cash against documents« (c.a.d.) die gebräuchlichste, da die Benutzung von Dokumenten den internationalen Handelsverkehr wesentlich beschleunigt. Der Käufer kann mit den erhaltenen Dokumenten bereits den Weiterverkauf der Ware betreiben und die Ware z.B. »schwimmend« verkaufen. Der Verkäufer kann mit Hilfe der Klausel »Kasse gegen Dokumente« schnell das eingesetzte Kapitel wieder zu seiner Verfügung erhalten.

(1) Risiken für Verkäufer und Käufer

Für beide Seiten enthält diese Klausel allerdings auch Risiken. Der Verkäufer, der auf seine Kosten die Ware auf den Weg gebracht hat, kann letztlich nicht sicher sein, daß der Käufer zahlt, sei es, weil er insolvent ist, sei es, daß er nicht zahlen *will.*

(2) Sicherungsmöglichkeiten

Vor allem für den exportierenden Verkäufer entsteht hier ein Sicherungsbedürfnis. Die Schwierigkeiten einer Rechtsverfolgung im Ausland und die Belastung der Ware mit oft hohen Transportkosten zwingen ihn dazu, den Zahlungsanspruch abzusichern: Der Verkäufer (Exporteur) liefert deshalb nur, wenn der Käufer (Importeur) zuvor ein *Akkreditiv* gestellt hat. Was man darunter zu verstehen hat, läßt sich, sehr vereinfacht, wie folgt beschreiben: Bei der Eröffnung eines Akkreditivs erklärt sich eine Bank im Auftrag und für Rechnung eines Kunden bereit, diesem selbst oder einem Dritten bei der beauftragten Bank einen bestimmten Geldbetrag zur Verfügung zu stellen und unter bestimmten Bedingungen auszuzahlen.

bb) »Kasse (oder Dokumente) gegen Akkreditiv« (letter of credit)

Die Klausel »cash against documents« wird im Außenhandel regelmäßig erweitert bzw. ersetzt durch »Kasse gegen Akkreditiv« (»cash against letter of credit«) oder »Dokumente gegen Akkreditiv« (»documents against letter of credit«).

Um die Abwicklung eines Außenhandelskaufs mit der Zahlungsklausel »documents against letter of credit« (»DLC«) darzustellen, eignet sich folgendes *Fallbeispiel:*

> Der Hamburger Exporteur Vulpius (V) hat mit dem japanischen Importeur Koyota (K) in Tokio einen Liefervertrag (Kaufvertrag) über zehn Büromaschinen geschlossen. Die Zahlung soll »documents against letter of credit« im Bestimmungsland erfolgen.

Die Abwicklung dieses Geschäfts verdeutlicht die folgende Graphik:

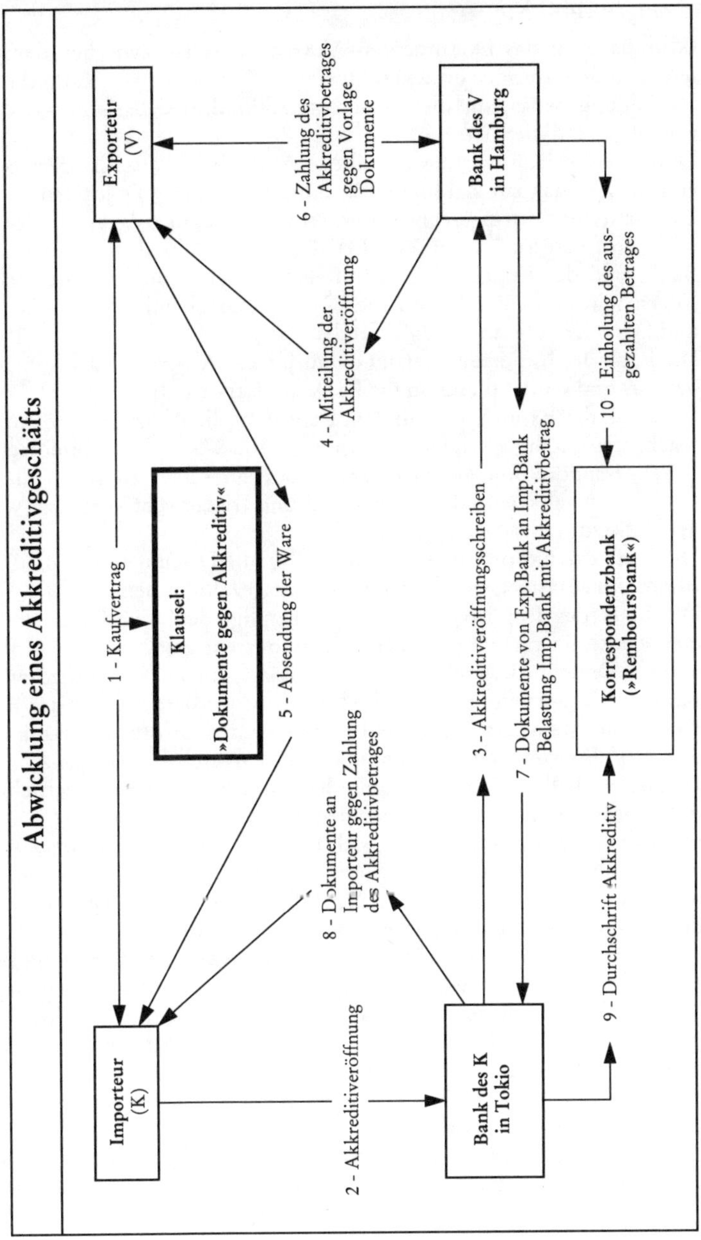
Abwicklung eines Akkreditivgeschäfts
Exporteur (V)
Importeur (K)
Klausel: »Dokumente gegen Akkreditiv«
1 - Kaufvertrag
2 - Akkreditiveröffnung
3 - Akkreditiveröffnungsschreiben
4 - Mitteilung der Akkreditiveröffnung
5 - Absendung der Ware
6 - Zahlung des Akkreditivbetrages gegen Vorlage Dokumente
7 - Dokumente von Exp.Bank an Imp.Bank Belastung Imp.Bank mit Akkreditivbetrag
8 - Dokumente an Importeur gegen Zahlung des Akkreditivbetrages
9 - Durchschrift Akkreditiv
10 - Einholung des ausgezahlten Betrages
Bank des V in Hamburg
Bank des K in Tokio
Korrespondenzbank (»Remboursbank«)

Abb. 9

Erläuterungen zu Abb.9:

(1) Grundlage für das Dokumenten-Akkreditiv ist ein zwischen dem Exporteur und dem Importeur abgeschlossenes Warengeschäft (Kaufvertrag), das als Zahlungsbedingung die sogenannte Akkreditivklausel enthält, die meist genauer spezifiziert ist.

(2) Durch die im Kaufvertrag enthaltene Akkreditivklausel ist der Importeur verpflichtet, das zur Zahlungsabwicklung geforderte Dokumenten-Akkreditiv frist- und formgerecht durch seine Hausbank zugunsten des Exporteurs eröffnen zu lassen. Vor Erteilung des Akkreditivauftrags an seine Bank muß der Importeur in der Regel die Akkreditivsumme anschaffen, sofern sein laufendes Konto nicht das entsprechende Guthaben aufweist und keine Kreditgewährung vereinbart wurde.

(3) Die Bank des Importeurs fertigt daraufhin ein Akkreditiveröffnungsschreiben aus und sendet dieses an die Bank des Exporteurs.

(4) Die Bank des Exporteurs teilt dem Exporteur die Akkreditiveröffnung mit.

(5) Nach Fertigstellung sendet der Exporteur die Ware an den Importeur ab.

(6) Die Versanddokumente reicht der Exporteur seiner Bank ein und erhält – sofern sie »akkreditivkonform« sind und fristgerecht vorgelegt werden – den Akkreditivbetrag ausgezahlt.

(7) Die Bank des Exporteurs sendet daraufhin die Dokumente an die Bank des Importeurs und belastet diese mit dem ausgezahlten Betrag.

(8) Die Bank des Importeurs wiederum händigt dem Importeur die Dokumente aus und verfügt über den vom Importeur angeschafften Akkreditivbetrag. Dieses Abwicklungsschema bedarf einer Ergänzung, wenn die Bank des Importeurs nicht in direkter Kontoverbindung mit der Bank des Exporteurs steht. Dann muß ein Korrespondenzinstitut der Bank des Importeurs als sogenannte »Remboursbank« eingeschaltet werden.

(9) In diesem Fall sendet die Bank des Importeurs eine Durchschrift des Akkreditivs an die Korrespondenzbank und

(10) bittet die Bank des Exporteurs, sich für die Zahlungen »aus dem Akkreditiv zu erholen«, d.h. sich die ausgezahlten Beträge von der Korrespondenzbank vergüten zu lassen. Vor Auszahlung des Akkreditivbetrages werden die eingereichten Dokumente von der Bank des Exporteurs sorgfältig überprüft. Stimmen sie nicht genau mit den Akkreditivbedingungen überein, so wird der Akkreditivbetrag *nicht* oder nur »unter Vorbehalt« von der Bank des Exporteurs ausgezahlt und über die Bank des Importeurs die Entscheidung des Importeurs eingeholt, ob die Dokumente trotz der festgestellten Mängel angenommen werden sollen.

Dazu zwei *Beispiele* aus der Praxis, die ein Jurist aus der Auslandsrechtsabteilung eines bedeutenden deutschen Industrieunternehmens berichtete:

1. Die Vertragspartner hatten u.a. vereinbart, daß die Lieferung der Ware auf dem Landweg »free on truck« (F.O.T.) erfolgen solle, was auch in die Dokumen-

te aufgenommen wurde. F.O.T. bedeutet »frei Waggon«, also die Lieferung per Eisenbahn. Als die Bank des Exporteurs erfuhr, daß die Lieferung der Ware statt dessen per Lkw vorgenommen wurde (offenbar hatte man sich hier an amerikanischen Filmen orientiert, in denen »Monster-Lkws« als »Truck« bezeichnet werden), weigerte sie sich, den Akkreditivbetrag auszuzahlen, bevor der Importeur seine Zustimmung gab.
2. Aus einem Akkreditiveröffnungsschreiben ging hervor, daß bestimmte Motorteile in der »Farbe: schwarz, RAL[216] *Nr. 13« geliefert werden sollten. In dem vom Exporteur an seine Bank eingereichten Dokument fehlte die RAL-Nr. Die Bank zahlte den Akkreditivbetrag erst aus, nachdem die Dokumente berichtigt waren.*

3. Befreiungsklauseln

Im Handelsverkehr sind schließlich Klauseln gebräuchlich, die den Anbieter von Ersatzansprüchen freihalten sollen, wenn ihm die Erfüllung des Vertrages nicht oder nicht zu den ausgehandelten Bedingungen möglich ist.

a) *Bedeutung im nationalen Warenhandel*

Hier können solche Klauseln insbesondere lauten:
- *»Solange der Vorrat reicht«;* dies bedeutet, daß der Verkäufer nach Erschöpfung seines Vorrats keine weiteren Waren beschaffen muß. Die Besteller werden dann der Reihe nach bedient.
- Bei der Klausel *»Zwischenverkauf vorbehalten«* ist der Verkäufer an den Vertrag nur gebunden, wenn er vorher nicht anderweitig verkauft hat.
- *»Lieferungsmöglichkeit vorbehalten«* berechtigt den Verkäufer, vom Vertrag zurückzutreten, wenn er die Ware trotz aller Anstrengung nicht beschaffen kann, ohne Ersatzansprüchen des Käufers ausgesetzt zu sein.

b) *Bedeutung im internationalen Warenhandel*

Im internationalen Warenhandel haben Freizeichnungsklauseln besondere Bedeutung, da hier die Überschaubarkeit der gesetzlichen Risikoverteilung bei unvorhergesehenen und unüberwindlichen Leistungsstörungen besonders gering ist. In Allgemeinen Geschäftsbedingungen und Standardverträgen oder durch Handelsklauseln werden die Auswirkungen »höherer Gewalt« geregelt. So wird die Haftung für »höhere Gewalt« durch sog. »force majeur-Klauseln« ausgeschlossen. »Force majeur« liegt vor, wenn die Störung des Leistungsaustauschs

216 *»RAL« steht heute für »Deutsches Institut für Kennzeichnung und Gütesicherung e.V.« als Nachfolger des 1925 gegründeten »Reichsausschuß für Lieferbedingungen.« Die Kennzeichnung von Waren erfolgt danach nach dem »RAL«-System.*

auf Ereignissen beruht, die auch durch äußerste, nach Lage der Dinge billigenderweise zu erwartende Sorgfalt nicht verhindert werden konnte. Als *Beispiel* hierfür mag die heute kaum noch bekannte Schließung des Suez-Kanals 1956 dienen. Durch die Schließung dieser Wasserstraße waren viele Lieferer in Bedrängnis geraten, da die die Ware transportierenden Schiffe den Umweg um das »Kap der guten Hoffnung« nehmen mußten, u.a. mit der Folge, daß sich die Transportkosten erheblich verteuerten. Gegen diese und andere Verzugsschäden waren diejenigen Lieferer, die in ihren Vertrag eine »force majeur-Klausel« einbezogen hatten, abgesichert.

Typische Beispiele für »force majeur«-Fälle sind also allgemein kriegerische Auseinandersetzungen, Naturkatastrophen und ähnliche Ereignisse, durch die die rechtzeitige Lieferung der Ware oder die Lieferung gänzlich unmöglich wird.

Um die Befreiung des Verkäufers von der Lieferpflicht durch eine »force majeur-Klausel« zu verhindern, versuchen manche Importeure einen – allerdings leicht durchschaubaren – »Trick« anzuwenden: Sie erklären sich mit der Geltung der »force majeur-Klausel« nur unter der Bedingung einverstanden, daß die Handelskammer des Landes, in dem das die Lieferung behindernde Ereignis eintritt, die Klassifizierung dieses Ereignisses als »höhere Gewalt« bestätigt.

Auf eine solche Bedingung wird sich indessen ein im internationalen Handel erfahrener Verkäufer nicht einlassen. Denn keine Handelskammer der Welt wird jemals eine solche Bestätigung ausstellen, da sie im Falle einer Falschauskunft Regreßansprüchen ausgesetzt wäre.

IV. Fazit

Die *rechtliche* Bedeutung der Handelsklauseln liegt vor allem darin, daß mit einfachen Bezeichnungen bzw. standardisierten Abkürzungen von Schlüsselbegriffen komplexe Sachverhalte, wie z.B. die Gefahr- und Transportkostentragung, vollständig erfaßt werden, wobei die Aussagen der Handelsklauseln von beiden Vertragsparteien im gleichen Sinne verstanden werden. Dies dient der *Rechtsklarheit*, der *Rechtssicherheit* und der *Rechtsvereinfachung* und führt zugleich zum Abbau von Mißtrauen bei Partnern, die sich bisher wenig oder gar nicht kannten.

Da beiden Vertragsparteien der Inhalt und die Auslegung von Klauseln, wie sie hier beispielhaft erläutert wurden, bekannt ist, führt das z.B. dazu, daß allein durch die kombinierte Verwendung der drei Klauseln »FOB«, »documents against letter of credit« und »force majeur« zahlreiche Seiten von vertraglichen Formulierungen erspart bleiben! Die damit verbundene *Zeit- und Kostenersparnis* ist zugleich eine der wirtschaftlich bedeutsamen Folgen der Verwendung von Handelsklauseln.

Die *wirtschaftliche* Bedeutung liegt aber vor allem darin, daß die Handelsklauseln es zum einen beiden Parteien ermöglichen, ihr jeweiliges wirtschaftliches Interesse an der Vertragsabwicklung abzusichern und zum anderen durch die Überschaubarkeit der Gefahr- und Kostentragungsrisiken die betriebliche Kalkulation bzw. das Risk Management erleichtert wird.

Literatur zur Vertiefung (Exkurs):

Hüffer	JA 1981, 143 ff.
Liesecke	WM-Beilage 3/1978, 1–47
Luttmer/Winkler	Seite 1–41
Schmidt	HR, § 30
Schüssler	DB 1986, 1161 ff.

III. Zustandekommen von Handelsgeschäften

Zunächst gelten für das Zustandekommen die allgemeinen Vorschriften über das Zustandekommen von Verträgen i.S.v. §§ 145 ff. BGB. Selbstverständlich setzt auch das Zustandekommen eines Handelsgeschäfts Angebot und Annahme voraus. Grundsätzlich gilt dabei auch, daß diese sich deckenden Willenserklärungen ausdrücklich oder konkludent[217] geäußert werden können und daß das *Schweigen* auf eine Willenserklärung, z.B. auf das Angebot, rechtlich bedeutungslos ist, sofern nicht die Parteien ausdrücklich etwas anderes vereinbart haben oder das Gesetz etwas anderes bestimmt.[218]

Besondere Bestimmungen gelten zum Beispiel insbesondere für

1. das kaufmännische Bestätigungsschreiben.

Im Handelsverkehr ist es üblich, daß ein Vertragspartner dem anderen mündlich (telefonisch) oder telegrafisch getroffene Vereinbarungen zu Beweiszwecken schriftlich bestätigt. Weicht der Inhalt eines solchen kaufmännischen Bestätigungsschreibens von den vorherigen mündlichen Vereinbarungen ab, so muß der Empfänger unverzüglich wider-

217 vgl. ggf. Bd. I, S. 86 und 89
218 vgl. *Brox*, HR, Rdnr. 286

sprechen; andernfalls gilt nach Handelsbrauch der (abweichende) Inhalt des kaufmännischen Bestätigungsschreibens als vereinbart[219], sofern der Absender nicht arglistig gehandelt hat. Im Gegensatz zu anderen Handelsbräuchen[220] hat diese Regelung gewohnheitsrechtlichen Charakter und ist somit eine gesetzesgleiche Regelung.[221] Das Schweigen auf ein kaufmännischen Bestätigungsschreiben gilt somit als *Genehmigung*[222] seines Inhalts.

Hat man einen Fall daraufhin zu überprüfen, ob die Grundsätze über

das kaufmännische Bestätigungsschreiben

Anwendung finden, untersucht man daher folgende

Voraussetzungen

↓

- (1) *Mündlicher Vertragsschluß* durch
- (2) *Kaufleute* oder gleichgestellte Personen
- (3) Zusammenfassende *schriftliche Bestätigung* der mündlichen Vereinbarungen
- (4) *Unmittelbare Absendung* des Bestätigungsschreibens nach den Vertragsverhandlungen
- (5) *Redlichkeit* des Absenders
- (6) *Schweigen des Empfängers*

Besondere Bedeutung hat auch

219 vgl. *Creifelds*, S. 192
220 *vgl. oben, S. 135 f.*
221 *vgl. zum Gewohnheitsrecht Bd. I, S. 5*
222 *anders z.B. §§ 108 Abs. 2 S. 2 und 177 Abs. 2 S. 2 BGB!*

2. das Schweigen auf ein Angebot zur Geschäftsbesorgung.

Hierzu findet sich eine gesetzliche Regelung in § 362 HGB (lesen!). In den in Abs. 1 genannten Fällen muß ein Kaufmann also auf ein Angebot zu einem Geschäftsbesorgungsvertrag unverzüglich antworten; andernfalls gilt sein *Schweigen als Annahme* des Vertrages.[223]

IV. Besonderheiten beim Erwerb vom Nichtberechtigten

1. Gutgläubiger Eigentumserwerb

■ Frage zur Gedächtnisauffrischung: Welche Regelungen (vier Paragraphen sollten Ihnen einfallen!) sieht das BGB vor, wenn es um den Eigentumserwerb an beweglichen Sachen geht? Überlegen Sie, bevor Sie Fußnote[224] lesen!
In den dort genannten Gutglaubensvorschriften des BGB ist bekanntlich der gute Glaube an das *Eigentum* des nichtberechtigt Verfügenden geschützt.
Lesen Sie nun § 366 Abs. 1 HGB!

■ Worin besteht der wesentliche Unterschied dieser Vorschrift bezüglich des guten Glaubens, wenn Sie diese mit § 932 Abs. 1 S. 1 und Abs. 2 BGB vergleichen? (Erst nachdenken, dann weiterlesen!)

▷ Hier ist nicht der gute Glauben an das Eigentum (bzw. des Pfandrecht) des Verfügenden, sondern schon der *gute Glaube an die Verfügungsbefugnis* geschützt!

223 *vgl. dazu bei Interesse Fall 20* bei *Alpmann und Schmidt*, HR S. 94
224 *§§ 932, 933, 934 (935) BGB! – falls nicht mehr gewußt: Bd. III, S. 41–48*

Der

gutgläubige Eigentumserwerb gem. § 366 Abs. 1 HGB

ist unter folgenden

Voraussetzungen

möglich:

- (1) Der *Veräußerer* muß *Kaufmann* (auch der Minderkaufmann[225] fällt darunter) sein.
- (2) Gegenstand der Veräußerung ist eine *bewegliche Sache*.
- (3) Die Veräußerung muß im *Betrieb des Handelsgewerbes* erfolgen.
- (4) Der Erwerber muß den Veräußerer *gutgläubig für verfügungsbefugt halten*.
- (5) Der Erwerber darf den Mangel der Verfügungsbefugnis nicht kennen. (Insofern gilt § 932 Abs. 1 BGB, auf den § 366 Abs. 1 HGB *auch* verweist, entsprechend!).

Prüfen Sie, ob diese Voraussetzungen in folgendem Fall[226] erfüllt sind:

Übungsfall 10

Käufer K erwirbt in der Kunsthandlung des Verkäufers V ein wertvolles Bild, daß dem E gehört. Das Bild ist durch einen Aufkleber sichtbar mit dem Namen des E als Eigentümer gekennzeichnet. E hatte das Bild seinem Freund F geliehen, der es, weil er Geld benötigt, dem V in Verkaufskommission[227] gegeben hatte.
E klagt gegen K auf Herausgabe des Bildes.

225 Für den (nicht eingetragenen) Scheinkaufmann gilt diese *Erleichterung* des gutgläubigen Erwerbs nicht. – vgl. dazu *oben*, S. 15

226 nach *Brox*, HR, Rdnr. 304

227 vgl. dazu unten, S. 179

■ Anspruchsgrundlage für das Verlangen des E ist § ...? (Setzen Sie die Anspruchsgrundlage selbst ein; suchen Sie im BGB – ! –, bevor Sie Fußnote[228] lesen!)

Voraussetzung ist, daß E noch Eigentümer ist! K hat das Eigentum unter den Voraussetzungen von § 366 Abs. 1 HGB i.V.m. § 929 S. 1 BGB erworben, wenn E nicht beweisen kann, daß K beim Erwerb des Bildes bösgläubig war!

Der gute Glaube an die Verfügungsbefugnis wird vom Gesetz – wie bei § 932 BGB der gute Glaube an das Eigentum – vermutet![229]

Darüber hinaus ist § 366 Abs. 1 HGB auch auf den guten Glauben an die *Vertretungsmacht* nach h.M. entsprechend anzuwenden, da es für den gutgläubigen Erwerber oft nur schwer feststellbar ist, ob sein Verhandlungspartner im eigenen oder im fremden Namen auftritt und ob die Verfügungs- oder Vertretungsbefugnis vorliegt.[230]

2. Einschränkung des gutgläubigen Eigentumserwerbs

Im Bürgerlichen Recht findet der gutgläubige Eigentumserwerb nach den §§ 932 ff. BGB eine Einschränkung durch § 935 Abs. 1 BGB für »abhanden gekommene« bewegliche Sachen.[231] Aufgrund des Verweises auf die Vorschriften des BGB in § 366 Abs. 1 HGB gilt diese Einschränkung auch im Handelsrecht.

Besonderheiten ergeben sich für Geld, Inhaberpapiere oder in öffentlicher Versteigerung erworbene Sachen (lesen Sie § 935 Abs. 2 BGB). Nach § 367 Abs. 1 HGB ist der gute Glaube ausgeschlossen, wenn das abhanden gekommene Inhaberpapier an einen Bankier veräußert wurde und der Verlust des Papiers im Bundesanzeiger bekannt gemacht worden war und seit dem Ablauf des Jahres, in dem die Veröffentlichung erfolgt ist, nicht mehr als ein Jahr verstrichen war (§ 367 Abs. 1 HGB sowie die Ausnahmen in Abs. 2 und 3 lesen!). Weitergehende Einzelheiten entnehmen Sie bei Bedarf der nachfolgenden »Literatur zur Vertiefung« ...

228 § 985 BGB
229 vgl. *Brox*, HR; Rdnr. 306
230 a.a.O., Rdnr. 307
231 vgl. ggf. Bd. III, S. 48

Dies gilt in gleichem Maße für die handelsrechtlichen Besonderheiten beim Pfandrechtserwerb vom Nichtberechtigten, auf den § 366 HGB ebenfalls (i.V.m. §§ 1207, 932, 935 BGB) Anwendung findet.

V. Das Kontokorrent ...

ist im HGB in § 355 zwar noch vor den bisher angesprochenen Vorschriften geregelt, wird aber in der Lehrbuchliteratur durchweg erst an dieser oder noch späterer Stelle behandelt. Dies mag u.a. daran liegen, daß man die in § 355 HGB verwendeten Begriffe besser verstehen kann, wenn man sich in die »allgemeinen Vorschriften« des Ersten Abschnitts und die damit verbundenen Rechtsprobleme schon etwas eingelesen hat!

Der Begriff »Kontokorrent« kommt, wie so vieles im Handelsrecht (z.B. Delkredere, Bilanz, Bankrott u.a.)[232] aus dem Italienischen: »conto corrente« = laufendes Konto. Lesen Sie zunächst § 355 Abs. 1 HGB.

Brox[233] *u.a.*[234] vergleichen diese Art der Kontenabrechnung mit der Abrechnung beim Skat, wenn um Geld gespielt wurde:

»Anstatt nach jedem einzelnen Spiel zu zahlen, werden die jeweils gewonnenen Beträge auf dem Konto des einzelnen Spielers gutgeschrieben; am Ende des Skatabends werden die Konten saldiert und der sich ergebende Betrag gezahlt oder eingezogen. Dadurch wird eine Vielzahl von Geldbewegungen durch eine einzige ersetzt.«

(Eine hübsche Erklärung! Begriffen? Wenn nicht, lernen Sie Skat oder spielen Sie weiter Rommé und lesen noch etwas weiter ...)

Das Kontokorrent läßt sich auch – ohne Kartenspiel – wie folgt definieren: Es ist eine, insbesondere bei Banken (Giro[235]-Konto) stark verbreitete Einrichtung, durch die eine Mehrheit von gegenseitigen Ansprüchen zwischen zwei Parteien durch Verrechnung auf eine Geldschuld zurückgeführt wird. Ein Kontokorrent i.S.v. § 355 (– § 357) HGB setzt also eine Geschäftsverbindung zwischen zwei Personen (bzw. Parteien) voraus, von denen *mindestens eine Kaufmann* sein muß. Darüber hinaus muß vereinbart sein, daß die gegenseitigen Geldansprüche verrechnet werden und in bestimmten Perioden, mindestens einmal jähr-

232 vgl. *oben* S. 66 mit Fn. 102
233 Rdnr. 530
234 z.B. *Jänsch/Zerres*, S. 154
235 Ital. (!): vgl.z.B. Giro d'Italia; da laufen nicht (nur!) die Konten, sondern vor allem die Räder (oder umgekehrt ...)

lich, so abgerechnet werden, daß ein Saldo festgestellt[236] wird. (Auf Ihrem Girokonto – die Bank ist »Kaufmann« – dauert diese Periode von Kontoauszug zu Kontoauszug ...)

Wir wollen nicht zu sehr ins Detail gehen und halten für das

Kontokorrent

folgende rechtlichen

Voraussetzungen

nach **§ 355 Abs. 1 HGB** fest:

- (1) Einer der Beteiligten muß Kaufmann[237] sein.
- (2) Geschäftsverbindung der Parteien mit beiderseitigen Forderungen
- (3) Vorliegen einer Verrechnungsabrede

zu (1): Ist keiner der Beteiligten Kaufmann, spricht man vom »uneigentlichen« Kontokorrent, sofern die Voraussetzungen (2) und (3) erfüllt sind. In diesem Fall muß aus der Verrechnungsabrede (Kontokorrentabrede) entnommen werden, ob und inwieweit die §§ 355–357 HGB anwendbar sein sollen.[238]

zu (2) und (3): Eine auf Dauer angelegte Geschäftsverbindung besteht z.B. auch, wenn ein Kunde ständig bei demselben »Verkäufer« einkauft und »anschreiben« läßt (z.B. die Hausfrau im »Tante-Emma-Laden« oder der Dauerkonsument in seiner »Stammkneipe« ...). Hier entstehen ebenfalls beiderseitige Forderungen, die die eine Partei (Tante Emma, Wirt) sofort erfüllt und von Zeit zu Zeit eine Gesamtrechnung ausstellt, in der die Einzelbeträge zu einer Gesamtsumme addiert sind.[239] Die einzelnen Rechnungsposten bleiben also selbständig bestehen und können vom Gläubiger jederzeit isoliert geltend gemacht bzw. vom Schuld-

236 vgl. *Creifelds*, S. 684

237 *Minderkaufmann reicht!*

238 vgl. *Brox*, HR, Rdnr. 333

239 a.a.O., Rdnr. 334

ner jederzeit getilgt werden (vgl. §§ 366, 367 BGB[240]). Im Unterschied zum »Kontokorrent« liegt hier eine *»offene Rechnung«* vor. Es fehlt an einer entsprechenden Kontokorrentabrede.

Sind indessen die Voraussetzungen für ein Kontokorrent erfüllt, so hat das die Wirkung, daß der Gläubiger über die einzelnen Forderungen nicht mehr selbständig verfügen kann. Die Forderungen können somit weder einzeln abgetreten, ver- oder gepfändet noch getilgt werden. Sie werden »laufend« verrechnet!

VI. Das kaufmännische Zurückbehaltungsrecht

1. Die Regelung nach § 273 BGB

Das kaufmännische Zurückbehaltungsrecht, dem im Handelsrecht besondere praxisrelevante Bedeutung zukommt, baut auf der Regelung des bürgerlichrechtlichen Zurückbehaltungsrechts des § 273 BGB[241] auf. Lesen Sie daher zunächst § 273 Abs. 1 BGB. Daraus folgt: Jeder Schuldner hat ein solches Zurückbehaltungsrecht wegen *Leistungen aller Art, an allen Sachen und sonstigen Rechten*, wenn sein Anspruch gegen seinen Gläubiger *fällig* ist. Es muß sich um dasselbe rechtliche Verhältnis handeln (sog. *Konnexität* der Ansprüche). Das Zurückbehaltungsrecht i.S.v. § 273 BGB wirkt also als ein reines Leistungsverweigerungsrecht (§ 273 Abs. 1 BGB nochmals lesen!).

2. Die Regelung nach §§ 369 ff. HGB

Die §§ 369–372 HGB enthalten *folgende Besonderheiten* (lesen Sie nur § 369 Abs. 1 HGB):

- Es muß ein *beiderseitiges Handelsgeschäft* vorliegen, d.h. die Beteiligten müssen *Kaufmann* (auch: Minderkaufmann) sein.
- *Fälligkeit* der Forderungen ist grundsätzlich erforderlich, falls nicht § 370 Abs. 1 HGB (*Ausnahme* bei Gefährdung) eingreift.
- *Konnexität* der Rechtsbeziehung ist *nicht erforderlich*, d.h. das kaufmännische Zurückbehaltungsrecht kann auch aus verschiedenen

240 siehe *Alpmann und Schmidt*, HR, S. 102
241 vgl. auch §§ 320 und 1000 BGB

Rechtsbeziehungen, die zwischen beteiligten Kaufleuten bestehen, geltend gemacht werden.

- § 369 Abs. 1 HGB erstreckt das Zurückbehaltungsrecht *nur* auf *bewegliche Sachen und Wertpapiere.*
- Die *Wirkung* des kaufmännischen Zurückbehaltungsrecht ist *umfassend: Neben dem Leistungsverweigerungsrecht* hat der Kaufmann an dem zurückbehaltenen Gegenstand *auch ein Verwertungsrecht* bzw. »Befriedigungsrecht« gem. § 371 HGB (zur Information § 371 Abs. 1 S. 1 HGB lesen).

Abgesehen von der Beschränkung auf bewegliche Sachen ist das kaufmännische Zurückbehaltungsrecht i.S.d. §§ 369 ff. HGB also großzügiger als das in § 273 BGB geregelte Zurückbehaltungsrecht[242] und dient so der Erleichterung des kaufmännischen Rechtsverkehrs.

VII. Weitere »allgemeine« Sondervorschriften für Handelsgeschäfte

1. Kaufmännische Sorgfaltspflicht

Gem. § 347 Abs. 1 HGB hat ein Kaufmann, der ein Handelsgeschäft i.S.v. § 343 Abs. 1 HGB vornimmt, für die Sorgfalt eines »ordentlichen Kaufmanns« einzustehen.

§ 347 Abs. 1 HGB ist also eine *Haftungsvorschrift.*

■ Überlegen Sie, mit welcher Haftungsvorschrift des BGB § 347 Abs. 1 HGB korrespondiert bzw. von welcher Haftungsvorschrift sein Inhalt möglicherweise abweicht!

▷ Für die Haftung des Kaufmanns gilt selbstverständlich auch § 276 Abs. 1 BGB!

Danach hat jeder Schuldner Vorsatz und Fahrlässigkeit zu vertreten, »sofern nicht ein anderes bestimmt ist«. Fahrlässig handelt, wer die im Verkehr erforderliche Sorgfalt außer acht läßt (§ 276 Abs. 1 S. 2 BGB). Je nachdem, in welchem Berufskreis ein Schuldner rechtsgeschäftlich tätig wird, ist die »erforderliche Sorgfalt« nach objektiven Maßstäben anders zu bewerten. Somit kommt man konsequenterweise bei der Beurteilung, ob ein *Kaufmann* fahrlässig gehandelt hat, schon über § 276 Abs. 1 BGB dazu, für sein Handeln die Beachtung der *Sorgfalt eines ordentlichen Kaufmanns* zu verlangen. Mithin hat § 347 Abs. 1 HGB nur

242 vgl. dazu aber *Brox*, HR, Rdnr. 313, mit Hinweis auf den weiten Begriff »desselben Rechtsverhältnisses« i.S.d. § 273 BGB!

eine klarstellende Funktion, ist also nicht eine Vorschrift, i.S.v. § 276 Abs. 1 S. 1 BGB, die »*ein anderes* bestimmt«[243]. Konsequenterweise sollen dem Kaufmann dann gem. § 347 Abs. 2 HGB auch die Haftungs*erleichterungen* des bürgerlichen Rechts (z.B. §§ 277, 300 Abs. 1, 521, 690 BGB) zugute kommen.

2. Grundsatz der Entgeltlichkeit der Leistung

a) Vergütung

Nach *bürgerlichem Recht* wird eine *Vergütung* für eine vertragliche Leistung grundsätzlich nur *aufgrund einer Vereinbarung* gezahlt.

■ Überlegen Sie, in welchen Vorschriften des BGB das insbesondere bestimmt ist?

▷ Antwort: vgl. Fußnote[244].

Wird ein *Kaufmann* in Ausübung seines Handelsgewerbes für einen anderen tätig, so kann er eine *Vergütung auch ohne Vereinbarung* (»Verabredung«) verlangen (§ 354 Abs. 1 HGB – lesen!) – »weil ein Kaufmann nichts umsonst tut und das allgemein bekannt ist.«[245]

b) Zinsen

Gem. § 354 Abs. 2 HGB kann ein Kaufmann für Darlehen, Vorschüsse, Auslagen und andere Verwendungen vom Tage der Leistung an Zinsen berechnen.

Außerdem können Kaufleute gem. § 353 S. 1 HGB bei beiderseitigen Handelsgeschäften unter der Voraussetzung, daß eine *Forderung fällig* ist, Zinsen fordern.

■ Zur Erinnerung (?): Welche Voraussetzung muß nach bürgerlichem Recht erfüllt sein, damit ein Zinsanspruch geltend gemacht werden kann? Genügt es, daß die Forderung fällig ist?

▷ Allein die Fälligkeit der Forderung reicht noch nicht aus, sondern gem. § 288 BGB muß Schuldnerverzug vorliegen!

243 So richtig *Brox*, HR, Rdnr. 362

244 z.B. §§ 611, Abs. 1, 631 Abs. 1 2. HS, 652 BGB

245 vgl. *Brox*, HR, Rdnr. 360, mit Hinweis auf diese »hübsche« Formulierung in RGZ 122, 232; vgl. auch *Steding*, WR 1993, 248: »Altruismus ist Kaufleuten grundsätzlich fremd. Mehr als für andere gilt für sie der Grundsatz "*Pecunia non olet*"« (lat.: "Geld stinkt nicht")!

Die Höhe des gesetzlichen Zinssatzes beträgt nach § 246 BGB 4%; bei *beiderseitigen Handelsgeschäften* können Kaufleute gem. § 352 Abs. 1 HGB 5% verlangen.

3. Vertragsgemäße Leistung

a) *Leistungszeit*

§ 271 BGB (lesen!) findet handelsrechtliche Ergänzungen in den §§ 358, 359 HGB (lesen!): Die Leistung kann im Zweifel nicht »sofort«, sondern nur während der gewöhnlichen Geschäftszeit bewirkt und gefordert werden (§ 358 HGB); § 359 HGB klärt (?) die handelsrechtliche Bedeutung der Begriffe »Frühjahr«, »Herbst« sowie »acht Tage«...[246]

b) *Leistungsqualität*

Nach bürgerlichem Recht unterscheiden wir Stück- und Gattungsschuld[247], wovon letztere als Sache mittlerer Art und Güte im Gesetz verständlich umschrieben wird (lesen Sie zur Wiederholung § 243 Abs. 1 BGB!).

Für *Kaufleute* gilt darüber hinaus[248] § 360 HGB: Sogar oder nur[249] *Handelsgut* mittlerer Art und Güte ist unter Kaufleuten zu leisten.

c) *Vertragsstrafe*

Vertragsparteien können grundsätzlich vereinbaren, daß der Schuldner im Fall einer Pflichtverletzung einen bestimmten Geldbetrag als Vertragsstrafe zu zahlen hat (§ 339 BGB). Erscheint die vereinbarte Strafe dem Schuldner im nachhinein unverhältnismäßig hoch, kann sie auf seinen Antrag vom Gericht auf einen angemessenen Betrag herabgesetzt werden. Dies bestimmt § 343 Abs. 1 S. 1 BGB, der damit den Schutz des unerfahrenen Vertragspartners bezweckt. Dieses Schutzes bedarf ein Kaufmann nicht, da er, wie bereits mehrfach angedeutet, als in Rechtsangelegenheiten erfahren gilt. Daher ist gem. § 348 HGB unter den *Vor-*

246 *Für Sommer und Winter gelten also keine handelsrechtlichen Besonderheiten? Doch! Es sind »in ähnlicher Weise bestimmte Zeitpunkte«.*
247 *vgl. Bd. II, Teilbd. 1, S. 45ff.*
248 *zur Erinnerung: vgl. § 2 EGHGB*
249 vgl. *Brox*, HR, Rdnr. 357

aussetzungen, daß der *Versprechende Vollkaufmann* ist (vgl. § 351 HGB) und die *Vertragsstrafe im Betrieb seines Handelsgeschäfts vereinbart* worden ist, *eine gerichtliche Herabsetzung nicht* möglich!

4. Formfreiheit bestimmter Handelsgeschäfte

Wie bereits eingangs[250] erwähnt, kennt das BGB eine Reihe von Formvorschriften[251], die die an dem jeweiligen Rechtsgeschäft Beteiligten vor übereilten Entschlüssen schützen sollen. Da Kaufleute auf Grund ihres geschäftlichen »Know-hows« diesen Schutz nicht benötigen, sieht das HGB zur Erleichterung des handelsrechtlichen Rechtsverkehrs bei einigen dieser Rechtsgeschäfte von Formerfordernissen ab.

So finden gem. § 350 HGB die §§ 766 S. 1, 780, 781 BGB, die für eine Bürgschaftserklärung, ein Schuldversprechen oder ein Schuldanerkenntnis die Einhaltung der Schriftform verlangen, keine Anwendung, sofern ein *Vollkaufmann* (vgl. § 351 HGB) diese Rechtsgeschäfte als *Handelsgeschäfte* vornimmt. Eine Bank z.B. kann also eine Bürgschaftserklärung mündlich wirksam abgeben. Andererseits steht ihr unter den gleichen Voraussetzungen gem. § 349 HGB auch *keine Einrede der Vorausklage* (vgl. §§ 771, 773 BGB; davon § 771 lesen) zu.

Einige der wichtigsten Sonderregelungen des HGB, die für Kaufleute Abweichungen vom BGB enthalten, finden Sie auf der folgenden Übersicht 16.

250 vgl. *oben* S. 3
251 vgl. dazu Bd. I, S. 157 ff.

Übersicht 16:

Einige wichtige Sonderregelungen des HGB für Handelsgeschäfte von Kaufleuten im Vergleich zum BGB	
BGB	*HGB*
§ 343: Herabsetzung von Vertragsstrafen	§ 348: Keine Herabsetzung von Vertragsstrafen
Schriftform bei: § 766 – Bürgschaft § 780 – Schuldversprechen § 781 – Schuldanerkenntnis	§ 350: Formfreiheit, wenn Handelsgeschäft
§ 288: Verzugszinsen (nach Mahnung) – 4%	§§ 352, 353: 5% Zinsen nach Fälligkeit
§§ 145 ff.: Schweigen auf Angebot = keine Annahme	§ 362: Schweigen gilt als Annahme, falls nicht unverzügliche Ablehnung erfolgt (Schweigen auf kaufmännisches Bestätigungsschreiben gilt dem*entsprechend* als Genehmigung)
§ 273: Zurückbehaltungsrecht: – jeder Schuldner – wegen Leistungen aller Art – unmittelbar aus dem betreffenden Vertrag – an allen Sachen und Rechten – Leistungsverweigerungsrecht	§§ 369 ff.: Kaufmännisches Zurückbehaltungsrecht: – jeder Voll- und Minderkaufmann – nur wegen Geldforderungen – aus jedem Rechtsgeschäft mit demselben Gläubiger – nur an Wertpapieren und beweglichen Sachen – Leistungsverweigerungs- und Verwertungsrecht
§§ 372 ff.: Bei Annahmeverzug des Gläubigers – keine Hinterlegung aller Waren	§ 373: Bei Annahmeverzug des Käufers – Hinterlegungsbefugnis; ggf. Selbsthilfeverkauf jeder Ware
§§ 459 ff., 477 Abs.1: Käufer kann Mängelrüge bei beweglichen Sachen bis sechs Monate nach Lieferung geltend machen	§§ 377, 378: Bei beiderseitigem Handelskauf Untersuchungspflicht und unverzügliche Rügepflicht; andernfalls Annahme ohne Gewährleistungsanspruch nach §§ 459 ff. BGB[252]

252 Dazu ausführlich unten, S. 171 ff.

Literatur zur Vertiefung (8. Kapitel, A):

Alpmann und Schmidt	HR, 6. Abschnitt
Brox	HR, II. Teil, Erster Abschnitt
Canaris	Erster – Vierter Abschnitt (§§ 20–28)
Hübner	§ 6

B. Besondere Handelsgeschäfte

I. Der Handelskauf

Der »Handelskauf« ist das häufigste Handelsgeschäft, für das die §§ 373–382 HGB Sondervorschriften zu den allgemeinen Regelungen des BGB (und zu den »allgemeinen Vorschriften« der §§ 343–372 HGB) enthalten. Sinn dieser Sondervorschriften ist es einmal mehr, die besonderen Erfahrungen der Kaufleute im Rechtsverkehr zu berücksichtigen und zu ermöglichen, die Rechtsbeziehungen unter Kaufleuten möglichst rasch zu klären und zügig abzuwickeln.[253]

Eine Begriffsdefinition werden Sie in den genannten Sondervorschriften nicht finden. Dennoch sollten Sie sich zunächst die Zeit nehmen, die §§ 373–382 HGB einmal im Zusammenhang durchzulesen.

■ Grundlage des Handelskaufs ist ein Kaufvertrag i.S.v. § 433 BGB, an dem mindestens ein Kaufmann beteiligt sein muß, für den der Vertragsschluß ein Handelsgeschäft gem. § 343 Abs. 1 HGB ist. Wenn Sie dies nun wissen und (nochmals) die §§ 373 Abs. 1 und 381 Abs. 1 HGB lesen, sollten Sie in der Lage sein, die wesentlichen Merkmale des Handelskaufs selbst aufzuschreiben. Versuchen Sie das, bevor Sie weiterlesen!

▷ Aus den genannten HGB-Vorschriften ergibt sich, daß Gegenstand des Handelskaufs Waren oder Wertpapiere sein können. Somit lassen sich die wesentlichen Merkmale des Handelskaufs wie folgt beschreiben:

Der **Handelskauf** ist

↓

- ein Kaufvertrag i.S.v. § 433 BGB,
- an dem wenigstens ein Kaufmann beteiligt ist, für den der Vertragsabschluß ein Handelsgeschäft gem. § 343 Abs. 1 HGB ist (»Betriebszugehörigkeit«) und
- dessen Gegenstand Waren oder Wertpapiere sind (vgl. §§ 373 Abs. 1, 381 Abs. 1 HGB).

253 vgl. *Creifelds*, S. 562

Waren i.S.d. HGB sind übrigens (vgl. § 1 Abs. 2 Nr. 1 HGB) *bewegliche Sachen*, so daß die Sondervorschriften für den Handelskauf nicht auf Grundstückskaufverträge anwendbar sind; hier gelten die §§ 433 ff. BGB i.V.m. §§ 343–372 HGB. Auch Rechte und Forderungen, die nicht in Wertpapieren verbrieft sind, sind nicht Gegenstand eines Handelskaufs!

Außer den *§§ 377–379 HGB*, deren Anwendung ausdrücklich ein *beiderseitiges Handelsgeschäft* voraussetzen, gelten alle anderen Sondervorschriften in diesem Zweiten Abschnitt des Vierten Buchs des HGB bereits für einseitige Handelskäufe (vgl. nochmals § 345 HGB!).

1. Annahmeverzug des Käufers

§ 373 HGB (lesen!) enthält zur Stärkung der Stellung des Verkäufers besondere *Rechtsfolgen*, die die bürgerlichrechtlichen Regelungen ergänzen.

Die *Voraussetzungen* für den Annahmeverzug (Gläubigerverzug) sind daher nach dem BGB zu überprüfen.

■ Gedächtnistraining: Welche Vorschriften sind das?

▷ Die Antworten finden Sie unter Fußnote[254].

Die besonderen *Rechtsfolgen* des Annahmeverzugs

beim Handelskauf sind nach

§ 373 HGB

folgende:

- Weitergehendes Hinterlegungsrecht,
- weitergehendes Selbsthilfeverkaufsrecht,
- Wahlrecht zwischen Hinterlegung und Selbsthilfeverkauf.

254 *§§ 293–304 BGB! Falls nicht (mehr) gewußt, vgl. Bd. II, Teilbd. 1, 5. Kapitel, III*

Während die §§ 372 ff. BGB[255] die *hinterlegungsfähigen Gegenstände* eng begrenzen und das Amtsgericht als Hinterlegungsstelle vorsehen, kann nach § 373 Abs. 1 HGB *jede Ware an jedem sicheren Ort*, wie z.B. einem öffentlichen Lagerhaus hinterlegt werden.

Der *Selbsthilfeverkauf* gem. § 373 Abs. 2 S. 1 HGB, der grundsätzlich nach *vorheriger Androhung* (falls die Ware nicht verderblich ist) möglich ist, erstreckt sich – im Gegensatz zum BGB, das nur den Selbsthilfeverkauf von nicht hinterlegungsfähigen Sachen zuläßt – auf *alle Waren und Wertpapiere*. Der Selbsthilfeverkauf kann gem. § 373 Abs. 2 S. 2 HGB durch einen öffentlich ermächtigten Handelsmakler oder durch öffentliche Versteigerung erfolgen.

2. Bestimmungskauf

Ein Bestimmungskauf (auch: Spezifikationskauf) liegt gem. § 375 Abs. 1 HGB vor, wenn dem Käufer einer beweglichen Sache die nähere Bestimmung über Form, Maß oder ähnliche Verhältnisse des Kaufgegenstandes vorbehalten ist. In diesem Fall bedeutet diese Befugnis des Käufers zugleich eine Verpflichtung.

Kommt der Käufer mit dieser *»Spezifikationspflicht«* in Verzug, kann der *Verkäufer* zwischen folgenden *Rechtsfolgen wählen:*

- Selbstspezifikation (§ 375 Abs. 2 S. 1, 1. HS HGB)
  oder
- nach Fristsetzung mit Ablehnungsandrohung gem. § 326 Abs. 1 S. 2 BGB
  - Schadensersatz wegen Nichterfüllung
    oder
  - Rücktritt vom Vertrag (§ 375 Abs. 2 S. 1, 2. HS HGB)

  oder
- Hinterlegung (§ 372 Abs. 1 HGB)
  oder
- Selbsthilfeverkauf (§ 373 Abs. 2 HGB).

255 i.V.m. § 1 der Hinterlegungsordnung von 1937 (zu finden in der Sammlung *Schönfelder*, Deutsche Gesetze, Nr. 121)

■ »Denksportaufgabe«: Überlegen Sie, warum die Verletzung der Spezifikationspflicht durch Verzug des Käufers auch Rechtsfolgen des § 373 HGB nach sich ziehen kann!

▷ Wenn der Käufer den Kaufgegenstand nicht rechtzeitig näher bestimmt hat, kann er ihn auch nicht rechtzeitig annehmen und befindet sich somit in Gläubigerannahmeverzug!

Verlangt der Verkäufer nicht »Schadensersatz wegen Nichterfüllung«, kann er neben einem der anderen geltend gemachten Rechte Ersatz des eventuellen Verzugsschadens gem. § 286 Abs. 1 BGB verlangen.[256]

3. Fixhandelskauf

Ein Fixhandelskauf liegt vor, wenn bei einem Handelskauf eine sog. *Fixklausel* i.S.v. § 376 Abs. 1 HGB i.V.m. § 361 BGB des Inhalts vereinbart wurde, daß die *Leistung* zumindest des einen Vertragspartners genau *zu einer fest bestimmten Zeit* oder *innerhalb einer fest bestimmten Frist* erbracht werden soll. Nicht ausreichend ist die Bestimmung eines nur kalendermäßigen Fälligkeitstermins, sondern es müssen Zusätze wie z.B. »genau, präzise, fix, spätestens« vereinbart werden. Der Fixhandelskauf ist ein Sonderfall des sog. *relativen* (= vereinbarten!) bzw. *eigentlichen Fixgeschäfts* nach § 361 BGB, das vom *absoluten* (uneigentlichen) *Fixgeschäft* zu unterscheiden ist:

Bei letzterem kann die Leistung bereits aufgrund ihrer spezifischen Eigenart nur zu einem bestimmten (»fixen«) Zeitpunkt erbracht werden, ist also nicht nachholbar, sondern wird bei Nichteinhaltung des Termins *unmöglich (Beispiele:* Brautstrauß zur Hochzeitsfeier, Bestellung einer Taxifahrt zum Abflug eines Flugzeugs). Beim relativen Fixgeschäft dagegen bleibt die Leistung nachholbar.

Vom Fixgeschäft unterscheidet sich der Fixhandelskauf nur dadurch, daß letzterer für einen Vertragspartner ein Handelsgeschäft i.S.v. 343 HGB ist.

256 vgl. dazu Bd. II, Teilbd. 1, 5. Kapitel, II, 3c)

Die *Rechtsfolgen* des Fixhandelskaufs

↓

sind gem. § 376 Abs. 1 HGB

↓

- Rücktrittsrecht des Käufers – unabhängig davon, ob Verkäufer sich im Schuldnerverzug befindet.
- Bei Schuldnerverzug (für den immer Verschulden vorliegen muß – vgl. §§ 285, 276 Abs. 1 BGB), kann der Käufer statt der Erfüllung *Schadensersatz wegen Nichterfüllung* verlangen. Dabei ist im Gegensatz zu § 326 Abs. 1 BGB eine Fristsetzung mit Ablehnungsandrohung nicht erforderlich.

Für den Fall, daß Schadensersatz wegen Nichterfüllung verlangt wird, enthält § 376 HGB in den Absätzen 2–4 besondere Regelungen zur Schadensberechnung.

4. Sonderregelungen für die Mängelhaftung

Ist der Handelskauf *für beide Seiten ein Handelsgeschäft*, sehen die §§ 377, 378 HGB (nicht vergessen: zitierte Vorschriften lesen!) besondere Untersuchungs- und Rügepflichten des Käufers vor, falls die Ware zwar pünktlich, aber nicht ordnungsgemäß geliefert wird. Dies ist entweder der Fall, wenn die Ware mit einem *Qualitätsmangel* (Schlechtlieferung) oder mit einem *Quantitätsmangel* (Mengenfehler) behaftet ist oder eine andere Ware als die bestellte geliefert wird (*Falschlieferung*).

Die Untersuchungs- und Rügepflicht i.S.d. §§ 377, 378 HGB spielt in der Praxis eine große Rolle, so daß wir Voraussetzungen und Inhalt dieser Pflichten anhand eines Falles betrachten wollen, dessen Lösung (zur Übung) gutachtenähnlich dargestellt wird.

a) Untersuchungs- und Rügepflicht bei Qualitätsmängeln

Übungsfall 11[257]:	*Kartoffeln mit Hering*

Privatier P bestellt beim Lebensmittelhändler K fünf Ztr. Kartoffeln der Sorte »Hansa«, die er einkellern will. K, der selbst kein Lager hat, kauft die Kartoffeln beim Großhändler V, der die Kartoffeln unmittelbar zu P bringen sollte.
Außerdem bestellt K bei V 50 Dosen eingelegte Heringe, die in seinen Laden geliefert wurden. Als K drei Wochen später von P Bezahlung der Kartoffeln verlangt, erklärt P dem K, die Kartoffeln könnte er zurücknehmen, da sie offenbar uralt sowie größtenteils verschimmelt oder angefault seien.
Als dem K von einem anderen Kunden am selben Tag (= nach drei Wochen) eine Dose Heringe zurückgebracht wird, weil sich diesen ungenießbare andere Lebewesen hinzugesellt hatten, öffnet K die restlichen Dosen. Dabei muß er feststellen, daß 25 weitere Dosen verdorben sind. K zeigt daraufhin dem V diese Mängel sofort an und erklärt die Wandelung. V meint, daß ihn das nach drei Wochen nichts mehr »angehe«...
Kann K von V Wandelung der mit V geschlossenen Kaufverträge verlangen?

(I) Anspruch K gegen V auf Wandelung wegen der Kartoffeln:
Ein Anspruch auf Wandelung könnte sich aus § 480 Abs. 1 BGB i.V.m. §§ 459 und 462 BGB ergeben, da es sich bei 5 Ztr. Kartoffeln der Sorte »Hansa« um eine Gattungsschuld (vgl. § 243 Abs. 1 BGB, § 360 HGB) handelt.

(1) Ein *Wandelungsgrund* setzt zunächst einen wirksamen Kaufvertrag i.S.v. § 433 BGB voraus, der hier zwischen K und V geschlossen wurden.

(2) Die Kartoffeln müssen zum Zeitpunkt des Gefahrübergangs fehlerhaft gewesen sein. Gem. § 360 HGB schuldete V Kartoffeln »mittlerer Art und Güte«, wozu angefaulte Kartoffeln unschwer nicht zu zählen sind. Dieser Mangel lag auch schon bei Gefahrübergang (vgl. § 446 Abs. 1 BGB!) vor, so daß – vereinfacht geprüft[258] – die Voraussetzungen für den Anspruch grundsätzlich erfüllt sind.

257 ähnlich *Alpmann und Schmidt*, HR, Fall 25
258 *vgl. zur genaueren Prüfung des Wandelungsanspruchs Bd. II, Teilbd. 2, 1. Abschn., 1. Kapitel, 2 a) und d)*

(3 a) Zu berücksichtigen ist jedoch, daß der Kaufvertrag zwischen V und K ein *beiderseitiges Handelsgeschäft* darstellt, da beide Kaufleute i.S.v. § 1 Abs. 2 Nr. 1 HGB sind!

Unter dieser Voraussetzung ist grundsätzlich § 377 HGB zu beachten (lesen Sie – nochmals? – Abs. 1!).

(b) Gem. § 377 Abs. 1 HGB muß die »Ware«[259] durch den Verkäufer abgeliefert sein. Ablieferung bedeutet, daß der Käufer oder eine von ihm benannte Person in eine solche tatsächliche räumliche Beziehung zu der Ware kommt, daß er deren Beschaffenheit überprüfen kann.[260]

In unserem Fall ist diese *Voraussetzung* erfüllt, da die Übergabe an den von K benannten P stattgefunden hat.

Die Ware muß gem. § 377 Abs. 1 HGB weiterhin einen *Mangel* haben. Mangels besondere Regelungen im HGB ist hier auf einen Sachmangel i.S.v. § 459 BGB abzustellen, d.h. zu prüfen, ob ein Fehler[261] nach § 459 Abs. 1 BGB vorliegt oder ob der Ware eine zugesicherte Eigenschaft (§ 459 Abs. 2 BGB) fehlt.

Da die Kartoffeln einen Qualitätsmangel aufweisen, ist auch die *Voraussetzung* »Sachmangel« in Form eines Fehlers gegeben.

(4) Rechtsfolge ist nach § 377 Abs. 1 HGB die *Untersuchungs-* und unverzügliche[262] *Rügepflicht*, sofern nicht der Verkäufer den *Mangel arglistig verschwiegen* hat (§ 377 Abs. 5 HGB).

(5) Die *Rügepflicht* ist *verletzt*, wenn die (formlose) Rüge inhaltlich nicht als Mängelanzeige erkennbar ist oder wenn sie *nicht rechtzeitig* erfolgt. Die Rechtzeitigkeit hängt davon ab, ob es sich um einen offenen oder *versteckten Mangel* handelt. Bei Unterlassen der Rüge eines offenen Mangels *gilt die Ware* gem. § 377 Abs. 2 HGB *als genehmigt*.

Versteckte Mängel, die bei ordnungsgemäßer Untersuchung nicht erkennbar waren, sind unverzüglich nach ihrer Entdeckung anzuzeigen (§ 377 Abs. 3 HGB).

In unserem Fall lag ein offener Mangel vor, den K erst drei Wochen nach Ablieferung angezeigt hat. Daß die Verspätung durch P verursacht wurde, ändert nichts daran, daß die Anzeige nicht unverzüglich erfolgte.

259 § 377 HGB ist anwendbar auf »Waren« und Wertpapiere (vgl. § 381 Abs. 1 HGB).

260 *Brox*, HR, Rdnr. 384 (u.a.)

261 *vgl. zum Fehlerbegriff Bd. II, Teilbd. 2, 1. Abschn., 1. Kapitel, 2 a) aa)* sowie *Brox*, BS, Rdnr. 60 ff.

262 *vgl. § 121 Abs. 1 S. 1 BGB!*

K hätte als ordentlicher Kaufmann, der seine Pflicht aus § 377 HGB kennen muß, bei P nachfragen können und müssen. Das Risiko der fehlenden Rechtzeitigkeit hat der Käufer zu tragen, unabhängig davon, ob *sein* Kunde Kaufmann ist oder nicht.[263] Wegen Verletzung der Rügepflicht durch K greift daher § 377 Abs. 2 HGB ein: Die Ware gilt als genehmigt. V hat seinen Vertrag erfüllt, und K hat keinen Wandelungsanspruch (oder andere Gewährleistungsrechte) mehr.

(II) Für den Wandelungsanspruch bezüglich der Heringe gilt das gleiche wie soeben unter (I) (1)–(3).

■ Überlegen Sie, ob K sich auf § 377 Abs. 3, 1. HS HGB berufen kann, da er unverzüglich nach Entdeckung des Mangels gerügt hat? (Überlegen Sie mit der Sorgfalt eines »ordentlichen Studenten«!)

▷ Bei der Untersuchung der Ware trifft den Kaufmann die kaufmännische Sorgfaltspflicht i.S.v. § 347 HGB. Dazu gehört es, daß er bei (z.B. in Dosen) *verschlossener Ware Stichproben* (durch Öffnung) vornimmt! Die Zahl der Stichproben richtet sich nach der gelieferten Gesamtmenge; als Regel gelten 4%.[264]
Da K bei Ablieferung keine Dose geöffnet hat, sondern erst drei Wochen später, hat er seine Untersuchungs(= Stichproben)pflicht verletzt und kann sich *nicht* auf einen verdeckten Mangel i.S.v. § 377 Abs. 3 HGB berufen.

K hat somit keinerlei Ansprüche gegen V!

b) Untersuchungs- und Rügepflicht bei Falschlieferung und Quantitätsmängeln

Gem. § 378 HGB trifft den Kaufmann die Untersuchungs- und Rügepflicht auch bei Falschlieferungen oder Mengenfehlern.

Falschlieferungen oder Mengenabweichungen sind in verschiedenen Formen möglich.

Nehmen Sie an, in Fall 10 hat V fünf Ztr. »Melica«-Kartoffeln statt »Hansa«-Kartoffeln geliefert. Die einen sind kleiner und »mehlig« kochend, die anderen sind größer und bißfester... Hier liegt ein sog. *»qualitatives Aliud«*[265] (Artabweichung) vor. Auch hier gelten die §§ 377 und 378 HGB!

263 vgl. *Alpmann und Schmidt*, HR, S. 121
264 a.a.O., S. 122
265 lat. = »ein anderes«

Liefert V statt der bestellten fünf Ztr. »Hansa« z.B. nur vier Ztr., liegt ein sog. *»quantitatives Aliud«* (Mengenabweichung) vor. Wiederum greifen die §§ 377 und 378 HGB ein.

Liefert V dagegen fünf kg statt fünf Ztr., ist die Abweichung so erheblich, daß V sie auch ohne Rüge des K sofort hätte selbst bemerken müssen. Auch für ihn (V) gilt § 347 HGB! Es handelt sich nunmehr um ein *nicht genehmigungspflichtiges quantitatives Aliud (grobe* Mengenabweichung). Da V in diesem Fall mit einer Genehmigung durch K nicht rechnen konnte, soll auch die Genehmigungsfiktion[266] der *§§ 377, 378 HGB nicht* eintreten.

Liefert V schließlich statt der bestellten »Hansa«-Kartoffeln 5 Ztr. »Delicious«-Äpfel, hat V (entweder »arglistig« oder nach übermäßigem Alkoholkonsum) jedenfalls seine kaufmännische Sorgfaltspflicht so arg verletzt, daß er auch in diesem Fall mit einer Genehmigung durch K nicht rechnen konnte. Er hat ein *nicht genehmigungsfähiges*[267] *qualitatives Aliud* (»grobe« Artabweichung) geliefert, bei dem die *§§ 377, 378 HGB* ebenfalls *nicht anwendbar* sind!

■ »Wie würden Sie entscheiden«, wenn V dem K nicht weniger, sondern *mehr* Kartoffeln als bestellt geliefert hat?

▷ Schwierige Frage – oder? Nicht nur für Sie! Auch unter Rechtsgelehrten herrscht hier keine Einigkeit. Merken wir uns nur die h.M.: Danach muß der Käufer, wenn er nicht unverzüglich gerügt hat, die Mehrlieferung bezahlen, da er damit ein neues Angebot des Verkäufers nicht abgelehnt, sondern angenommen hat.

Die Voraussetzungen und Rechtsfolgen der §§ 377, 378 HGB verdeutlicht die folgende Übersicht (17).

266 vgl. zur »Fiktion« Bd. I, S. 31

267 Das Kriterium der Genehmigungsfähigkeit bzw. -unfähigkeit i.S.v. § 378 HGB wird kritisch untersucht von *Roth*, S. 316 ff., am Beispiel: »Faule Eier sind natürlich schlechte Eier, aber Eier der (Güte-)Größenklasse B, wenn solche der Klasse A bestellt waren?« ...

Übersicht 17:

<table>
<tr><th colspan="3">Kfm. Untersuchungs- und Rügepflicht nach §§ 377, 378 HGB</th></tr>
<tr><th colspan="3">Voraussetzungen</th></tr>
<tr><td colspan="3">• Beiderseitiges Handelsgeschäft
• Gegenstand: Kaufvertrag über Waren (oder Wertpapiere – § 381 HGB)
• Ablieferung der Waren durch Verkäufer
• Mangel an Waren:
– Qualitätsmangel
– Falschlieferung
– Quantitätsmangel
• Kein arglistiges Verschweigen durch Verkäufer</td></tr>
<tr><th colspan="3">Rechtsfolgen bei ordnungsmäßiger Rüge</th></tr>
<tr><td>Qualitätsmangel</td><td>Falschlieferung</td><td>Quantitätsmangel</td></tr>
<tr><td>• Gewährleistungsansprüche nach §§ 459 ff. BGB</td><td>• §§ 459 ff. BGB bei genehmigungsfähigem Aliud oder
• Erfüllungsanspruch bei nicht genehmigungsfähigem Aliud</td><td>• Zurückweisung bei Mehrlieferung
• Zurückweisung (§ 266 BGB) und Erfüllungsanspruch bei Zuweniglieferung</td></tr>
<tr><th colspan="3">Rechtsfolgen bei nicht ordnungsgemäßer Rüge</th></tr>
<tr><td>• Ware gilt gem. § 377 Abs. 2 HGB als genehmigt</td><td>• Ware gilt gem. §§ 377, 378 HGB als genehmigt; höherwertiges Aliud: höherer Kaufpreis; minderwertiges Aliud: vereinbarter Kaufpreis!</td><td>• Warenmenge gilt gem. §§ 377, 378 HGB als genehmigt; bei Mehrlieferung: höherer Kaufpreis; bei Zuweniglieferung: vereinbarter Kaufpreis ohne Nachlieferung!</td></tr>
</table>

Literatur zur Vertiefung (8. Kapitel, B I):

Alpmann und Schmidt	7. Abschnitt, 1.
Brox	HR, II. Teil, Zweiter Abschnitt
Canaris	§ 29
Hofmann	J, I
Roth	§ 31

II. Das Kommissionsgeschäft

1. Begriff des Kommissionärs

Bei der Abwicklung ihrer Handelsgeschäfte nehmen Kaufleute bekanntlich[268] häufig Dienste von Hilfspersonen in Anspruch. Dies können unselbständige (wie Prokurist – §§ 48, 49 HGB, Handlungsbevollmächtigter – § 54 HGB, Ladenangestellter – § 56 HGB) oder selbständige Hilfspersonen sein. Selbständige Hilfspersonen des Kaufmanns sind der Handelsvertreter (§§ 84 ff. HGB) und der Handelsmakler (§§ 93 ff. HGB) sowie Kommissionäre (§§ 383 ff. HGB), Spediteure (§§ 407 ff. HGB), Lagerhalter (§§ 416 ff. HGB) und Frachtführer (§§ 416 ff. HGB).

Während Handelsvertreter und Handelsmakler stets in fremdem Namen tätig werden, handeln die vier Letztgenannten immer im eigenen Namen.

Ein Kommissionär (wie auch ein Spediteur) handelt dabei jedoch »für Rechnung eines anderen« (vgl. § 383 HGB – lesen!). Im einzelnen lassen sich dieser Vorschrift folgende Merkmale des Kommissionärs bzw. des Kommissionsgeschäfts entnehmen:

Ein Kommissionsgeschäft betreibt, wer

(1) gewerbsmäßig (als Kaufmann – vgl. § 1 Abs. 2 Nr. 6 HGB)
(2) für Rechnung eines anderen
(3) im eigenen Namen
(4) fremde Waren oder Wertpapiere ankauft oder verkauft.

Von besonderer rechtlicher Bedeutung sind dabei die Merkmale (2) und (3), das *Handeln für fremde Rechnung* und das *Handeln im eigenen Namen*. Letzteres unterscheidet den Kommissionär vom *Stellvertreter* i.S.d. § 164 Abs. 1 S. 1 BGB, der bekanntlich erkennbar und unmittelbar für einen *anderen* in dessen Namen, also *in fremdem* Namen handelt.

268 vgl. *oben*, 5. Kapitel

Beim *Kommissionsgeschäft* liegt dagegen *mittelbare Stellvertretung* vor. Berechtigter und Verpflichteter aus dem Rechtsgeschäft, das der Kommissionär als mittelbarer Stellvertreter (seines Auftraggebers) mit dem Dritten abschließt, ist allein der Kommissionär.

2. Die Rechtsstellung des Kommissionärs

Der Kommissionär i.S.d. § 383 HGB steht in einem *doppelten Rechtsverhältnis:*

Mit seinem Auftraggeber, dem *Kommittenten*, verbindet ihn der *Kommissionsvertrag*, und dem *Dritten* gegenüber ist er aus dem *Ausführungsgeschäft* verpflichtet.[269]

Verdeutlichen wir uns die Rechtsstellung des Kommissionärs an der folgenden grafischen Skizze:

Übersicht 18 a:

Die Rechtsstellung des Kommissionärs

Kommissionär ist gem. § 383 HGB, wer *in eigenem Namen* und *für fremde* (des Kommittenten) *Rechnung* gewerbsmäßig Waren oder Wertpapiere verkauft (= *mittelbare Stellvertretung*).

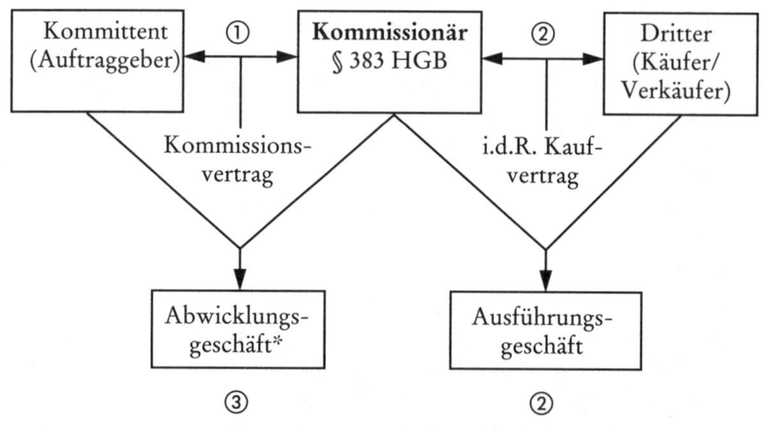

* Übertragung der aus dem Ausführungsgeschäft erlangten Gegenstände

269 vgl. *Alpmann und Schmidt*, HR, S. 129

Bevor wir uns näher mit dem Kommissionsvertrag und dem Ausführungsgeschäft befassen, kurz einiges über die

3. wirtschaftliche Bedeutung des Kommissionsgeschäfts

Im modernen Warenverkehr hat das Kommissionsgeschäft zunehmend an Bedeutung verloren, da vornehmlich Handelsvertreter und Vertragshändler u.a. als Absatzmittler[270] auftreten.

Kommissionsgeschäfte kommen heute noch überwiegend in folgenden Bereichen des Wirtschaftslebens vor: Im Kunst- und Antiquitäten (Briefmarken)handel, im Gebrauchtwagenhandel, bisweilen im Import- und Exportgeschäft und schließlich als sog. *Effektenkommission* im Wertpapiergeschäft, d.h. beim Ein- und Verkauf von an der Börse zugelassenen Wertpapieren. Hier treten regelmäßig die Banken als Kommissionäre auf.

Man bezeichnet die in § 383 genannten Kommissionsgeschäfte übrigens als *Einkaufskommission* oder als *Verkaufskommission.*

Diesen sog. *eigentlichen* Kommissionen sind gem. § 406 Abs. 2 HGB Geschäfte gleichgestellt, bei denen der Kommissionär einen kaufvertrags*ähnlichen* Vertrag abschließt, einen Werklieferungsvertrag gem. § 651 BGB (»Verkauf« einer Sache, die der »Verkäufer« selbst hergestellt hat ...).

Darüber hinaus erweitert das Gesetz die Anwendung der §§ 383 ff. auf einige

4. Sonderformen des Kommissionsgeschäfts

Lesen Sie hierzu § 406 Abs. 1 S. 1 und 2 HGB! Das, was in Satz 1 angesprochen wird, bezeichnet man als *Geschäftsbesorgungskommission* (auch: *uneigentliche* Kommission).

Sie liegt demnach vor, wenn ein Kommissionär Geschäfte abschließt, die sich auf *andere Gegenstände als Waren oder Wertpapiere* beziehen.

Beispiel: »Verlagskommission« – Verleger übernimmt es als Kommissionär, ein literarisches Werk für den Verfasser als Kommittenten, also auf dessen Rechnung, zu vertreiben.

270 vgl. oben, 5. Kapitel, II, 1 und 3

Außerdem fällt unter § 406 Abs. 2 HGB die sog. *Gelegenheitskommission.*

Sie liegt vor, wenn ein Kaufmann, der nicht gewerbsmäßiger Kommissionär ist, im Betrieb seines Handelsgewerbes ein Kommissionsgeschäft vornimmt.

Beispiel: Ein Buchhändler verkauft auf Rechnung eines Kunstmalers dessen Bilder, die er vorher in Kommission genommen hat.

Einen zusammenfassenden Überblick über die Arten des Kommissionsgeschäfts gibt

Übersicht 18 b:

Arten des Kommissionsgeschäfts

- Wirtschaftliche Bedeutung des Kommissionsgeschäftes gering (Handelsvertreter/Vertragshändler).
- Bereiche: Kunst- und Antiquitäten(Briefmarken)handel, Gebrauchtwagenhandel, Import- und Exportgeschäft, Wertpapiergeschäft (»Effektenkommission«)

Eigentliche Kommission

- → Einkaufskommission } § 383 HGB
- → Verkaufskommission } § 383 HGB
- → Auch bei Werklieferungsvertrag (§ 651 BGB!)

Uneigentliche Kommission (Sonderformen)

- → Geschäftsbesorgungskommission (§ 406 Abs. 1 S. 1 HGB – z.B. »Verlagskommission«)
- → Gelegenheitskommission (§ 406 Abs. 1 S. 2 HGB = nicht gewerbsmäßige Kommission)

Betrachten wir nun die

5. Rechtsnatur des Kommissionsvertrages

etwas näher.

Der Kommissionsvertrag regelt die Rechte und Pflichten im Verhältnis von Kommittent zu Kommissionär. Es ist ein formlos gültiger Vertrag, der eine entgeltliche Geschäftsbesorgung zum Inhalt hat. Sofern sich aus dem HGB keine Besonderheiten ergeben, auf die unten noch eingegangen wird, gelten für diesen Vertrag die Vorschriften des BGB über den entgeltlichen Geschäftsbesorgungsvertrag, d.h. zunächst § 675 BGB (lesen!).

Auf diesen Vertrag finden also einige Vorschriften über den Auftrag, der eine *un*entgeltliche Geschäftsbesorgung zum Inhalt hat, entsprechende Anwendung.

Ob es sich beim Kommissionsvertrag um einen Dienst- oder Werkvertrag handelt, kann man beurteilen, wenn man den grundsätzlichen Unterschied zwischen einem Dienstvertrag i.S.d. § 611 BGB und einem Werkvertrag i.S.d. § 631 BGB kennt: Während der Dienstverpflichtete beim Dienstvertrag nur das Tätigwerden als solches schuldet, schuldet der Unternehmer beim Werkvertrag auch den Erfolg seiner Tätigkeit.[271]

Handelt es sich daher bei der Tätigkeit des Kommissionärs um eine einmalige Geschäftsbesorgung, gilt Werkvertragsrecht. Wird der Kommissionär für den Kommittenten dauernd tätig, liegt ein Dienstvertrag vor.

Diese Abgrenzungsfrage ist nicht nur von akademischer Bedeutung, sondern hat praktische Auswirkungen: So können z.B. beim Dienstvertrag beide Parteien (nach § 626 oder § 627 BGB) jederzeit kündigen, während beim Werkvertrag allein der Kommittent ein Kündigungsrecht gem. § 649 BGB hat.

Zum andern gelten verschiedene Verjährungsfristen für Schadensersatzansprüche bei mangelhafter Durchführung der Kommission:

Mangels besonderer Regelungen gilt für den Dienstvertrag die allgemeine Verjährungsfrist des § 195 BGB von 30 Jahren (Ausnahme: § 196 Abs. 1 Nr. 7 BGB[272]), während für Ansprüche aus dem Werkvertrag

271 vgl. Bd. II, Teilbd. 2, S. 92

272 § 196 BGB zur Information einmal ganz durchlesen! (Zur Verjährung vgl. Bd. I, S. 214 ff.)

gem. § 638 BGB (für bewegliche Sachen) die kurze Frist von sechs Monaten gilt.

Ob Dienst- oder Werkvertrag, immer handelt es sich beim Kommissionsvertrag um einen *gegenseitigen* Vertrag.[273]

Falls der Kommissionär z.B. mit seiner Leistung in Verzug kommt oder sie ihm unmöglich wird, bedeutet dies, daß für diese Leistungsstörungen die §§ 320 ff. (insbes. §§ 325, 326) BGB anzuwenden sind.

Wiederholen Sie das Wichtigste zur Rechtsnatur des Kommissionsvertrages nochmals anhand der folgenden grafischen Übersicht 18c:

Übersicht 18 c:

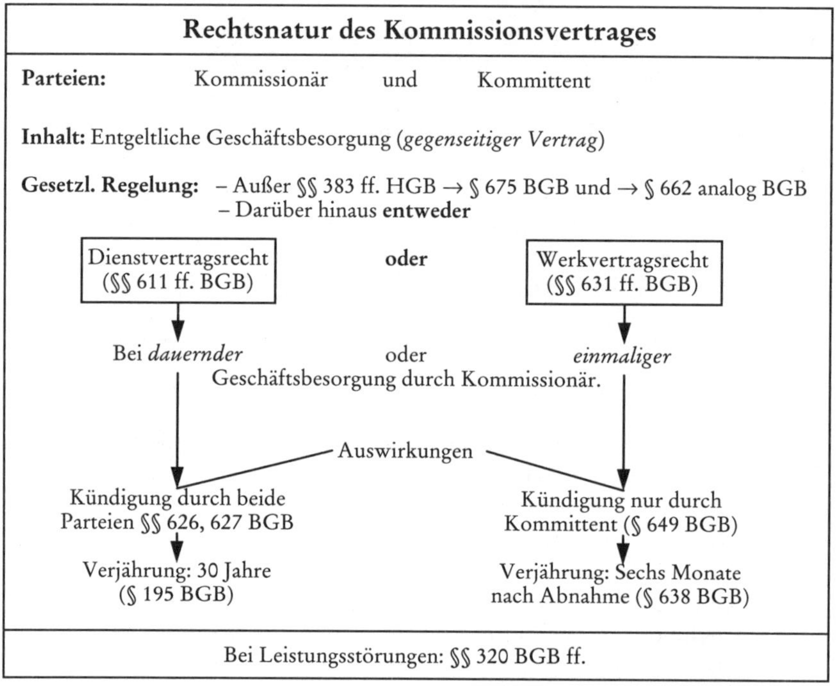

273 *ausführlich hierzu Bd. II, Teilbd. 1, 2. Kapitel, I, 1*

6. Pflichten und Rechte des Kommissionärs

Lesen sie hierzu

Übungsfall 12a	
»Der verschleuderte Gebrauchtwagen«: Auto- und Oldie-Fan Anton (A) befindet sich in Liquiditätsschwierigkeiten. Schweren Herzens entschließt er sich zur Veräußerung seines liebevoll gepflegten 40 Jahre alten Porsches »Super 90«, den er 20 Jahre zuvor als unfallfreies Fahrzeug gekauft hat. Er beauftragt den Gebrauchtwagenhändler Karl Knete (K), den Porsche für ihn »nicht unter 50 000 DM« zu verkaufen. K hatte als Fachmann indessen Bedenken bekommen, ob das Auto auch wirklich unfallfrei sei. Als sich sein Verdacht nach genaueren Untersuchungen verstärkte, glaubt K zugunsten des A zu handeln, als der Autonarr Donald (D) 40 000 DM bietet und verkauft den Oldie zu diesem Preis. A ist »sauer« und fragt nach seinen Rechten.	

Zwischen Auftraggeber (Kommittent) A und Kommissionär K wurde ein Kommissionsvertrag i.S.v. § 383 HGB i.V.m. § 675 BGB geschlossen.

Die Rechte des Kommittenten ergeben sich aus den

a) Pflichten

des Kommissionärs:
Lesen Sie zunächst § 384 Abs. 1 HGB!

Danach hat K eine *Aus- und Durchführungspflicht*, d.h. der Kommissionär ist verpflichtet, das sog. *Ausführungsgeschäft* vorzunehmen.

Eine weitere Hauptpflicht des Kommissionärs ergibt sich aus § 384 Abs. 2 HGB (lesen!). Maßgeblich ist vor allem der letzte Halbsatz! Danach trifft den Kommissionär eine *Herausgabepflicht*, d.h. er hat dem Kommittenten das durch das Ausführungsgeschäft Erlangte herauszugeben (vgl. Übersicht 18a: »Abwicklungsgeschäft«).

Neben der Ausführungspflicht und der Herausgabepflicht als gegenseitige Hauptpflichten treffen den Kommissionär noch einige Nebenleistungspflichten.

Aus § 384 Abs. 1 HGB, der verlangt, daß der Kommissionär die Interessen des Kommittenten wahrzunehmen hat, folgt eine allgemeine *Treuepflicht*, die in den §§ 387 und 388 HGB konkretisiert wird. Lesen Sie dazu § 387 Abs. 1 HGB!

Dazu folgender kleiner

Übungsfall 12b	
A hat den K angewiesen, eine antike Uhr »in Kommission« für 3 000 DM zu verkaufen. D bietet dem K 4 000 DM. Darf K den Vertrag zu diesem Preis schließen und ggf. den Überschuß von 1 000 DM behalten?	

■ Die Antwort ergibt sich aus § 387 Abs. 1 i.V.m. § 384 Abs. 1, 2 HS und Abs. 2, 2. HS HGB (lesen und wieder einmal selbst überlegen!).

▷ K muß den Vertrag zu 4 000 DM abschließen und dem A diese 4 000 DM herausgeben!

Aus § 384 Abs. 1, 2. HS i.V.m. § 385 Abs. 1 HGB (lesen!) wird außerdem eine *Gehorsamspflicht* des Kommissionärs hergeleitet.

Bei Verstoß gegen diese Pflicht ist der Kommissionär ggf. zum Schadensersatz verpflichtet, sofern sich nicht aus § 385 Abs. 2 HGB i.V.m. § 665 HGB ergibt, daß er von den Weisungen des Kommittenten ausnahmsweise abweichen darf.

Aus § 384 Abs. 2, S. 2 HS HGB ergibt sich weiterhin eine *Rechenschaftspflicht* und aus § 384 Abs. 3 HGB schließlich eine *Benachrichtigungspflicht.*

Dazu gehören insbesondere die Ausführungsanzeige und die Nennung des Vertragspartners.

Prägen Sie sich die Pflichten des Kommissionärs nochmals ein anhand von

Übersicht 18 d:

Pflichten des Kommissionärs

• Aus- bzw. Durchführungspflicht: § 384 Abs. 1 HGB
• Herausgabepflicht: § 384 Abs. 2 HGB

Gegenseitige **Hauptpflichten**

Außerdem:

Nebenleistungspflichten:

• Treuepflicht: § 384 Abs. 1 i.V.m. §§ 387 u. 388 HGB
• Gehorsamspflicht: §§ 384 Abs. 1, 2. HS i.V.m. § 385 Abs. 1 HGB
• Rechenschaftspflicht: § 384 Abs. 2, 2. HS HGB
• Benachrichtigungspflicht: § 384 Abs. 3 HGB

Aus diesen Pflichten des Kommissionärs folgen entsprechende Rechte des Kommittenten, so daß wir nun in der Lage sind, Fall 12 a vollständig zu lösen, in dem der Kommittent A nach seinen Rechten fragt.

Da Kommissionär K das Auto entgegen den Weisungen des A unter 50 000 DM an den Dritten D verkauft hat, könnte er gegen die aus § 384 Abs. 1 i.V.m. § 385 Abs. 1 HGB folgende Gehorsamspflicht verstoßen haben.

Grundsätzlich käme daher ein Schadensersatzanspruch des A gegen K gem. § 385 Abs. 1 HGB in Betracht.

Unterstellen wir aber, daß es sich, was unser Fall letztlich offenläßt, bei dem Porsche tatsächlich um einen Unfallwagen handelt, so ist folgendes zu erwägen:

Da sich ein Unfall immer erheblich wertmindernd auswirkt und manche Interessenten gar vom Kauf des Autos abhält, konnte A eigentlich froh sein, daß er noch 40 000 DM bekam. Ihm ist somit gar kein Schaden entstanden. K hat mit dem Verkauf zu 40 000 DM vielmehr die Interessen des A gewahrt und durfte angesichts der Sachlage gem. § 385 Abs. 1 HGB i.V.m. § 665 BGB von den Weisungen des A abweichen und davon ausgehen, daß A diesen Verkauf billigen würde.

Ein Anspruch des Kommittenten A ist daher nicht begründet.

Ist ein Kommissionsgeschäft ordnungsgemäß durchgeführt, so interessieren die

b) Rechte (Ansprüche)

des Kommissionärs:
Gem. § 396 Abs. 1 S. 1 HGB hat der Kommissionär einen *Provisionsanspruch*, der ihm allerdings erst *nach* Abschluß des Ausführungsgeschäfts zusteht. Das bedeutet konkret, daß der Kommissionär die Provision erst fordern kann, wenn das Geschäft von dem *Dritten* erfüllt worden ist.

»Ausführung« i.S.v. § 396 Abs. 1 S. 1 HGB liegt also nicht schon vor, wenn der Kommissionär seine Leistung aus dem Kommissionsvertrag erbracht hat, indem er einen Vertrag mit einem Dritten *geschlossen* hat.

Davon macht § 396 Abs. 1 S. 2 HGB zwei Ausnahmen (lesen!).

Eine *Auslieferungsprovision trotz Nichtauslieferung* kann z.B. ortsüblich sein, wenn der Kommissionär bei der Verkaufskommission Ware für den Kommittenten einige Zeit verwahrt hat und die Ware dann vor Übergabe an den Dritten ohne Verschulden des Kommissionärs untergeht (= Provision als Entgelt für die Verwahrung).

Denkbar ist folgendes *Beispiel* bei einer Einkaufskommission:

> K sollte für A einen Gebrauchtwagen von D kaufen. K schließt Samstagvormittag einen Vertrag mit D ab, der das Auto am Montag liefern soll. Beim Sonntagsspaziergang besichtigt A das Auto schon einmal auf dem Gelände des D. Kurze Zeit später verursacht die von A achtlos weggeworfene Zigarette auf dem Gelände des D einen Brand, bei dem das für A bestimmte Auto vollends zerstört wird...

Neben dem Provisionsanspruch hat der Kommissionär (hier: K) ggf. einen *Anspruch auf Aufwendungsersatz* gem. § 396 Abs. 2 HGB i.V.m. §§ 675 und 670 BGB, d.h. er kann Ersatz der Aufwendungen verlangen, die er den Umständen nach für erforderlich halten durfte.

Dazu gehört z.B. eine Vergütung für die Benutzung von Lagerräumen oder Beförderungsmitteln des Kommissionärs oder Fahrtkosten, die dieser benötigte, um zum Ort des Vertragsschlusses mit dem Dritten zu gelangen.

Sämtliche Ansprüche des Kommissionärs sind gem. § 397 HGB durch ein gesetzliches Pfandrecht am Kommissionsgut gesichert.

Weitere Rechte bzw. Ansprüche des Kommissionärs, die hier nicht näher beschrieben, sondern nur aufgezählt werden, ergeben sich aus den §§ 398, 399 und §§ 400 ff. HGB. Dazu

Übersicht 18 e:

Rechte (Ansprüche) des Kommissionärs

Provisionsanspruch: § 396 Abs. 1 S. 1 HGB

– Nach *»Ausführung«* des Geschäfts: Nicht schon mit Vertragsschluß des Ausführungsgeschäfts, sondern erst *nach Erfüllung durch Dritten.*
Ausnahmen: »Auslieferungsprovision« trotz Nichtauslieferung ortsüblich oder
Unterbleiben des Ausführungsgeschäfts aus einem allein in der Person des Kommittenten liegenden Grund
– (Provisionszahlung ist *gegenseitige* Pflicht des Kommittenten)

Anspruch auf Aufwendungsersatz: §§ 396 Abs. 2 HGB i.V.m. §§ 675 und 670 BGB
– z.B.: Benutzungsvergütung für Lagerräume od. Beförderungsmittel; Fahrtkosten des Kommissionärs

....

§ 394 HGB: evtl. Delkredereprovision
§ 397 HGB: Gesetzliches Pfandrecht am Kommissionsgut
§ 399 HGB: Bevorzugte Befriedigung aus Forderungen aus Ausführungsgeschäft
§ 400 ff. HGB: Selbsteintritt des Kommissionärs

Neben dem Kommissionsvertrag schließt der Kommissionär im eigenen Namen für Rechnung des Kommittenten, wie bereits mehrfach erwähnt, einen Vertrag mit einem Dritten, das sog.

7. Ausführungsgeschäft

Die rechtlichen Auswirkungen dieser Konstellation soll folgender Fall verdeutlichen.

Übungsfall 12 c:	
A gibt dem K wiederum einen Gebrauchtwagen zum Verkauf »in Kommission«. K verkauft den Wagen an D. Unter welcher Voraussetzung kann A von D als Schuldner der Kaufpreisforderung diese direkt von D verlangen?	

A müßte Inhaber dieser Forderung sein! Dies ist aber zunächst der K als alleiniger Vertragspartner des D. K müßte diese Forderung daher an A gem. § 398 BGB abtreten mit der Folge, daß A als neuer Gläubiger an die Stelle von K tritt.

Daher bestimmt § 392 Abs. 1 HGB konsequenterweise, daß der Kommittent Forderungen aus dem Ausführungsgeschäft gegen den Dritten nur nach Abtretung geltend machen kann (§ 392 Abs. 1 HGB lesen!).

Solange die Forderung an den Kommittenten, dem sie ja *wirtschaftlich* zusteht, nicht abgetreten ist, besteht für den Kommittenten eine gewisse Gefahr, die Forderung ggf. nicht realisieren zu können.

Nehmen wir z.B. an, K, der noch Inhaber der Forderung gegen D ist, befindet sich in Liquiditätsschwierigkeiten, und sein Gläubiger G verlangt die Erfüllung einer Forderung.

K könnte nun die Forderung, die er gegen den Dritten aus dem Ausführungsgeschäft erlangt hat, an seinen Gläubiger abtreten. Da K rechtlich Inhaber der Forderung ist, wäre diese Abtretung nach § 398 BGB wirksam!

Die Frage, wie sich der Kommittent dagegen schützen kann, behandelt

Übungsfall 12 d:	
K verkauft das Auto des A »in Kommission« an D. Die Kaufpreisforderung tritt K an seinen Gläubiger G zur Sicherung eines Darlehens ab. Ist G Inhaber dieser Forderung geworden?	

Nach § 398 BGB sicherlich ja, aber lesen Sie nun § 392 Abs. 2 HGB!

Das bedeutet für unseren Fall, daß die Abtretung der Forderung von K an G unwirksam ist, da ihm gegenüber aufgrund der Regelung des § 392 Abs. 2 HGB nicht K, sondern der Kommittent A als Inhaber der Forderung gilt (Fiktion!).

(Im Gegensatz zum gutgläubigen Eigentumserwerb ist ein gutgläubiger Forderungserwerb nach deutschem Privatrecht nicht möglich!)

Übersicht 18 f:

Das Ausführungsgeschäft
• **Vertragspartner:** Kommissionär und Dritter
• **Forderungsrecht des Kommittenten gegenüber Dritten:** Erst nach Abtretung durch den Kommissionär an den Kommittenten (§ 392 Abs. 1 HGB)
• **Schutz des Kommittenten:** Solange Forderung nicht an Kommittenten abgetreten ist, *gilt* sie für Kommissionär oder dessen Gläubiger gem. *§ 392 Abs. 2 HGB* (= kein gutgläubiger Forderungserwerb) als Forderung des Kommittenten.

8. Gefährliche Dreierbeziehung?

Aus der Rechtsstellung des Kommissionärs als Vertragspartner des Kommissionsvertrages einerseits und des Ausführungsgeschäfts andererseits können sich Probleme ergeben, wenn der Dritte schuldhaft seine Vertragspflichten verletzt und dadurch die Erfüllung des Ausführungsgeschäfts erschwert oder unmöglich macht. Dazu

Übungsfall 12 e:	
K hat für A »in Kommission« (= im eigenen Namen...) einen Gebrauchtwagen für DM 10 000, die A ihm gegeben hatte, (ein)gekauft. Die Übergabe des Autos soll in drei Tagen stattfinden. Einen Tag später wird das Auto durch Verschulden des D (der den Kaufpreis von K bekommen hat) zerstört. A will Schadensersatz!	

Um Schadensersatz verlangen zu können, braucht A eine Anspruchsgrundlage gegen den Schädiger D. Da ein Vertrag zwischen A und D nicht besteht, ist an deliktische Ansprüche zu denken: § 823 Abs. 1 BGB scheidet allerdings als Anspruchsgrundlage aus, denn das Auto stand noch im Eigentum des D. A hat einen Vermögensschaden, der allenfalls über § 823 Abs. 2 BGB ersetzt werden könnte. D hat aber kein Schutzgesetz im Sinne dieser Vorschrift verletzt!

Im Deliktsrecht ist Geschädigter und damit grundsätzlich allein Ersatzberechtigter derjenige, dessen Rechte, Rechtsgüter oder ggf. auch Vermögen durch eine Handlung verletzt worden sind.

Schadensersatz als Folge eines (leistungs-)gestörten Vertrages kann grundsätzlich nur der Vertragspartner bzw. beim Vertrag zugunsten Dritter (oder mit Schutzwirkung für Dritte) der Begünstigte verlangen.

Allgemein gilt im Schadensersatzrecht der »Grundsatz der Subjektbezogenheit des Schadens«: Verletzter und Geschädigter müssen dieselbe Person sein; trifft der Schaden eine andere Person als den Verletzten, kann der Geschädigte mangels einer Anspruchsgrundlage regelmäßig keinen Ersatz verlangen.

Von diesem Grundsatz wird durch das Rechtsinstitut der sog. *Drittschadensliquidation*[274] eine Ausnahme gemacht. Die Drittschadensliquidation wurde von der Rechtsprechung und Lehre zur Regelung des unbefriedigenden Zustandes geschaffen, bei dem jemand einen Anspruch gegen den Schädiger hat, ohne selbst einen Schaden zu haben. Der Schaden liegt *zufällig* bei einem Dritten, der jedoch keinen Anspruch gegen den Schädiger hat. Die Geltendmachung eines Anspruchs im Wege der Drittschadensliquidation hat (»prüfungssystematisch geordnet«) *vier Voraussetzungen:*

(1) *Anspruch* gegen den Schädiger, (2) *zufällige Schadensverlagerung* vom Anspruchsinhaber auf den Geschädigten (wobei der Schädiger da-

274 ausführlicher dazu, Bd. II, Teilbd. 2, S. 160 ff.

mit rechnen konnte oder mußte, daß dieser Schaden beim Anspruchsinhaber eintritt), (3) *Geschädigter hat keinen Anspruch* gegen Schädiger und (4) zwischen Geschädigtem und Anspruchsinhaber muß eine *Interessenverknüpfung* bestehen!

Genau dies ist die Lösung für unseren Fall:

(1) K hat gegen den Schädiger D einen Anspruch aus § 325 Abs. 1 BGB: Zwischen K und D besteht ein *gegenseitiger Vertrag* (Kaufvertrag i.S.d. § 433), die *Leistung* des D (Lieferung des Autos) wurde *nachträglich objektiv unmöglich*, und D hat die *Unmöglichkeit zu vertreten* (§ 276 Abs. 1 S. 1). *Aber:* K hat keinen Schaden (er hat den Kaufpreis mit dem Geld des A bezahlt).

(2) Der Schaden hat sich somit zufällig auf A verlagert.

(3) A als Geschädigter hat keinen Anspruch gegen D. § 325 Abs. 1 BGB scheitert als Anspruchsgrundlage, da zwischen A und D kein Vertrag besteht, und § 823 Abs. 1 scheidet mangels Rechtsgutsverletzung aus (das Auto befand sich – § 929 S. 1 BGB! – noch im Eigentum des D).

(4) Zwischen A und K bestand *aufgrund des Kommissionsvertrages eine Interessenverknüpfung*.

Rechtsfolge ist, daß K den Schaden des A bei D geltend machen kann und seinen Anspruch gegen D dann analog § 281 Abs. 1 BGB an A abtreten muß. Die Gefahr für A hielt sich in dieser Beziehung also in Grenzen!

III. Das Speditionsgeschäft

Wenn Sie zunächst der Aufforderung folgen, die §§ 407–415 HGB einmal im Zusammenhang durchzulesen, wird Ihnen sicherlich häufig die Ähnlichkeit mit den Vorschriften zum Kommissionsgeschäft auffallen. Dies erklärt auch die Verweisung in § 407 Abs. 2 HGB, wonach das Kommissionsrecht auf den Spediteur neben den §§ 407 ff. HGB entsprechend anzuwenden ist. Nachdem das Kommissionsgeschäft recht ausführlich dargestellt wurde, können wir uns hier daher etwas kürzer fassen.

1. Begriff des Spediteurs

Wie Sie in § 407 Abs. 1 HGB gelesen haben, ist *»Spediteur«*, wer es *gewerbsmäßig* übernimmt, Güterversendung *durch den Frachtführer* (oder durch Verfrachter von Seeschiffen) *für Rechnung* eines anderen (des Versenders) *im eigenen Namen* zu besorgen. Gem. § 1 Abs. 2 Nr. 6 HGB ist der Spediteur zudem Mußkaufmann.

Im Gegensatz zum allgemeinen Sprachgebrauch führt der Spediteur die *Beförderung* von Gütern *nicht* aus, sondern er *besorgt* die Beförderung, d.h. er schließt im eigenen Namen (also nicht in Vertretung, aber auf Rechnung seines Kunden) einen *Frachtvertrag* ab. Die *Beförderung* wird also vom Frachtführer ausgeführt.

2. Die Rechtsstellung des Spediteurs

Wenn wir soeben schon erwähnt haben, daß der Spediteur im eigenen Namen auf fremde Rechnung handelt, so können wir feststellen, daß die Rechtsstellung des Spediteurs der des Kommissionärs sehr ähnlich ist.

Auch der Spediteur steht in einem *doppelten Rechtsverhältnis:* Mit dem Versender der Güter, seinem Auftraggeber, verbindet ihn der *Speditionsvertrag*, mit dem Frachtführer der *Frachtvertrag*.

Mit dem Empfänger der versandten Güter bestehen keine vertraglichen Beziehungen. Dieser hat vielmehr (meist aufgrund eines Kaufvertrages) Beziehungen zum Versender und bestimmte Rechte gegenüber dem Frachtführer (z.B. aus §§ 435, 436 HGB, die Sie jetzt noch nicht lesen müssen). Da der Spediteur gem. § 407 Abs. 1 HGB im eigenen Namen handelt, bestehen auch zwischen dem Versender und dem Frachtführer keine vertraglichen Beziehungen:

Übersicht 19 a:

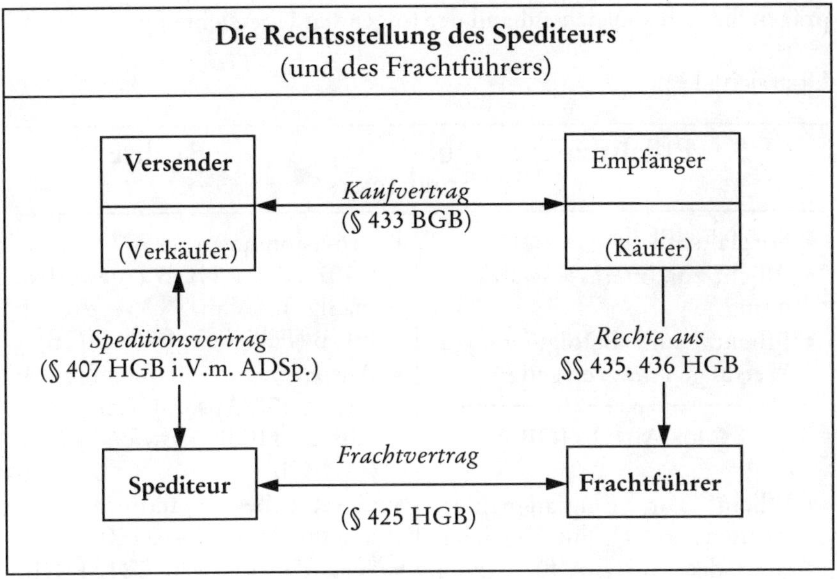

3. Der Speditionsvertrag

Seiner *Rechtsnatur* nach ist der Speditionsvertrag ein entgeltlicher *Geschäftsbesorgungsvertrag* nach § 675 BGB, für den im Falle der Einzelversendung Werkvertragsrecht (§§ 631 ff. BGB), bei dauernder Tätigkeit für einen Versender Dienstvertragsrecht (§§ 611 ff. BGB) gilt.

Neben diesen Vorschriften und den §§ 407–415 HGB haben im Speditionsrecht vor allem die *Allgemeinen Deutschen Spediteursbedingungen* (ADSp) Bedeutung, denen allerdings keine Gesetzeskraft zukommt, da sie Allgemeine Geschäftsbedingungen darstellen.

4. Die Pflichten und Rechte des Spediteurs

prägen Sie sich sogleich anhand der folgenden Übersicht ein:

Übersicht 19 b:

Pflichten und	**Rechte** des Spediteurs
• Sorgfaltspflicht • Pflicht zur Interessenwahrnehmung • Pflicht zur Befolgung von Weisungen des Versenders } § 408 Abs. 1 HGB • Pflicht zur Empfangnahme, Aufbewahrung und Versicherung der Güter: § 407 Abs. 1 HGB	• Provisionsanspruch: § 407 Abs. 1 HGB (»gewerbsmäßig«) i.V.m. § 354 Abs. 1 HGB (Fälligkeit, § 409 HGB) • Anspruch auf Aufwendungsersatz: § 407 Abs. 2 i.V.m. § 396 Abs. 2 HGB (sowie §§ 675, 670 BGB) • Gesetzliches Pfandrecht am Speditionsgut: § 410 HGB • Selbsteintrittsrecht: § 412 HGB
Bei Pflichtverletzungen Haftung aus positiver Vertragsverletzung	

IV. Das Lagergeschäft

Das Lagergeschäft (§§ 416–424 HGB) setzt voraus, daß vom Lagerhalter gewerbsmäßig die Lagerung und Aufbewahrung von Gütern übernommen wird (§ 416 HGB). Der Lagerhalter ist Mußkaufmann gem. § 1 Abs. 2 Nr. 6 HGB. Da es sich beim Lagervertrag grundsätzlich um einen *Verwahrungsvertrag* handelt, sind neben den §§ 416 ff. HGB auch die §§ 688 ff. BGB anzuwenden.

Pflicht des Lagerhalters ist es, die Lagerung und Aufbewahrung ordnungsgemäß durchzuführen. Grundsätzlich geht das Gesetz von einer *Einzellagerung* aus, da sog. Sammellagerungen gem. § 419 Abs. 1 HGB (lesen) ausdrücklich gestattet werden müssen.

Verletzt der Lagerhalter seine Aufbewahrungspflicht, haftet er gem. § 417 Abs. 1 i.V.m. § 390 Abs. 1 HGB wie ein Kommissionär.

Rechte des Lagerhalters ergeben sich aus § 420 Abs. 1 i.V.m. § 354 Abs. 1 HGB. Danach hat er Ansprüche auf Zahlung von Lagergeld und Ersatz von Aufwendungen.

Diese Ansprüche sind durch ein gesetzliches Pfandrecht gem. § 421 HGB gesichert.

V. Das Frachtgeschäft

1. Rechtliche Grundlagen

Das Frachtgeschäft ist nicht nur im HGB in den §§ 425–452 geregelt, sondern je nach Beförderungsmittel in einer Vielzahl von Einzelbestimmungen, auf die hier nicht eingegangen wird.

2. Der Begriff des Frachtführers

ist Ihnen nach der Lektüre des Speditionsrechts nicht mehr fremd: Frachtführer ist gem. § 425 HGB, wer es *gewerbsmäßig übernimmt*, die *Beförderung* zu Lande oder auf Binnengewässern *auszuführen*. Auch der Frachtführer ist Mußkaufmann, und zwar nach § 1 Abs. 2 Nr. 5 HGB. Die Rechtsstellung des Frachtführers wurde bereits oben anhand von Übersicht 19 a verdeutlicht.

3. Der Frachtvertrag

... wird zwischen »Absender« und Frachtführer geschlossen. »Absender« wird, wie Sie oben gelesen haben, häufig ein Spediteur sein. Beim Frachtvertrag handelt es sich um einen Werksvertrag i.S.d. §§ 631 ff BGB, die also neben den handelsrechtlichen Vorschriften der §§ 425 ff. HGB subsidiär gelten.

4. Pflichten und Rechte des Frachtführers

Da wir uns in diesem Rahmen auch über das Frachtrecht nur einen kurzen Überblick verschaffen wollen, soll zur Darstellung der Pflichten und Rechte des Frachtführers ebenfalls eine Übersicht ausreichen.

Übersicht 20:

Pflichten und **Rechte** des Frachtführers	
• Beförderungspflicht: 425 HGB • Sorgfaltspflicht: arg. aus § 429 Abs. 1 HGB • Pflicht zur Befolgung von Weisungen des Absenders: § 433 Abs. 1 HGB • Pflicht zur Beachtung der Rechte des Empfängers: §§ 433 Abs. 2, 434, 435 HGB. Bei Pflichtverletzung Haftung des Frachtführers gem. §§ 429–431 HGB.	• Anspruch auf Zahlung der Frachtvergütung: § 436 HGB i.V.m. § 631 Abs. 1, 2. HS BGB • Anspruch auf Aufwendungsersatz: §§ 675, 670 BGB • Anspruch auf Ausstellung von Frachtbrief und Übergabe von Begleitpapieren: §§ 426, 427 HGB • Gesetzliches Pfandrecht: § 440 HGB (mit Vorrang: § 443 HGB)

VI. Das Eisenbahnfrachtgeschäft

ist nur noch in den §§ 454–457 HGB, aber in kaum einem Lehrbuch zum Handelsrecht angesprochen. Wenn Sie sich für die »Haftung der Eisenbahn« interessieren, lesen Sie einmal § 454 HGB ... (im übrigen gilt hier besonderes »Eisenbahnrecht« – z.B. die Eisenbahn-Verkehrsordnung vom 8. 9. 1938).

Literatur zur Vertiefung (8. Kapitel, B III–VII):

Alpmann und Schmidt	7. Abschnitt, 2.–5.
Brox	HR, II. Teil, Dritter Abschnitt
Canaris	§§ 30–34
Hofmann	J, II–V
Hübner	§§ 10 und 11

Sachregister

F

G

H

T

U

V

W

Z